天喜文化

从声音到文字，分类人类语言

温和地走进
宋词的凉夜

夏昆 著

天地出版社 | TIANDI PRESS

自序

花间一壶酒

很多年以后，当我们习惯性地把诗称为"诗歌"的时候，大概很少有人会想到，诗与音乐，在很长一段时期是紧密联系在一起的。

这种联系大概在世界各个民族都存在。《荷马史诗》《罗兰之歌》《格萨尔王传》《诗经·蒹葭》，莫不是如此。

叔本华说过一句让文人丧气的话："音乐与文学结婚就是王子与贫儿结婚。"因为他认为"音乐的内容联系着宇宙的永恒，音乐的可能性与功能超越其他一切艺术"。虽然这段话文学家们不见得愿意听，却道出了一个简单的事实：当文学与音乐结合后，文学的表现力和传播力便大大增强了。毕竟，记歌词要比背古诗容易得多，更重要的是，让人愉快得多。

音乐与诗歌的"联姻"由来已久，《诗经》三百零五篇，每篇都可以合乐歌唱，所以古人称为"诵诗三百，弦诗三百，歌诗三百，舞诗三百"。（《墨子·公孟》）古人还说："古者教以诗乐，诵之、歌之、弦之、舞之。"（《毛诗正义》）屈原的《九歌》《九章》在当时也是能合乐歌唱的。到汉代，乐府本身就是一个音乐机构，负责搜集各地歌曲，以供朝廷乐工演奏歌唱之用。而到了唐代，唐诗也是可以由伶人演唱的。

唐代薛用弱在《集异记》里说到这样一个故事：开元中，王之涣与王昌龄、高适齐名。一日天寒微雪，三人共来旗亭小饮，正好有十多个梨园伶官和四位著名歌妓也来此会宴，他们三人便在旁边一面烤火一面观看。王昌龄提议说，我们各擅诗名，究竟谁胜于谁，今天我们可看她们所唱谁的诗多，谁便为优者。第一个歌妓唱的是王昌龄的"一片冰心在玉壶"，王昌龄便在壁上为自己画了一道。第二个唱的是高适的"开箧泪沾臆"，高适也为自己画了一道。随后王昌龄又添得一道。王之涣说，这几位为普通歌妓，唱的都是下里巴人，应看那位最佳的歌妓唱的是谁的诗，若唱的不是我的诗，则终身不敢与你们二位争衡了。待那名妓唱时，果然为王之涣的"黄河远上白云间"，三人不觉开心地笑起来。诸伶因他们大笑而见问，知是王之涣等，非常高兴，即拜请他们入席。

因此，与其说音乐与文学的联姻是王子与贫儿的结合，不如说是两种最能打动人心的艺术形式的强强联手。也许是由于两者都太强了，所以在很早以前，它们就没有逃过过于早慧的中国人的法眼。

古人很早就注意到了音乐与文学强大的功能，并本着维护统治权力的意图，有意将音乐与文学都纳入"载道"的大船中。孔子就提出"放郑声"，并将其与"远佞人"并列（《论语·卫灵公》）。因为他觉得郑国的音乐过于"淫"，与宏大叙事、庄严肃穆的雅乐是不合拍的，属于精神污染一类，所以必须禁绝。由此可见，孔子认为，艺术最大的功用是教化，而不是表现与传播美。后世儒生将诗歌和音乐列于"六经"之中，即《诗经》《尚书》《乐经》《礼记》《周易》《春秋》（《乐经》后亡佚，故今人多称"五经"）。看上去，中国古人对诗歌和音乐真是极度重视了。

不过这种重视很难说是好事还是坏事。很多东西但凡列入封建教化的范畴，就由草根摇身变成了经典，而经典大抵都是单调乏味甚至面目可憎的。正因为这样，当权者才在台上声嘶力竭地号召大家读经典名著、听正统音乐，他们自己下来之后却偷偷听靡靡之音，可见领导真的分裂得很辛苦。这种辛苦的领导在战国时候就有了。一次齐宣王偷偷给大臣庄暴透露了一个秘密：自己身为一国之君，非常爱好音乐。后来庄暴把这话告诉了孟子，孟子见到齐宣王时就问道："大王曾经跟庄暴说您喜欢音乐，有这回事吗？"齐宣王听到之后很不好意思，只好无比羞涩地承认自己并不是爱好古代的音乐，只是爱好一般的流行音乐。(《孟子·梁惠王下》)

孔子的担心也不是完全没有道理的。人过分沉迷于下里巴人的喜好之中，品位难免变得低下，格调也肯定会跌破底线。可是先儒们似乎又犯了另一个错误，他们过分相信权力的强大，甚至认为权力可以决定人性，于是脖子上青筋暴起，拼了老命要与"三俗"宣战，而这场战争的结果注定是悲壮的。即使孔子删了《诗经》里那么多郎情妾意的诗篇，还是挡不住留下众多哥哥妹妹之间暗送秋波的文字。无奈之下，后世儒生们只好说这些诗篇表现的是君王与后妃的恩爱，似乎君王与后妃的关系就不是男女关系了。后来大儒们似乎也觉得这样解释不妥当，干脆说这讲的是君王与大臣之间的关系，就是俗称的"香草美人法"。儒生们终于松了口气：这样一来，《诗经》终于"思无邪"了。

雅与俗的战争在历史上从未停止过，但是到了唐朝，局势似乎发生了微妙的变化。

出身陇西的李氏家族据说是鲜卑族拓跋氏的后代，他们似乎并没有大儒们那么多的条条框框，而是以宽宏的胸怀和自信的态度从容地对待外来的文化，包括音乐。

叶嘉莹先生指出：

中国过去的音乐，是宗庙朝廷祭祀典礼所演奏的庄严肃穆的音乐，谓之雅乐，端庄肃穆。到了六朝的时候，就有所谓的清乐，是比较接近民间的清商的乐曲，……各种民间音乐在内的一种音乐总称。……我们中国把从外边传来的都称"胡"，比如胡琴，因此从外边传来的音乐就谓之"胡乐"。……还有宗教的音乐，我们管它叫"法曲"。

外来的胡乐与宗教的法曲跟清乐相结合，从而产生了一种新的音乐，我们管它叫"燕乐"。燕乐又叫"宴乐"，它是当时流行的一种音乐。

——叶嘉莹《迦陵说词讲稿》

用现在的话来说，在唐朝，由于统治者的自信和宽宏，外国流行音乐得以传入中国。这些音乐，有些来自天竺（今印度地区）、高丽（今朝鲜半岛地区），有些来自康国（今乌兹别克斯坦撒马尔罕地区）、安国（今乌兹别克斯坦布哈拉地区）等地，有的来自我国西北部边远少数民族地带，如龟兹（今新疆阿克苏地区）、疏勒（今新疆喀什地区）、西凉（今甘肃西部地区）、高昌（今新疆吐鲁番地区）等地。外来音乐经过改造（有的首先在边区与各民族音乐相融合），逐渐中国化，并逐渐与汉民族固有的传统音乐（雅乐和清商乐）相互交融结合，形成一种各民族形式相融合的新型民族音乐。（施议对《词与音乐关系研究》）

有了新的音乐，那么以前合乐而歌的唐诗似乎就不能适应需要了，于是，一种新的诗歌形式在唐代悄悄地兴起，经过上百年的演变，它在宋代成为最流行的文学体裁，并成为中国文学史乃至文化史上让中国人自豪的瑰宝。

这就是词。

目录

我醉欲眠君且去

唐代词

高雅与低俗不仅是艺术的两个侧面，而且也是人性的两个侧面。没有了高雅，人就没有了高蹈向上的愿望，必堕落沉沦；没有了低俗，或者说适度的低俗，人难免太累，人总有趣味稍低的一面，这与文化水平有关，也与人性有关。要随时随地都绷着一张严肃的脸不是言志就是载道，不仅人受不了，这言的志、载的道难免也会让人觉得不够真诚。更何况艺术的变迁往往受制于时代的变化。

前面说过，燕乐也叫宴乐，顾名思义，就是宴饮之后演奏的音乐。

从古至今，酒都是一种好东西。三杯黄汤一下肚，眼也蒙眬了，话也多了，动作也大了，距离也缩短了。尤其是微醺之时，更能体会到一种飘飘欲仙的快感，无形中增添了一种舍我其谁的豪壮，很多平时不敢说的话，不敢做的事，这时候都敢说敢做了，而且很多时候还不会受到责罚。

一次，唐太宗召集官员宴饮，席间唐太宗写字赐群臣，大臣们趁着酒劲蜂拥争抢。刘洎竟然登上皇帝的御座去抢，这可是亵渎皇帝的大罪，有大臣马上启奏，要严惩刘洎，结果唐太宗认为刘洎不过是酒后失态，宴酣之乐，因此一笑而过。

而宴酣之乐，莫过于席间的轻歌曼舞了。清代张宗橚（sù）选编的《词林纪事》，开篇第一首便是唐玄宗所作的《好时光》：

好时光

宝髻偏宜宫样,莲脸嫩,体红香。眉黛不须张敞画,天教入鬓长。

莫倚倾国貌,嫁取个,有情郎。彼此当年少,莫负好时光。

这是一首颇有人情味的词。上阕描述女子之美貌:发型是宫里流行的样式,面容姣好,面色红润。即使没有汉代张敞那样的男子为她画眉,眉毛也是那样斜飞入鬓,真是天生美人!下阕则似乎是一个长者在劝告年轻人:别仗着自己好看而挑花了眼,最好去嫁个爱你珍惜你的郎君,你们年龄相当,共度人生,此乐何极!

不是以帝王之尊摆架子,而是以大叔或者爷爷的口吻赞美和劝告小女孩,这样的词即使不算低俗,至少也算不得言志载道。不过话说回来,宴饮时候的词大多是由妙龄女子歌唱的,要这些娇滴滴的小女孩板着脸、竖着眉毛,开口便是"先王曾经说过",也未免太煞风景。

皇帝开了此例,臣下当然就不甘落后。唐中宗李显据说很怕他的妻子韦后,当时的大臣裴谈恰好也是个"妻管严",一次在朝堂上大家拿裴谈开玩笑,裴谈为解嘲,竟然拉皇帝垫背,写了一首《回波乐》:

回波乐

回波尔时栲栳,怕妇亦是大好。

外边只有裴谈,内里无过李老。

不知道皇帝陛下听到这首词感受如何,据说韦后听到之后十分高兴,还厚赏了裴谈。怕老婆是男人的忌讳,却是女人的骄傲,这也是在情理之中的。

更聪明的人，居然很快就学会用这种新兴的诗歌体裁为自己谋福利了。唐代诗人沈佺期因罪曾被流放岭南，后来遇赦回朝，一时间他的官服还没换回以前的红色。一次在宴会上，他就撰写了一首《回波乐》：

回波乐

回波尔时佺期，流向岭外生归。

身名已蒙齿录，袍笏未复牙绯。

皇帝听到这首词后，龙颜大悦，马上赐给沈佺期绯鱼袋，而当时朝廷官员配绯鱼袋是一种特别的恩宠，沈佺期凭一首词得到，这让众人大跌眼镜。

相比之下，中宗时的给事中李景伯就太过于一本正经了。

回波乐

回波尔时酒卮，微臣职在箴规。

侍宴既过三爵，喧哗窃恐非仪。

中宗一次宴请群臣，叫每个人写一首《回波乐》助兴，李景伯却絮絮叨叨说大家酒喝得差不多了，时间已经很晚了，要是再喝下去吵吵闹闹的，就会影响朝廷威仪了……虽然有人私下称赞他不忘职责，不过在大伙儿都玩得十分开心的时候说这些，的确有些扫兴，也难怪"帝不悦"。(《全唐诗话》)

不过中宗的不悦比起他的后代唐昭宗李晔的不悦来，可谓小巫见大巫了。唐昭宗是晚唐著名的倒霉皇帝，他二十一岁登基，曾经也有过一番宏图大志，想重振大唐王朝的雄风，可是那时候的晚唐已经积重难返，权力全集中在宦官和军阀手里，皇帝大权旁落，帝国颓势已非他一力能够挽回的。

乾宁二年（895 年），为了躲避军阀李茂贞的迫害，昭宗被迫逃往河东去寻求李克用的庇护，在路上被另一个军阀韩建追上，韩建将他挟持到华州，幽禁了将近三年。在这三年里，皇帝宗室亲属有十一人被杀，昭宗自己也时刻处在恐惧和痛苦中。就在被囚禁华州期间，他写下了这首《菩萨蛮》：

菩萨蛮 登华州城楼

登楼遥望秦宫殿，茫茫只见双飞燕。渭水一条流，千山与万丘。

远烟笼碧树，陌上行人去。安得有英雄，迎归大内中。

客观地说，这首词的艺术成就并不高，尤其是结尾两句，直白浅俗，没有一点诗味。但是昭宗在被幽禁期间用词来表达自己的哀愁与痛苦，这其实也说明一个问题，在晚唐的时候，词已经成为人们用来表情达意的一种常见体裁。这种情意可以是宴酣之乐，可以是调侃嬉笑，也可以是对加官晋爵的渴求或者对自身职责的坚守，还有可能是对人生痛苦和家国不幸的感慨。唐昭宗这首作于被囚禁期间的词，未尝不可以看作是为后来的李煜打开了道路。虽然他的词与李煜的词在艺术价值上不可相提并论，但是两人的身世境遇却是惊人的相似——和李煜一样，唐昭宗最终也没能用词来挽救自己和帝国，天祐元年（904 年），他被军阀朱温杀害，不久，唐朝灭亡。

词，这种在唐代出现的新的诗歌体裁，开始承担起了替诗人抒发胸中情怀的任务。"词境"尖新狭窄，不似"诗境"阔大浑厚。（李泽厚《美的历程》）但是这种尖新狭窄却正切合了诗人们此时的心理阶段。因为，黄钟大吕毕竟是庙堂之音，慷慨激昂也只适合于关西大汉，而倾诉心里那一点隐隐的哀愁，淡淡的忧伤，还是拿着红牙拍板的十七八岁女孩更为合适。词又叫曲子词，是配燕乐咏唱的诗歌。词的演唱方法由于曲谱散佚，现在已经失传了。但我们可以从另一个角度去想象词的演唱方式，这个角度就是词牌。早期的词牌就是词的题目，规定了词的内容，而形式常常是由内容决定的。我们现在看到的大多数词牌，如"念奴娇""沁园春""醉花阴""小重山""清平乐""忆江南""虞美人"等，没有杀伐之气，也没有慷慨悲歌，更没有文以载道的一本正经，有的只是对心里掠过的那一点淡淡的哀伤的追寻，对外物传达给自己的那一点意绪的描摹。"玉阶空伫立，宿鸟归飞急"，期待已经成为一种毫无希望的坚持，但是心里的那点希望却似乎不曾消逝；"落花人独立，微雨燕双飞"，孤独和冷清因为自然的冷漠而更显尴尬；愁绪如"一江春水向东流""弃我去者，昨日之日不可留，乱我心者，今日之日多烦忧"。

但是，这种尖新狭窄的境界和心绪，却也是人心中不可或缺的一个"后院"。酣眠固不可少，小睡也别有滋味；朗照的月亮固然可爱，而抹上一层薄云的月，似乎更有一番情趣。人生需要紧绷的弓弦，也需要散漫的游丝。对于很多人来说，诗的句子太过于整齐，不如参差不齐的长短句更能描摹出那长长短短的心绪；诗的调子过于高昂，不如"小红低唱我吹箫"更适合在花前月下倾诉衷肠；诗的殿堂也太过于宏大，内心深处那一点小小的哀伤放在这殿堂里太过于尴尬。于是，人们需要一间小小的房间，这房间可以是优雅的书斋，也可以是脱俗的精舍，但更多的还是女子的闺房。这小小的房间里，也摆着纸笔，但是，纸不是写奏章用的整齐雪白的纸，而是印着暗花的薛涛笺；笔不再是写奏折时用的如椽大笔，而是写蝇头小楷的细笔，甚至是女子化妆的眉笔。因此，在词这间小屋里面，诗人们找到了另一个自我——一个步下了战车、脱去了铠甲、放下了投枪的自我。

太阳落下去了，月亮慢慢升起，万籁俱寂。诗人离开了白日里的喧嚣和嘈杂，无言独上西楼，变成了词人。我醉欲眠君且去，诗人在后院休息了。

生命的另一个出海口——从李白到张志和

  每一条大河，都起源于上流那一滴水滴；每一座高山，都奠基于最初的那颗石子。可是，没人能淘尽三千弱水，找出那最初的水滴，更无法搬去巍峨高山，寻出那为高山奠基的石子。于是，我决定，从河流上游那条已经初具规模的小溪出发，泛舟而下，开始我的宋词之旅。

  前面已经介绍过，词起源于唐，初唐、盛唐时期，就有很多诗人写作过词。清代张宗橚编的《词林纪事》就收录有唐玄宗李隆基、沈佺期、张说（yuè）等人的作品。第一首词是什么样的，正如河流开始的第一滴水，山脉开始的第一颗石子，我没能查考，只找到了宋词的河流上游的一条小溪，宋词的山脉边缘的一段山麓，并从这里开始我的宋词之旅。这条小溪、这段山麓，就是李白的《忆秦娥·箫声咽》：

忆秦娥

箫声咽。秦娥梦断秦楼月。秦楼月。年年柳色，灞陵伤别。

乐游原上清秋节。咸阳古道音尘绝。音尘绝。西风残照，汉家陵阙。

  关于这首词存在争议，有学者认为它并非李白所作。的确，我们很难想象，高歌"黄河之水天上来""直挂云帆济沧海"的谪仙人居然会有这样的儿女柔情。其实，细想之下也很自然，每个人都有慷慨豪迈的一面，同时也有低首徘徊的一刻。李白有"会须一饮三百杯"的豪放，也有"举头望明月，低头思故乡"的温情，更有"妾发初覆额，折花门前剧。郎骑竹马来，绕床弄青梅"的柔情。《词林纪事》引用《湘山野录》的说法：这首词最早被题在鼎州沧水驿站，不知道是谁写的，魏道辅很喜欢这首词。后来到长沙，在内翰曾子宣家里看到一本古风集，上面写着这首词是李白所作。虽然到现在还有人争论，但是大多数人还是认为作者就是李白。

《列仙传》里记载：春秋时萧史善于吹箫，秦穆公把女儿弄玉嫁给了萧史。一天晚上，夫妇俩在楼头吹箫，引来了凤凰，载二人飞去。可是，今天的箫声，为何呜咽难以卒听？物换星移，那秦楼的残月，见证了多少悲欢离合，生离死别？汉代的乐游原曾经盛极一时，可是现在，已经成为伤别之地；通往咸阳的古道曾经车水马龙，而现在已经没有行人了。残阳如血，西风渐紧，破败的汉阙魏碑，倾圮在岁月的风霜之下。

叶嘉莹先生用符号学解说古诗词，观点十分精到。她引用俄国符号学家洛特曼的观点说：

> 语言文字的符号的社会文化背景是重要的，每一个语言符号，在一个特定的社会文化环境中，形成了一定的效果。
>
> ——叶嘉莹《唐宋词十七讲》

叶先生将这种在特定社会文化背景下能引起人一定联想的文字符号称为"语码"（code），她说：

当一个语言符号，在一个国家、在一个社会里边有了这样普遍的联想的作用的时候，它就是一个语码了。就是说等于你一按这个钮，就有一串联想出现了。

——叶嘉莹《唐宋词十七讲》

而这首词里，就有几个很重要的语码。

首先是灞陵。灞陵是汉唐两代长安的送别之所，后人也多以灞陵来指代送别。可见这首词应该与送别有关，可是纵观上下阕，词人却丝毫未提到送别的是何人，难道不是很奇怪吗？

我们继续看下面的语码：咸阳。

咸阳是秦朝的首都。秦朝是中国历史上第一个统一的封建王朝，也是一个建立在武力之上的王朝。秦始皇统一六国自不待说，在秦朝建立之后，为了防备北方匈奴的侵袭，"乃使蒙恬北筑长城而守藩篱，却匈奴七百余里，胡人不敢南下而牧马"。（贾谊《过秦论》）武功可谓赫赫，而今安在哉？

除了前面乐游原与汉朝有关之外，这首词词尾还有一个值得注意的句子：汉家陵阙。在防御外侮方面，汉代可谓是扬眉吐气的时代。汉武帝多次派卫青、霍去病出击匈奴，深入大漠，覆军杀将；东汉时，朝廷又派窦固、窦宪攻打匈奴，最后终于打得北匈奴远走大漠，南匈奴款塞入朝。这一切的荣耀和伟大，现在却在岁月的洗刷下漫漶湮灭，只剩下西风残照。

而在中国文化中，西风与残阳本身象征的正是萧瑟与凄凉。这一点与西方文化也似有不同。雪莱在《西风颂》中写道：

> 西风啊，
>
> 请你吹响预言的号角，
>
> 唤醒沉睡的人类，
>
> 冬天已经来了，
>
> 春天还会远吗？

在这里，西风象征的是"秋之生命的呼吸"。而在中国，大抵是东风浩荡，南风和煦，北风凄厉，而西风萧瑟，所以王实甫《西厢记》里有"西风紧，北雁南飞"的句子。在东西方"西风"引发联想的不同，似乎也可作为语码必须植根于特定的社会文化背景中才能产生作用的一个证明。

再回到这首词，不难看出，上阕作者言离别，到底别的是什么？不是亲朋，也不是好友，而是一个时代，一个以秦汉为代表的国力强盛、不畏外侮的时代。作者一直对这个时代寄予了莫大的期望，希望能在这个时代里展示自己的才华，实现自己的人生价值。可是，755 年，"安史之乱"爆发。当开元、天宝的盛世被渔阳动地的鼙鼓击得粉碎的时候，诗人的梦想也被敲碎了。"年年柳色，灞陵伤别"，永远告别的，其实是那个曾寄托着诗人梦想和豪情的时代。诗人不愿直接面对这满目的疮痍，只愿飞升天际，从渺茫的太空俯瞰大地："俯视洛阳川，茫茫走胡兵。流血涂野草，豺狼尽冠缨。"（李白《古风·其十九》）可是，飞升天际，只能是诗人的梦想，无法做到，于是，他只好登上残破的宫垣，在萧瑟的西风中，吟唱出这盛世的哀歌："西风残照，汉家陵阙。"

很多人认为这首词的主旨是借乐游原的昔盛今衰来寄托对江河日下的大唐帝国的哀叹。清代刘熙载在《艺概》中说，这首词大概是作于"安史之乱"中唐玄宗逃奔蜀地之后。（想其情境，殆作于明皇西幸后乎？）清代黄苏在《蓼园词评》

里也说："此乃太白于君臣之际，难以显言，因托兴以抒幽思耳。……叹古道之不复，或亦为天宝之乱而言乎？然思深而托兴远矣。"

这种感觉就像歌德在《少年维特之烦恼》中说的，当维特有一天终于明白自己对绿蒂的爱情已经化为泡影时，他写道：好像是一个老贵族，一直想把家乡的一座祖传的城堡作为遗产留给自己的儿子。可是，当他的生命即将走到尽头的时候，他突然发现，那座被他寄予无限希望的城堡，现在已经成了一座废墟。

古人说："词为艳科。"且不说在词刚诞生的唐代，即使在词盛行一时的五代，它似乎都只能担负起吟咏花前月下儿女私情的任务。可是，这首词却一反常态，上阕柔婉，下阕雄浑，结句八个字如一声低吟，又如一声吼叫，这低吟吼叫容纳了太多的愤怒，太多的伤感，诗人有形的生命已经无法再容纳，于是，借着这八个字，由诗人胸腔中徐徐吐出。一千多年后的王国维先生在《人间词话》中说："'西风残照，汉家陵阙'，寥寥八字，遂关千古登临之口。"

后人评说，李白的这首《忆秦娥·箫声咽》和他另一首《菩萨蛮·平林漠漠烟如织》可称"百代词宗"。（《词林纪事》）这话一点不错，因为从这时开始，词的小溪已经在潺潺流淌，在经历了盛唐的倾颓之后，它将流过梦想复兴的中唐和萧瑟的晚唐，将流过干戈四起的五代。在这旅程中，它的水面将越来越宽阔，水流将越来越湍急，直到抵达中国历史上另一个文化的高峰时期——宋代。

菩萨蛮

李　白

平林漠漠烟如织，寒山一带伤心碧。暝色入高楼，有人楼上愁。

玉阶空伫立，宿鸟归飞急。何处是归程，长亭更短亭。

李白早年经道士吴筠推荐，曾在玄宗朝廷做过一段时间的翰林供奉。不过诗人散淡浪漫的性格与政府部门森严的等级制度实在不合拍，因此他后来被赐金还乡。之后漫长的时间里，除了"安史之乱"爆发后他糊里糊涂被卷入永王李璘幕府，还差点丢了性命之外，基本上没与官场有太多的交集。这似乎也是大多数中国文人共同的道路：春风得意之时锐意仕进，仕途失意之后放情山水。跟李白差不多同时期的张志和走的也是这条路。

《词林纪事》说，张志和原名张龟龄，估计他的父母希望他能健康长寿。后来他自己改名志和。他参加唐朝的明经考试被录取，唐肃宗让他待诏翰林院（跟李白是一个单位的）。可是不久他不知道因犯了什么罪而被贬官，一气之下，他辞官不做，从此"居江湖，自称烟波钓徒，又号元真子"。（《词林纪事》卷一）世上的事情有时候就是如此吊诡，张志和当官的时候默默无闻，当了隐士之后反而名满天下，成了所谓的"著名隐士"。他成天乘船钓鱼，船坏了就去找颜真卿，要求给自己换一艘，颜真卿当然乐于帮助。甚至皇帝唐肃宗也开始钦佩张志和了，唐肃宗赐他一个奴仆，取名渔童，专门帮他撑船，收拾钓具；又赐给他一个婢女，取名樵青，帮他做饭烧茶之类。唐肃宗之所以给他如此的恩宠，多半也是读了他这首《渔歌子》：

渔歌子

西塞山前白鹭飞，桃花流水鳜鱼肥。

青箬笠，绿蓑衣，斜风细雨不须归。

做个恶意的揣测：如果张志和隐居不是钓鱼而是去烧炭会怎么样？答案是：他很可能就成不了一个隐士了，只能当卖炭翁。因为隐士必须是雅的，至少在文化已经十分发达的唐代是如此。雅俗之辨，多在做事情是否有实利上。比如家里有一陶盆，用来栽花是雅的，种小葱就俗了，要是种的青菜萝卜那就更俗不可耐了，用来种几竿竹子那是雅到极致的。如鲁迅先生所说：

> "雅"要地位，也要钱，古今并不两样的，但古代的买雅，自然比现在便宜；办法也并不两样，书要摆在书架上，或者抛几本在地板上，酒杯要摆在桌子上，但算盘却要收在抽屉里，或者最好是在肚子里。
>
> 此之谓"空灵"。
>
> ——鲁迅《病后杂谈》

可是，钓鱼也会有实利的收获又如何解释？原因就在于，渔翁、钓叟在中国文化里也是一个特殊的语码。姜太公钓鱼，愿者上钩，最后"钓"到了周文王，并辅佐周武王灭商，建立了一番千秋伟业。从那时候起，"钓叟"就成了身怀安邦定国大才，却从不招摇的高人的代名词。李白在《行路难》里说"闲来垂钓碧溪上"，意思也是希望能像姜子牙一样，遇到赏识自己的明君。而孟浩然在《望洞庭湖赠张丞相》里说："坐观垂钓者，徒有羡鱼情。"这里钓鱼的人又成了身居高位、志得意满的官员的代称。至于柳宗元《江雪》里描写的那个在大雪天钓鱼的渔翁，更多是被打击排挤迫害的自我写照。所以，钓叟这个形象在中国文化里就具有相当特殊的含义。

而这首小词将垂钓者安放在大自然清新美丽的环境中：山清水秀，白鹭高飞，粉红的桃花映衬在碧绿的水中。垂钓者的衣着也与环境十分合拍：青绿的斗笠与蓑衣，绿色而环保，人与自然和谐一体，莫可分离，这也与中国传统哲学对自然的尊崇与喜爱是完全一致的。在这样美丽的风景中做这般雅致的事情，当然乐而忘返了。

张志和还有个哥哥叫张松龄，担任浦阳县尉这样一个小官。张志和隐居之后，觉得其乐无穷，因此写了上面这首词来邀请哥哥一起隐居。他哥哥也写了一首《渔父》作为回应：

渔　父

乐在风波钓是闲，草堂松径已胜攀。

太湖水，洞庭山，狂风浪起且须还。

看来这两兄弟的确是志趣不同，弟弟劝哥哥隐居，哥哥希望弟弟回家。不过，他们似乎都各安所依，找到了自己生命的出海口。出仕也好，隐居也好，属于自己的欢乐，往往是很难与人言说的，更多的则是"欲辩已忘言"。不过，出仕的精进与壮志，似乎用言志载道的诗来表达更为合适；而隐居的闲适与逍遥，可能用"要眇宜修"的词（王国维《人间词话》：词之为体，要眇宜修）来传递更为合适吧。

在花丛中开出一条幽深的大路——温庭筠

他参加科举考试的目的不是为了金榜题名，而是为了帮别人作弊。关系着无数人前途命运的考试对他来说更像是向权贵们的示威。在与监考老师无数次的斗智斗勇中，他的技术也炉火纯青，甚至在被主考严密监视的情况下，都能帮八个人口授答案。他就是温庭筠。

唐开成四年（839年），长安，进士考场。

温庭筠叉了三次手，卷面上已经是三联音律和谐、对仗工整的诗了。试卷的要求是按照所给韵律作八联，还有五联即可完成。温庭筠想起别人给自己起的外号"温八叉"，不禁笑了起来，因为人家说他才思敏捷，只要叉八次手，一首八韵诗就完成了。曹子建七步成诗传为美谈，而自己八叉成诗，应当不输于陈思王了。温庭筠对自己的第一次科举考试充满了信心，但是他却不知道，在他走入考场之前，结局就已经注定了。

赋分知前定，寒心畏厚诬

温庭筠，原名岐，字飞卿，太原（今山西太原市西南）人，唐代温彦博之裔孙。温彦博是贞观初年著名的宰相，因此温家也算是簪缨世家，不过到温庭筠这一代，家道早已中落。温庭筠少时读书十分勤奋，《唐才子传》说他"少敏悟，天才雄赡"。除了文学之外，温庭筠在音乐上也颇有造诣，能跟随乐队的演奏写出与音乐相配的歌词，因此早年就名满天下。但是，温庭筠最大的梦想，还是通过科举来走出一条光耀门楣之路。

唐开成四年，年轻的温庭筠第一次到长安应试，就闻名遐迩，"士人翕然推重"。按照当时的惯例，温庭筠拜访了很多达官贵人，向他们推荐自己的作品，甚至还认识了太子李永，从其宴游。此时的温庭筠，大有夺功名如探囊取物的豪情。可是，开成四年的这次进士考试，温庭筠名落孙山。

诗人落榜的原因，有人认为是他好饮酒狎妓，行为不端，于是朝廷不予录用。温庭筠的确爱好流连花街勾栏，与当时很多歌妓均有交往，但是这在晚唐社会其实是很平常的事情。比如著名诗人杜牧就有流连花街柳巷的爱好，而且当时文人狎妓宴游后高中的比比皆是，为何温庭筠被道貌岸然地加以训斥？后代学者经考证，认为温庭筠的落榜，并不是由于他的道德品行，而是因为他的政治立场。

唐文宗大和九年（835 年）十一月二十一日，大唐帝国发生了著名的"甘露之变"。为了铲除专权的宦官，唐文宗以甘露下降为名，诱使宦官前去观看，希望将其一网打尽。谁知计划泄露，宦官挟持皇帝并组织反扑，诛杀大臣近两千人，朝廷为之一空。

事变发生后，朝廷人人重足而立，道路以目。可是当时刚到长安，年轻的温庭筠却不畏宦官，写了《题丰安里王相林亭二首》悼念被杀的宰相王涯。万马齐喑之中，温庭筠发出的声音让宦官如何切齿痛恨，是可以想象得到的。但是，温庭筠惹怒权臣的事还不止于此。

温庭筠刚到长安的时候，广泛结交官员贵族，以期获得引荐，其中就包括文宗的太子李永。可是，文宗的妃子杨贤妃一直想废掉太子，她勾结宦官，终于使太子在开成三年被废，之后莫名其妙地死去，后人多认为他是被宦官毒死的。李永死后得追谥号庄恪，就是唐代有名的庄恪太子。太子去世之后，曾经为友的温庭筠写了两首《唐庄恪太子挽歌词》，其中一首这样写道：

> 东府虚容卫，西园寄梦思。凤悬吹曲夜，鸡断问安时。
>
> 尘陌都人恨，霜郊赠马悲。唯余埋璧地，烟草近丹墀。

文宗因悲哀自己居然无法保护儿子的生命，不久也郁郁而死。宦官立了新皇帝，就是唐武宗。温庭筠在"甘露之变"后写诗悼念被宦官害死的王涯，后来又写诗悼念庄恪太子，在宦官气焰熏天的晚唐，他的仕途结局其实就已经注定了。开成四年的这次科举落榜之后，温庭筠悲叹道："赋分知前定，寒心畏厚诬……积毁方销骨，微瑕惧掩瑜。"（《病中书怀呈友人》）

狂生 从"温八叉"到"救数人"

开成四年的落榜对温庭筠是一个重大打击，以至于他韬光养晦八年之后，才再次踏入考场。这时候，"温八叉"的外号依然挂在他头上，不过此时他又有了一个新的外号："救数人"。

敢于拿自己的前途开玩笑的人，如果不是目空一切的狂生，那就是对前途已经彻底失望的失意者，温庭筠大概是两者兼有吧。因为从那时开始，他考试时不仅要答好自己的试卷，还主动帮别的考生答卷。他的才思敏捷得让人吃惊，据说一次考试能帮十余人写试帖诗，于是得到了"救数人"的外号。这种考生，当然是不为主考官所喜欢的，因此要考中进士无疑是痴人说梦。不过，这时候的温庭筠参加进士考试似乎更像一种行为艺术，是否考中已经不是他关心的问题了，怎么样在考官眼皮下面作弊，向考官示威，挑战他深恶痛绝的考试制度，似乎才是他的兴趣所在。

唐大中九年（855 年），礼部侍郎沈询担任主考官，温庭筠"救数人"的名气早已为他所知，为了防止他帮人作弊，沈询特地让温庭筠在自己衙前帘下考试。无法畅快帮人作弊的温庭筠显然很不高兴，提前交卷出来了，"是日不乐，逼暮先出"。可是考试之后沈询询问他，才得知在这种情况下他已给八个人口授了答案！当然，温庭筠这次又落榜了。

唐大中十三年（859 年），五十九岁的温庭筠参加了一生中的最后一次科举考试，还是落榜了。但是他的文名实在太大，于是朝廷给了他一个县尉的小官职，后来被贬到方城去了。

也许，温庭筠那首著名的《商山早行》，就是他在这颠沛流离之时写的吧？

商山早行

晨起动征铎，客行悲故乡。

鸡声茅店月，人迹板桥霜。

槲叶落山路，枳花明驿墙。

因思杜陵梦，凫雁满回塘。

离开长安七年后，温庭筠回到了长安，而且以国子助教的身份主持考试。昔日屡试不第的诗人今天竟然成了主考官，而他当考官之后带给人们的震动，一点也不亚于昔日的"救数人"。录取结束之后，温庭筠就作出一个大胆的举措：将录取士子的作品公开张贴，说这些作品"声调激切，曲备风谣。标题命篇，时所难著。灯烛之下，雄辞卓然"。而他真正的用意是"并仰榜出，以明无私"。

天真的诗人想借此一扫考场权贵请托、舞弊公行的积弊，他当然不知道，重大考试试卷一般都是不公布的，他这样做，不仅惹恼了很多既得利益者，又因为展示的文章中不乏指斥时政之作，更是令权臣咬牙切齿。于是，这个新上任的主考官一夜之间又被贬山南。

而温庭筠的狂，并不只是体现在他对科举的蔑视和大胆的行为艺术上，还体现在他对权臣的态度上。

温庭筠年轻时到长安，在结交的贵戚中，有一个就是当朝宰相令狐绹的儿子令狐滈。当时的皇帝唐宣宗喜欢听《菩萨蛮》曲，令狐绹就请温庭筠代笔写词献给皇上，假托是自己写的。他再三叮嘱温庭筠不要将此事外传，谁知道温庭筠根本没有当枪手的"职业道德"，居然将此事说了出去，因此令狐绹十分恼怒。一次唐宣宗写诗有"金步摇"三字，苦于找不到对仗的词。令狐绹告诉温庭筠之后，他应声回答："可以对'玉条脱'。"令狐绹十分高兴，问这是哪里的典故，温庭筠说："出自《南华经》（即《庄子》）。"之后又补了一句"这书也不是什么生僻的读物，宰相大人还是应该多读书啊"，弄得令狐绹十分尴尬。说出这样刻薄的话，温庭筠并非无意为之，他对令狐绹不学无术却官居高位一直就心存不满，甚至说"中书省内坐将军"，意思是令狐绹只是个武夫，根本没有为相之才。

据说，一次皇帝微服出游，在旅店里面遇见温庭筠，温庭筠不认识皇帝，傲然询问："你大概是个司马、长史一类的小官吧？"皇帝回答："不是。"温庭筠又问："那无非就是参军、主簿县尉一类的官员了？"皇帝回答："也不是。"（《唐才子传》）有人说温庭筠也可能是因为这件事惹恼了皇帝，于是始终仕途坎坷。野史固不可全信，但是有一点是确定无疑的，国子监助教是温庭筠一生做过的最大的官，但是，由于公布考卷事件，他很快被撤职了。当他离开的时候，无数长安文人自发为他送行。著名诗人张祜把温庭筠比为才气逼人却命运坎坷的汉代贾谊，写诗说：

> 方城新尉晓衔参，却是傍人意不甘。
>
> 尽夜与君思贾谊，潇湘犹隔洞庭南。

离开长安的温庭筠结局怎样，史无明载，《唐才子传》只有简单的几个字："竟流落而死。"甚至无人知道，诗人葬身何处。但是，在他身后，词的小溪仍潺潺流淌，并接纳了沿途的溪水，正在开始汇成一条蜿蜒的小河。

在花丛中开出一条幽深的大路

在儒家文化根深蒂固的中国，很多东西都被赋予了教化的功能，诗歌就是其中之一。孔子说："诗可以兴，可以观，可以群，可以怨。"其实也就是强调了这种教化功能。为了突出这种功能，传说孔子对《诗经》还进行了删改，删去了那些他认为格调不高、不利于教化的"郑卫之音"。因此，诗歌在中国被提到了一个无与伦比的高度，所谓"文章千古事，得失寸心知"，说的其实就是这种心态。而唐诗，从总体上讲，也是对《诗经》的这种教化功能的传承。

唐代的时候，词被称为"曲子"或者"曲子词"，从这些名字我们就知道，词是合乐歌唱的，其性质就和现在的歌词一样。我一直认为，词发展成今天这种形态，与古代音乐家的关联度应该也不比与文学家的少吧？一首新曲子出来之后，人们觉得十分好听，就为这首曲调填上新的词，于是，最早的歌名就成了现在的词牌。因此我们会发觉，在早期的词中，词牌往往和词的内容是一致的，如李白《忆秦娥·箫声咽》就属此类。

曲子词的音乐多取材于唐代流行的小曲，这些音乐多"用于人们的酬酢交欢，流布于从贵族、官僚到文士、百姓各个阶层。由此看来，（词）不过是宴饮作乐

时的杂曲小唱，甚至是浪子风流中的妓乐传唱"。(蒋哲伦《词别是一家》)

了解了这一点，就不难明白，为什么唐诗总是境界雄浑，格调高昂，而词的境界相对狭窄，格调婉转；也不难明白，为什么唐诗更多的是壮志凌云的宏大叙事，而宋词则呢喃的多是个人的抑郁愁思了。因为词"是最精致的最细腻的最纤细幽微的，而且是带有修饰性的非常精巧的一种美"。(叶嘉莹《唐宋词十七讲》)北宋末年李清照的《词论》一语中的："词别是一家。"

初唐时，词就已经开始流行，而温庭筠是中国第一个专力填词的诗人。王拯《龙壁山房文集忏庵词序》说，词体乃李白、王建、温庭筠所创。而自温庭筠之后，词作为一种文体才开始为世人所重，这与温庭筠艺术上高深的造诣是分不开的。王拯说，温庭筠词"其文窈深幽约，善达贤人君子恺恻怨悱不能自言之情"，因此"论者以庭筠为独至"。周济《介存斋论词杂著》云："词有高下之别，有轻重之别。飞卿下语镇纸，端已揭响入云，可谓极两者之能事。"刘熙载《艺概》更是说："温飞卿词，精妙绝人。"可见温庭筠在词发展史上地位之高。

五代后蜀的赵崇祚收录晚唐到五代的十八位词人的作品，编成了第一部文人词集，起名《花间集》，这得名于花间词人张泌的《蝴蝶儿》词句"还似花间见，双双对对飞"。他将温庭筠列为第一，也正因为被收入此集的作品被人们称为"花间词"，温庭筠被后人称作"花间鼻祖"。

相比于诗，词多抒写闺怨之思，风格婉丽绮靡。词句子长短不一，参参差差、吞吞吐吐，而正是这种参差与吞吐，更适合表现那种很含蓄幽微的感觉。叶嘉莹先生谈道：

> 而小词则和诗不同，它是破碎的、零乱的。……我们说词是女性的形象、女性的情思。……女性语言跟男性语言的区别在于，男

性的语言是明晰的、有逻辑的；女性的语言是零乱的、是破碎的。

——叶嘉莹《迦陵说词讲稿》

花间词与宋代很多词相比似乎格调不高，但是它的出现，预示了词作为一种新的诗歌体裁，在唐诗逐渐淡出历史舞台时，接过了文化传承的火把，开始担负起属于自己的历史使命。花间词还是婉约词的前身，可以毫不夸张地说，没有温庭筠和韦庄等一批花间词人的努力，就不可能有后来的晏殊、晏幾道、欧阳修、柳永、秦观、李清照，甚至苏轼、辛弃疾的出现。唐诗重"言志"，而词重"言情"，这种变化，其实正标志着以关注个人的生命与情感体验为主的文学本质的复归。而温庭筠和花间词的出现，更是直接导致了宋代"词为艳科"观念的形成。

花间词的主要对象还是女子，但是：

《花间集》现象与南朝宫体诗现象有本质的不同。宫体诗对女性的欣赏，尚处于男性对女性"物化"的审美阶段，即将女性当成美丽的玩物或尤物，其作品带有较多色情成分。而"花间"词已将女性作为对象化审美，尤其是"知己"观念与家庭成员意识观念，使作品饱含着一种真情至爱。

——沈家庄《宋词的文化定位》

于是，温庭筠用词将诗歌从神坛上牵了下来，远离了崇高的庙堂，远离了高雅的樽俎，远离了枯燥的说教，将词引到了花丛边，借着如水的月色，诗人以笔为锄，在花丛中开出了一条幽深的路。这条路指向中国诗歌的另一个高峰，指向美的另一个维度，幽深，却又宏大。

放不下　只为一个人

菩萨蛮

小山重叠金明灭，鬓云欲度香腮雪。懒起画蛾眉，弄妆梳洗迟。

照花前后镜，花面交相映。新帖绣罗襦，双双金鹧鸪。

　　九月的女子将自己定格在三月，描画着自己的容颜。水似眼波，山如蛾眉，九月的眉宇间还映着三月的草长莺飞，鬓发如云，香腮如雪，镜中的那个人似乎永远那样无忧无虑，无牵无挂。

　　再没人会嫌自己动作太慢，没人会催促自己了。九月的女子似乎感到一丝难得的轻松。细细地描眉，细细地画眼，当美丽成为一种习惯，梳妆就成为一种甜蜜的仪式。虽然没有了那双熟悉的手为自己画眉，却也多了一份难得的自在；虽然没有了那双熟悉的眼睛给自己品评，可是也少了一些苛刻的挑剔。眉际的鹅黄妆可以按照自己的想法想多浓就多浓，头上的鲜花可以依着自己的性子愿多艳就多艳。九月的女子不愿承认自己是为了某个人而美丽，更不愿承认自己的美丽还牵挂着三月的卿卿我我，耳鬓厮磨。

　　九月的女子在镜子中看到了自己的三月，眼波如水，但是九月的水似乎如这季节一样，已经多了一些深深的东西；蛾眉如山，可眉峰交聚之处，那隐现的是否是淡淡的惆怅？

　　九月的女子拿出自己的女红，细细的针没有刺到她的手，熟悉的图案却轻轻地刺了一下女子的心。那一对金色的鹧鸪让她看到了已经停滞在她生命中的三月，于是，九月的女子在九月的秋光中被定格。也罢！女子放下女红，独自登上高楼，就算为了这一早上的淡妆浓抹，轻描浅画吧。

望江南

　　梳洗罢，独倚望江楼。过尽千帆皆不是，斜晖脉脉水悠悠。肠断白蘋洲。

　　三月的白花曾经开遍天涯，于是那时很傻地以为，天涯其实很近。直到漫江的白花已变作连天的衰草，九月的女子才似乎明白，有些东西，跟已经逝去的三月一样，很难能再回来。

　　误几回，天际识归舟！

　　九月的女子盛装如浓浓的秋色，眼波却已如脉脉流水，盛满了忧伤。问君归期，却总是遥遥无期。九月的女子总是这样每天盛装登上这临江的楼，远眺这片片归帆。杨花谢了，燕子飞了，江水流春去欲尽，入骨相思知不知？

　　九月的女子把自己化作三月的一朵白花，让他摘下，递到自己手上，因为人们说，白花是定情的花。情定了，可是，人却离开了，去了天涯，天涯是否也有这漫江的白花？

　　太阳已经西斜，余晖在江上跃动，粼粼的波光像漫江的白花。九月的女子想，如果每一朵白色的小花就是一张白色的归帆，那里面一定会有自己等待的那张吧？如果是这样，自己一定不会再认错了。因为九月的女子知道，那张白帆一定会在阳光下开放如一朵白花，会被他的手轻轻摘下来，送到自己面前，递到自己手上。

　　九月的女子把自己定格在三月，盛装如花儿开放，直到黯然神伤。时节欲黄昏，无聊独倚门。

更漏子

玉炉香，红蜡泪，偏照画堂秋思。眉翠薄，鬓云残，夜长衾枕寒。

梧桐树，三更雨，不道离情正苦。一叶叶，一声声，空阶滴到明。

庭院深深深几许？愁有多深，庭院就有多深。

三月的芳草在遥远的天涯，多少个夜晚，善解人意的红蜡都是这样的，替人垂泪到天明。盛装的九月和开满鲜花的三月一样，正在这夜漏中如沙般悄然逝去。可是，这九月的秋夜却比九月还要漫长。

九月的女子不知自己是否在做一个永远不会醒来的梦，在梦里无期限地等待，等待下一个三月的春光明媚，草长莺飞，等待下一个白花开满天涯的时节。

花落月明残，锦衾知晓寒。九月的女子没有等到三月的春光，等来的是深秋的细雨。梧桐树叶被雨滴敲击，滴答作响。也好，这样，也许别人就不会听到九月的这个夜晚，深深的庭院里那幽幽的叹息。

三月的风不起，九月的帆不归，深埋在心里的一池秋水，不知道已经历多少次的沧海桑田。是谁在此时吟起思归的歌谣，是谁在这夜里沉寂，直到悲凉？

滴答的雨声在九月的庭院里劝慰着九月的女子，似乎说："放下吧，放下吧。"可是，九月的女子心里知道，她已经放下了天真，放下了矜持，放下了自尊，甚至放下了希望，但是，却放不下那一点点思念，只因为，放不下一个人。

从"秦妇吟秀才"到文人宰相——韦庄

一首诗在相隔一千多年的两个时代都被查禁，这也算得上是奇观了。而其中的一次查禁竟然是作者自己发起的，这是否算是奇观呢？

一个帝国的崩溃

9世纪的大唐帝国，已经是一艘在狂风暴雨中千疮百孔的大船了。在中唐无力回天的"中兴"之后，谁都明白，这个历史上最伟大的帝国已经如同一个风烛残年的老人，正在一步步走向自己的末日。

9世纪的帝国，宦官专权、藩镇割据、朋党之争、政治黑暗、民生凋敝……什么都不缺，缺的只是一根最后压垮骆驼脊背的稻草。这根稻草在乾符二年（875年），终于压了上来。

这年年初，王仙芝、尚让等在长垣（今河南长垣县东）发动起义，唐末农民战争爆发。五月，一个贩卖私盐出身的山东人和同族兄弟募集数千人响应，这个人叫黄巢。

乾符五年（878年），王仙芝战死，黄巢成为农民军的最高领导人。广明元年（880年），黄巢军队攻克东都洛阳；年底，攻克天险潼关；次年，攻占帝国都城长安。

广明元年十二月（881年），黄巢在长安大明宫含元殿即皇帝位，国号大齐。

此时的黄巢大概怎么也想不到，就在第二年，他的重要部将——同州（今陕西大荔）防御使朱温就出卖了自己，投降了唐军。同时，沙陀族李克用应唐朝乞援，率精兵一万七千人南下。黄巢被迫于中和三年（883 年）撤出长安，一路上被唐军处处阻击，最后退至虎狼谷（今山东莱芜市西南），兵败自杀。

朱温投降唐军之后，为嘉奖他的"忠诚"，皇帝赐名"朱全忠"。不过，"朱全忠"可一点都不忠，他靠着出卖黄巢起家，在战争中扩大了自己的势力，成为晚唐最大的军阀之一。902 年，他杀害了唐昭宗，立十三岁的李柷为傀儡，是为唐哀帝。哀帝即位仅三年，朱温就演出了一场煞有介事的"禅让"闹剧，自己即皇帝位，国号"大梁"，史称"后梁"，并在次年毒死了已被废为济阴王的哀帝。至此，立国二百七十九年、传帝二十一代的唐王朝灭亡，中国进入自魏晋南北朝以来的又一次大分裂时期——五代十国。

881 年的那个正月，刚刚即位的黄巢当然不会注意到，就在他的军队攻入长安的时候，有一个来都城参加进士考试的读书人没能及时逃出，被困在了这座对他来说生死未卜的城市里，这个读书人的名字叫韦庄。

一首命运多舛的诗

韦庄（836—910），字端己，长安杜陵（今陕西西安东南）人。史书说他"少孤贫"，很早父亲就去世了。也许是为了振兴家门，他"力学"，而且"才敏过人"。韦庄从年轻的时候就开始考进士，可是考了很多次都没有考上。881 年，当他再次应考的时候，黄巢的军队杀进了长安，于是，韦庄就被困在了这座战火纷飞的城市里。

不久，韦庄在战乱中从长安逃到了洛阳，在这里，他写下了一首堪称在中国诗歌史上命运最奇特的诗：《秦妇吟》。

说到唐代的长诗，人们最先想到的往往是白居易的《长恨歌》以及《琵琶行》，事实上，唐代最长的叙事诗并非《长恨歌》，而是韦庄的这首《秦妇吟》。这首诗借一个在战乱中沦落于黄巢军队的妇女（秦妇）之口，为人们描述了 881 年，诗人身在战乱之中的长安，其亲眼所见之状。在诗中，诗人描写了唐军抵御农民军的不力，也揭露了农民军对百姓的侵凌，更多的则是描写战乱中普通百姓所遭遇的苦难。

农民军攻入长安时，都城遭遇火灾：

火迸金星上九天，十二官街烟烘烔。

在战争中哀号的百姓：

家家流血如泉沸，处处冤声声动地。

百姓们东奔西逃：

扶羸携幼竟相呼，上屋缘墙不知次。南邻走入北邻藏，东邻走向西邻避。

而农民军进京之后：

内库烧为锦绣灰，天街踏尽公卿骨……

韦庄这首诗引起了巨大的轰动，很多人家把这首诗刺在幛子上。韦庄从此名声大噪，被称为"秦妇吟秀才"。

从长安逃到洛阳不久，韦庄又到江南避乱，之后再次参加科举，中了进士，担任校书郎。当时王建担任西川节度使，驻扎成都，韦庄前去投奔他，后被任命为掌书记。

907 年，朱温自立为帝，唐朝灭亡。得知这个消息之后，韦庄便劝王建也即位当皇帝。王建听从了他的建议，便在成都称帝，国号"大蜀"，史称"前蜀"，并任命韦庄为宰相。据史书记载，前蜀立国的法令制度都是韦庄制定的，由此可见，他深得王建信任。

当了宰相的韦庄，讳言自己的名作《秦妇吟》，甚至在《家戒》里明确规定"不准垂《秦妇吟》幛子"。陈寅恪先生说，究其原因，是因为韦庄在诗中描写了官兵抢掠民女之实，而王建本来就是好色之徒，很多民女很可能就是被他掳走的。王建称帝后，韦庄为避主讳，极力查禁自己的这首成名之作，连自己的作品集《浣花集》也不收录这首诗。于是这首诗竟然就这样从中国诗歌史上消失了一千余年。

1908 年，法国教授伯希和在敦煌山洞中劫掠了一批珍贵文物，其中竟然就有失传已久的这首《秦妇吟》。著名学者罗振玉先生知道之后，前往观看，并写了一篇《莫高石室秘录》，令国人第一次知道，《秦妇吟》竟然有抄本传世。至此，消失了一千多年的现存唐代篇幅最长的诗歌，终于浮出了水面。

只不过学者们恐怕没有想到，半个多世纪以后，这首诗又一次触犯了忌讳，被认为是"地主阶级对农民起义的诬蔑"。因为《秦妇吟》里不少篇幅描写了黄巢军队进入长安之后，奸淫抢掠的场面。诗中描写很多长安女子抗拒官兵凌辱，横遭惨祸的情景：

西邻有女真仙子，一寸横波剪秋水。……牵衣不肯出朱门，红粉香脂刀下死。

南邻有女不记姓，昨日良媒新纳聘。……忽看庭际刀刃鸣，身首支离在俄顷。

一个女子为了免遭凌辱，爬上屋梁，结果被人在下面放火：

烟中大叫犹求救，梁上悬尸已作灰。

其情其景惨不忍睹。

当描写农民新贵的丑态时，诗人说：

翻持象笏作三公，倒佩金鱼为两史。朝闻奏对入朝堂，暮见喧呼来酒市。

这首诗在一千多年前触犯了忌讳，被作者自己查禁；一千多年后，又触犯了新的忌讳，再次被打入冷宫。

日暮乡关何处是——从江南到西蜀

韦庄的《秦妇吟》中有这么一句："适闻有客金陵至，见说江南风景异。"的确，相比于当时山河板荡、生灵涂炭的中原，宁静秀美的江南，已堪称世外桃源了。韦庄从陷落于黄巢手中的长安逃出来，到了洛阳，据说就在这里写下了《秦妇吟》。之后，他就躲到了江南，一直到战事结束。

多年以后，当诗人回想起那段岁月的时候，内心依旧会荡漾起如此柔情：

菩萨蛮（其二）

人人尽说江南好，游人只合江南老。春水碧于天，画船听雨眠。

垆边人似月，皓腕凝霜雪。未老莫还乡，还乡须断肠。

后人评价，与温庭筠的浓艳华美相比，韦庄的词显得更清新质朴。同时，韦庄更善于通过看似平静的描写来寄托自己深深的感情。白居易曾发出感慨：能不忆江南！韦庄则更进了一步：游人只合江南老。诗人借别人挽留游人的口，盛赞江南的美丽。中国人向来是安土重迁的，屈原说："鸟飞返故乡兮，狐死必首丘。"远游在外的游子，无时无刻不期盼着回到魂牵梦萦的故乡。可是，江南是如此的美丽，如此的迷人，竟然可以让诗人乐不思蜀了。春水连天，荡舟湖上，美丽的酒家女彩袖殷勤，这一切，都让诗人流连忘返。于是他似乎很自然地得出结论：未老莫还乡。

可是，"还乡须断肠"又是什么意思？难道诗人真的是被江南美景迷惑而乐不思蜀吗？还乡固然会对江南依依不舍，可是至于到断肠的地步吗？其实联系一下作者写作此词的时间，我们不难发现，诗人此处还有他意：谁不想回乡，谁能真正如贾岛，却把并州作故乡？即使是成都美景如画，生活安定，杜甫不是也还一直盼望回到故乡吗？以至于他听说官军收复河南河北的时候，竟写出了生平第一大快诗《闻官军收河南河北》。可是，诗人能回去吗？诗人的故乡在长安，而此时的长安，完全浸泡在血泊中，哀号满地，遗尸遍野，诗人此时回乡，怎能不断肠呢？

作者写作五首《菩萨蛮》的时候，已经是垂暮之年了。这时的韦庄，居住在生活安定的成都，王建称帝之后，他被封为宰相，受到重用。垂暮的老人，回忆起自己年轻时在江南少年英俊、裘马轻狂的岁月时，似乎仍然有一丝自得：

菩萨蛮（其三）

如今却忆江南乐，当时年少春衫薄。骑马倚斜桥，满楼红袖招。

翠屏金屈曲，醉入花丛宿。此度见花枝，白头誓不归。

英俊潇洒、才气逼人的诗人在江南想必收藏了无数甜蜜温暖的回忆吧。当他骑马倚桥而立，满楼红袖都为诗人挥舞，江南的温香软玉让诗人深深沉醉，他流连花丛之中，乐而忘返。可是，词的最后一句则让人费解：如果此刻我还能重返这样的生活，即使是在此白头，我也誓不归乡。在前一首词中，诗人说"未老莫还乡"，毕竟留下了一条后路：老了之后再还乡。可是为什么这里的诗人竟然毫不犹豫地断绝了回乡的念头呢？因为到这时候，家已经回不去了。自己的故乡长安现在已经成了敌国（朱温自立"大梁"），即使诗人想回去，又能回到哪里呢？山河已经不再是原来的山河，故乡也不再是原来的故乡。从中原到江南，从江南到西蜀，诗人的足迹在中国半个版图上画了一个大圈，最后，就无奈地留在这巴山蜀水之中了。

到成都之后，韦庄在西南浣花溪畔、杜甫曾经居住过的地方安顿了下来。他重新修整了杜甫留下来的草堂，舍南舍北皆春水，但见群鸥日日飞。难如上青天的蜀道暂时阻隔了中原连天的战火。成都，这个在一千多年后被一个电影导演誉为"来了就不想走"的城市，此时以一贯的温厚和宽容收留了诗人，收留了再也无法回家的诗人。

可是，诗人的生活似乎也并不如人们想象的那样顺心如意。

荷叶杯

记得那年花下，深夜。初识谢娘时。水堂西面画帘垂，携手暗相期。

惆怅晓莺残月，相别。从此隔音尘。如今俱是异乡人，相见更无因。

据说，王建好色无度，就连大臣的妻女，凡被他看中的，也全不放过。韦庄有一名爱姬，资质艳丽，兼工词翰，与韦庄情意深厚。王建知道后，借口要其教授后宫女子书画，将韦庄爱姬强行带入宫中。韦庄知道此去即为永诀，可是慑于君威，也无可奈何。

爱姬被抢的诗人难忍心中郁悒，写了数首《荷叶杯》，表达自己的感伤。而这首词中的"如今俱是异乡人"，更是表达出了羁旅天涯的诗人借怀念故乡而表达的那丝哀叹。年已垂暮的诗人，此时竟像一个离开了家门，被外人欺负的孩子，唯一的愿望，就是回到家里，在故乡的羽翼下，好好疗伤。其实诗人未必不知道，欺凌自己的，并不是"异乡"这样一个空泛而含混的概念，而是高坐金銮殿上，那个手操生杀予夺大权的皇帝。

据说，这首词后来传入了宫中，韦庄爱姬看到之后，十分感伤，于是绝食而死。韦庄知道之后，更加悲恸，写了几首悼亡词，其中有一首《女冠子·昨夜夜半》：

女冠子

昨夜夜半，枕上分明梦见。语多时。依旧桃花面，频低柳叶眉。

半羞还半喜，欲去又依依。觉来知是梦，不胜悲。

存者且偷生，死者长已矣。在担任王建的宰相三年之后，七十四岁的韦庄离开了人世。我有时候想，在诗人看这多灾多难的山河最后一眼的时候，耳边是否回响起了儿时母亲给自己唱过的歌谣？眼前是否会出现故乡山坡上的柳枝？日暮乡关，生，无法回去，也许，诗人在死后，终于魂归故里了吧。

且把江山
都换了浅斟低唱

五代词

文士的噩梦

史书多将 907 年朱温废唐哀帝，自立为皇帝作为五代的开始，960 年赵匡胤发动陈桥兵变，黄袍加身建立北宋作为五代的结束。五代，前后历时仅五十三年。但是这五十三年，却是中国历史上最混乱动荡、最暗无天日的五十三年。

这五十三年中，梁、唐、晋、汉、周五个朝代更迭相替，延续时间最长的后梁，不过十六年，而刘知远建立的后汉，这个短命朝代，竟然只存在了三年。与此同时，前蜀、后蜀、吴、南唐、吴越、闽、楚、南汉、南平、北汉十国政权相继建立，中华大地，分崩离析。每一次政权的更迭，都建立在血泊和哀号之上；每一个王朝的覆灭，都将无数的冤魂拖入深渊。这其中，更不会少了文人的哀号。

黄巢起义已经为唐王朝的灭亡敲响了丧钟。884 年，黄巢起义被扑灭，但是中国分裂割据的局面也已经拉开了序幕。在这乱世之中，草莽英雄粉墨登场，而文人却遭遇到了前所未有的惨祸。这惨祸，自黄巢时期就已经开始了。

881 年春天，有人在尚书省的门上题诗嘲讽农民政权，黄巢部将尚让知道之后大怒，杀死了在该省任职的官员，又杀死京师所有会作诗的人，并将其他识字的人罚作仆役。

黄巢起义被扑灭之后，大权在握的朱温先后杀害了唐昭宗和唐哀帝，为了扫清自己篡位的障碍，嗜杀成性的朱温还残害了大批正直敢言的大臣。

据新旧《唐书》记载，朱温在手下李振的撺掇下，将朝中三十多位大臣聚集到白马驿，一夜之间将其全部杀害，并把尸体扔进黄河。李振对朱温说："这些人平时都自诩是'清流'，现在把他们投到黄河里去，让他们永为'浊流'！"朱温"笑而从之"。

一次朱温和手下幕僚在一棵大柳树下乘凉，朱温随口说了一句："这木头可以用来做车毂。"旁边就有十多个文士站起来附和："的确可以做车毂。"谁知朱温突然脸色一变说："大凡书生们就喜欢顺着别人说话来欺骗人，你们就是这样！做车毂应该用榆树，怎么能用柳树！"然后对左右说："你们还等什么！"于是卫士上前，把这些书生全部用木棍打死。

除朱温的后梁之外，后唐、后晋、后汉几个政权的统治者们，其重视武人、凌辱文士的作风也是和朱温一脉相承的。武夫悍将们声称只要兵强马壮，就可以当皇帝，秩序、伦理、道德被践踏在脚下，父子反目、兄弟争位的情景轮番上演。欧阳修说，五代的时候，设立国君就像委任个小吏一样随意，改换国家就像换家旅店一样轻率。正所谓"置君犹易吏，变国若传舍"（欧阳修《〈新五代史〉序》）。政治混乱到了极点。

在军阀混战的时代，文人的命运完全操纵在武夫的手中。这些武夫很多大字不识一个，多擅权不法，文人能够在这乱世之中保住性命已属不易，遑论致君尧舜，经国安邦！

盛唐以功业自诩，以诗歌来表达对那个伟大帝国的希冀的辉煌时代已经成为过去。

中唐盼望中兴，希望帝国能够回归昔日辉煌的时代责任感也成为陈迹。

甚至晚唐，对昔日辉煌不再、帝国江河日下的惋叹也没人再提起。

帝国已经不是以前那个帝国，君王也不是以前那个君王。

国事、天下事，似乎已经不关文人之事。乱世中侥幸保住小命的文人们，不再像他们的先辈——王勃、陈子昂一样，将自己的眼光放在山河和庙堂之上；也不像杜甫、白居易一样，用悲悯的目光关怀涂炭的苍生；甚至很少像王维、孟浩然一样，把自己的身体与心灵放逐到山水和信仰之中。谈国家、谈苍生显得太奢侈，也太危险，因此文人们开始把目光由社稷转移到了闺房，由塞外转移到了庭院，由建功立业转移到了儿女私情。唐诗的高歌，就转变为了花间的浅酌低唱。

且把江山　都换了浅斟低唱

在十国割据的政权中，前蜀皇帝王建算是一个尊重文士的武人，他任用韦庄等一批文士为高官即是证明。这种相对的宽松政策，外加秀丽的巴山蜀水，也使前蜀、后蜀成了当时文人难得的一个避难场所，以至于后人有的就直接把花间词派称作"西蜀词派"。

前蜀、后蜀君臣都沉迷声色，醉生梦死。据清代叶申芗所著《本事词》记载：

> 前蜀主王衍好裹小巾，其尖如锥。宫妓多衣道服，簪莲花冠，施燕支夹粉，号"醉妆"。

从王衍作的一首《醉妆词》中，我们依稀可以看见前蜀皇帝醉生梦死的情景：

> 者边走，那边走，只是寻花柳。
> 那边走，者边走，莫厌金杯酒。

在酒杯和女人堆里打滚的词，必然就带有浓浓的脂粉味。比如王衍描写宫人的罗裙：

> 画罗裙。能解束，称腰身。柳眉桃脸不胜春。
>
> 薄媚足精神。可惜许，沦落在风尘。

这样的词，已经抛弃了三百年唐诗建立起来的宏大气魄与格调，变得跟齐梁时期的淫词艳曲无异了。

相比之下，后蜀主孟昶的审美品位似乎要高一些。他自己就曾经对臣下说："王衍品行浮薄，喜欢作一些轻艳的词，我是不作这些的。"孟昶是写春联的鼻祖，他曾创作了中国有历史记载的第一副春联："新年纳余庆，嘉节号长春。"从此开启了中国贴春联的习俗，至今不衰。孟昶当蜀主的时候，觉得成都颜色过于单调，就下令让城上遍种芙蓉，盛开四十里。唐代以来，成都因织锦而被称为"锦城"，而从孟昶之后，成都又多了一个新的美称"蓉城"，这个美称一直沿用至今。

苏轼说，他七岁的时候，在眉山遇见一个姓朱的老尼姑，有九十多岁了，老尼说曾经跟随师父到孟昶宫中。一次天气很热，孟昶与宠妃花蕊夫人到摩诃池上避暑，作了一首词，老尼还能记得。苏轼说，这事过去四十多年了，老尼已经去世，没人知道这首词。苏轼也仅记得前两句，于是他就以此为开头，凑成一首《洞仙歌·冰肌玉骨》。

洞仙歌

> 冰肌玉骨，自清凉无汗。水殿风来暗香满。绣帘开、一点明月窥人，人未寝、欹枕钗横鬓乱。
>
> 起来携素手，庭户无声，时见疏星渡河汉。试问夜如何？夜已

三更。金波淡、玉绳低转。但屈指、西风几时来，又不道、流年暗中偷换。

虽然这首词大部分出自苏东坡之手，但是能让苏东坡有兴趣续写下去的词，本身应该不是泛泛之作，这也从侧面证明了孟昶的水平。《蜀梼杌》说孟昶"好学，为文皆本于理"，应该是有根据的。

《词林纪事》载有孟昶的《玉楼春·冰肌玉骨清无汗》，有人说这就是那首原词：

玉楼春<small>夜起避暑摩诃池上作</small>

冰肌玉骨清无汗，水殿风来暗香满。绣帘一点月窥人，欹枕钗横云鬓乱。

起来琼户启无声，时见疏星渡河汉。屈指西风几时来，只恐流年暗中换。

不过很明显的是，这首传说是孟昶的原词居然与苏轼续写的词惊人的相似，显然不是苏轼的记忆力太好。有后人指出，这首词其实是当时东京的士子隐括东坡词而来，这种解释应该是合乎逻辑的。

与前蜀、后蜀类似的是，五代时期的南唐也是当时难得的一个尚文好士的政权，而这种尚文好士似乎又走入了另一个极端：上下竞相填词，君臣置江山社稷于不顾，如南唐中主李璟与大臣冯延巳就属此类。

冯延巳（903—960），又名延嗣，字正中。他学问渊博，文采飞扬。但是作为大臣，他却是尸位素餐，无能之极。据陆游《南唐书》记载，冯延巳曾经说："先主李昪（指南唐先主李昪——笔者注）打仗损失几千人，就愁得吃不下饭，成天唉声叹气，这是地道的田舍翁，怎么能成大事。现在主上（李璟），数万军队在外面打仗，一点不放在心上，照常享乐，这才是有气魄的皇帝。"冯延巳在朝中结党营私，专横跋扈，和其他几个善于投机钻营的大臣被别人称为"五鬼"。但是他又多才多艺，这一点连他的政敌也十分佩服。当时的一个大臣孙晟曾经当面指责冯延巳说："我文章十辈子都赶不上你；言谈诙谐，宴饮喝酒，我一百辈子都赶不上你。"但是孙晟紧接着又说："说到谄媚奸诈，我万世都赶不上你。"（陆游《南唐书·冯孙廖彭列传》：鸿笔藻丽，十生不及君；诙谐歌酒，百生不及君；谄媚险诈，累劫不及君。）

冯延巳的人品卑劣，但是在南唐他却做到了宰相，深得皇帝欢心，一个重要的原因，就是中主李璟也十分爱好填词。李璟流传下来的词作有四首，其中最著名的就是这首《摊破浣溪沙·菡萏香销翠叶残》：

摊破浣溪沙

菡萏香销翠叶残，西风愁起绿波间。还与韶光共憔悴，不堪看。

细雨梦回鸡塞远，小楼吹彻玉笙寒。多少泪珠何限恨，倚栏干。

这首词虽然仍未脱花间一派的痕迹，但是语句中已经显露出后代宋词气象深远蕴藉的特点。特别是"细雨梦回鸡塞远，小楼吹彻玉笙寒"一联，回味隽永，余音袅袅，中主自己也十分得意。

而冯延巳最为人称道的，则是他那首《谒金门·风乍起》：

谒金门

风乍起，吹皱一池春水。闲引鸳鸯香径里，手挼红杏蕊。

斗鸭阑干独倚，碧玉搔头斜坠。终日望君君不至，举头闻鹊喜。

这首词的第一句特别令人击节：春水如心，心如春水，风乍起，池水泛起的波纹，其实就是女子心中那隐隐的愁思。虽然以水纹比喻心中波澜并非冯延巳首创，初唐张若虚的《春江花月夜》中就有"鸿雁长飞光不度，鱼龙潜跃水成文"的句子，但是，平心而论，张若虚的诗句远比不上冯延巳的词那么语言清丽，意境深婉。据说这句词让皇帝李璟也十分忌妒，一次他不无妒意地对冯延巳说："吹皱一池春水，干卿何事？"冯延巳顺口回答："不如陛下小楼吹彻玉笙寒。"这句回答有两解，一来暗示皇帝，写淫词艳曲的不是我一个人，陛下您也未能免俗；二来巧妙地奉承皇帝，我的这句词虽然好，哪里比得上陛下的名句，那才是千古少见的才情啊！冯延巳的机敏过人和善于逢迎由此可见一斑。

动荡不安的时代，醉生梦死的皇帝，巧于逢迎的大臣，纸醉金迷中的顾影自怜，浅酌低唱中的浑浑噩噩，成了五代大部分花间词人共同的底色。男儿的豪气已经被脂粉气扫得荡然无存，唐诗的精神已经被儿女情长的呢喃冲淡乃至掩盖，整个社会，笼罩在一片娱乐至死的香雾中。国家的沦亡，民生的凋敝，生灵的涂炭，在他们眼中，似乎都算不得什么。犬儒主义和及时行乐是几乎所有君臣共同遵奉的准则：我死后，哪管洪水滔天。

让男人蒙羞的"红颜祸水"

然而，与男性的普遍沉沦相对应，一位女子，却在一片末世的莺莺燕燕的桃色文字之中，用自己的歌喉唱出了明亮却短暂的银色哀歌，这个女子就是花蕊夫人。

花蕊夫人姓徐（一说姓费），是后蜀青城山人。也许正是清幽深邃的山色养育了女子的兰心蕙质，她从小就灵气逼人，长大之后更是才色双绝。她因此被选入后蜀主孟昶的后宫，备受宠爱，被赐号花蕊夫人。《能改斋漫录》评说，其意思是鲜花都不能与她的美丽相比，跟花蕊相较，她都显得更加美丽轻盈。

乾德二年（964年）十一月，宋军六万伐蜀，蜀军十四万不战自溃。孟昶投降宋朝，花蕊夫人随其一起到了汴梁。赵匡胤早就听说花蕊夫人才华过人，便叫她赋诗一首，于是就有了花蕊夫人这首《述国亡诗》：

> 君王城上竖降旗，妾在深宫那得知。
>
> 十四万人齐解甲，更无一个是男儿。

一句"更无一个是男儿"，足以使沉迷于酒色之中的须眉男子汗颜，足以使流连于花前月下的君臣蒙羞。也许，正是家国的一夜沦亡，使这个女子竟然拥有了超越那一时代多数男子的悲凉，而她也用诗歌来铸就了属于那个时代共同的感伤。

据说，在花蕊夫人跟随孟昶到汴梁的路上，经过葭萌驿站时，她还作了一首词：

> 初离蜀道心将碎，离恨绵绵。
>
> 春日如年。马上时时闻杜鹃。

词还没写完，军士催促赶路，于是这半首词就留在了驿站的墙壁上。后来有好事者看见，为它续写道：

> 三千宫女皆花貌，妾最婵娟。
>
> 此去朝天。只恐君王宠爱偏。

这样的续作真让人哭笑不得：原词抒写国破家亡之悲，去国怀乡之愁，虽然只有半阕，却是字字泣血，声声啼泪，而续写之作竟将原作变成了后宫女人争风吃醋的无聊故事，恶俗到了极点，就连《本事词》也忍不住斥责："成何语意耶！"按常理，这个续写的人，定是男子无疑，这也恰好是一个反讽：在这个衰亡的乱世，中国文人的风骨早已荡然无存，取而代之的，是奴颜媚骨的臣妾之风，逢迎争宠的奴婢之态。这些居庙堂之高的须眉男子，在面临家国破亡的关头，却只能作鸟兽散，不知他们在花蕊夫人面前，是否会感到惭愧。

可是，历史的荒谬就在于，当男人们因纸醉金迷断送了江山之后，却还要把女人拉出来做替罪羊，而女人的罪，就是她们的美丽和才华。周幽王被流放，据说是因为褒姒；陈后主亡国，则是拜宠妃张丽华所赐；孟昶丢了江山，根据"红颜祸水"的原则，当然是花蕊夫人的错。正如鲁迅在《阿Q正传》中写的："中国的男人，本来大半都可以做圣贤，可惜全被女人毁掉了。商是妲己闹亡的；周是褒姒弄坏的；秦……虽然史无明文，我们也假定他因为女人，大约未必十分错；而董卓可是的确给貂蝉害死了。"

花蕊夫人到宋朝之后，赵匡胤十分喜爱，几天之后，孟昶暴亡，太祖将花蕊夫人宠之后宫。当时还是晋王的宋太宗赵光义多次劝谏，认为花蕊夫人是蜀国亡国之祸根，必须除去，赵匡胤不听。一次兄弟围猎，花蕊夫人跟从，赵光义张弓搭箭瞄准猎物，突然回身射向花蕊夫人，弓弦响处，香消玉殒。宋太祖虽然恼怒，却也无可奈何。

五代的烽烟和离乱，随着花间词的低吟渐渐地成为了历史的陈迹。虽然花间词在描摹景物、刻画内心等方面是诗歌史上的一次重大突破，但是，由于相当一部分词人的人格低下、境界狭窄，以及大多数词作格调不高等原因，花间词一直不为人们称道，乃至于很多评论家闭口不言五代花间词。但是，我的宋词之旅却不能躲开这一段必经的路程，因为唯有经过这动乱萎靡的五十余年，我们才能进入下一段期盼已久的旅程；唯有经历过这些吟风弄月的词人，我们才有可能与下一位词人相遇。正是他，用自己的国家和生命，揭开了宋词真正的黄金时代的帷幕；也正是他，用自己黯然嘶哑的歌喉，把宋词从脂粉和酒精中唤醒，从委顿和狭隘中挣脱出来，为宋词撕开了一片苍凉但是却浩渺的天空。这个人，就是李煜。

生命　在悲剧中提纯——李煜

　　尼采说："一切文学，余爱以血书者。"伟大的艺术家往往是这样
的人：他们在一生中经历了常人难以想象的痛苦、悲凉与撕裂，让他们
痛彻心扉，这在他们的灵魂上留下了触目惊心的伤口，永远无法愈合。
而这心扉之痛又转化成艺术品，流传于后世。于是，他们就成了后世
所有痛苦与悲凉者的代言人。贝多芬如是，莫扎特如是，凡·高如是，
杜甫如是，李煜亦如是。

　　10 世纪的那个秋天，当李从嘉听说自己的长兄突然暴死之后，压在心中长
达十年的一块石头终于落了下来。

　　李从嘉的长兄名叫李弘冀，被父亲南唐中主李璟立为太子。虽然帝位对他来
说几乎已经如囊中之物，但是李弘冀一刻也不放心他认为随时在觊觎自己位置的
弟弟们。

　　李从嘉是李弘冀的六弟，但是在他长大成人之后，他的四个哥哥都相继去世
了，于是，他成了实际上的次子。李从嘉对帝位从无兴趣，他关心的只是与僚属
们吟诗作赋，与高僧们讲经论道。但是他知道，哥哥对自己的防范和迫害，仍然
如一双黑色的翅膀，高悬在自己的头顶，它的阴影笼罩着自己，而这一笼罩，就
是十年。

　　这一年的秋天，他们的叔父李景遂突然暴死，外面纷纷传闻，凶手就是太

子李弘冀。因为父皇（李璟）曾经在一次盛怒之下，声称要让弟弟李景遂继承帝位，为了消除这个隐患，李弘冀便毒死了自己的叔父。仅仅一个月之后，太子殿下也得疾病归西了，坊间传闻，其实是杀害叔父东窗事发，皇帝陛下下令处死了他。

长期压在李从嘉心上的死亡恐惧终于消除了，但是他不知道是否应该庆贺。因为他明白，太子长兄的死虽然终于使自己不再生活在随时可能被害的阴影下，但是这也给自己出了一道难题：五个哥哥都离开了人世，原来以为跟自己毫无关系的皇帝之位，现在却实实在在地摆在了自己面前。虽然李从嘉对这个位置没有丝毫兴趣，但是，命运之神已经把他这个温厚懦弱的书生一掌推上了历史的前台。这一掌，推出了中国历史上一个无能的皇帝，也推出了中国历史上一个伟大的词人。

961 年夏，李璟去世，李从嘉登上了南唐皇位，改名李煜，这一年，他二十四岁。

已输了江山一半

事实上，当李煜登上南唐皇帝的帝位时，这个位置已经不能算是真正的帝位了。就在李煜即位的前一年，后周大将赵匡胤在陈桥发动兵变，夺取了帝位，建立了宋朝。在随后的十余年里，宋军东征北讨，逐步消灭各方割据势力。而偏安江南的南唐，从中主李璟开始就显露出败象。冯延巳担任宰相，派大将陈觉、冯延鲁进攻福州，结果大败，死伤数万人；之后又进攻湖南，大败而归。再后来淮南被后周攻陷，冯延鲁兵败被俘。无奈之下，南唐宰相孙晟出使后周，岂料竟被杀害。

　　长年的战争使国内财富虚耗，民不聊生，以至于南唐竟无法为士兵配备武器铠甲，于是让士兵穿着纸做的铠甲，拿着农具当武器，这支部队被称为"白甲军"。而这样的军队，只能是装备精良的敌军刀下的冤魂。

　　与此同时，南唐朝廷内钩心斗角，党争不断，内耗不休，中主李璟被弄得焦头烂额，被迫着手整顿朝政，罢免了冯延巳。但是不久，中主就去世了，这个内忧外患、积重难返的烂摊子，就扔给了后主李煜。

　　李煜登上皇位的时候，南唐已经不再自立为国，而是向北宋称臣，并每年向北宋按时进贡。北宋的使节来南唐的时候，李煜总是要换下黄袍，穿上官员穿的紫袍见使臣，表明自己也是大宋的臣子。李煜即位后不久，干脆上表大宋皇帝，声明自己不再称帝，而称江南国主，希望以此来换得赵匡胤的容忍，好让自己在这江南的一隅能够继续偏安下去。

　　生性文雅懦弱的李煜和他的父亲李璟一样，的确不是好皇帝，可这两位不称职的皇帝偏偏又遇上了两位雄才大略的君主：李璟遇上了后周的周世宗柴荣，于是连连败北割地；而李煜则遇上了大宋的开国皇帝赵匡胤，于是注定成为这个江南小朝廷的陪葬人。

　　朝政的日趋败落使南唐的很多大臣也心急如焚，大臣潘佑在一次踏青的宴会上，便作了一首名为赏春，实际上讽刺朝政的词：

失调名

楼上春寒山四面，

桃李不须夸烂漫，

已输了春风一半。

此时的南唐朝廷，正如词中所说的一样，春寒逼近，四面危机，而与后周的长期作战，使南唐丢掉了淮河以南、长江以北的大片土地，这几乎占南唐疆土的一半。潘佑不无心酸地说"已输了春风一半"，正是对南唐日益衰弱的国力的哀叹。

这首词写出来之后，似乎也没见李煜有什么特别的反应。因为，这位多情词人此时的心思并不在此，而在自己那位身患重病，很可能将与世长辞的皇后身上。

金缕鞋

李煜的皇后姓周，名蔷，小字娥皇，是大司徒周宗的女儿。相貌娇美，音律、歌舞、书史、围棋无不精通，是南唐著名的才女。中宗李璟在世的时候，就十分喜爱这个聪明伶俐的女子，于是做主把她许给了李煜，这一年，李煜十八岁，娥皇十九岁。李煜即位之后，娥皇被立为皇后。

一斛珠

晓妆初过，沉檀轻注些儿个。向人微露丁香颗。一曲清歌，暂引樱桃破。

罗袖裛残殷色可，杯深旋被香醪涴。绣床斜凭娇无那。烂嚼红茸，笑向檀郎唾。

这首词在收入《白香词谱》时后面加了个标题：美人口。看样子，这首词写的是美人的樱桃小嘴：女子晓妆化好，在嘴唇抹上沉檀（一种化妆品），调皮地向人吐一下舌头，樱桃小嘴一开，清亮的歌声绕梁不绝。歌声停止，女子小酌，没喝几杯，已露醉态，连衣裙都被酒沾湿。不过她似乎并不在意，斜靠绣床，娇嗔痴笑，将烂嚼的红绒，朝心爱的郎君吐去。

《南唐书》说周后"通书史，善音律，尤工琵琶"，因此这首词描写的美女，很可能就是周后，毕竟在皇宫里面能够当情郎的可能只有皇帝一个人。由此可猜想李煜与周后的婚后生活应该是十分幸福的吧。史载周后天性活泼，娇憨可爱，加之才华出众，与李煜这位才子皇帝倒是天生的一对。深宫绣帘，轻歌曼舞，这样的人间天堂，怎能不让人陶醉呢？

可惜好景不长，李煜即位三年之后，周后身患重病，病中，他们四岁的儿子意外夭折，这对尚在病中的周后而言更是雪上加霜。正在这个时候，另一位美丽可爱的少女出现在了李煜面前，这就是皇后的妹妹周薇。

史书记载皇后的妹妹"警敏有才思，神彩端静"，因为探望姐姐的病而进宫。很快，她就和这位多情的才子皇帝堕入了情网，在周后病中，两人就频频约会。李煜这首《菩萨蛮·花明月暗笼轻雾》，描写的就是他和皇后的妹妹一次幽会的情景：

菩萨蛮

花明月暗笼轻雾，今宵好向郎边去。刬袜步香阶，手提金缕鞋。

画堂南畔见，一向偎人颤。奴为出来难，教君恣意怜。

这位大胆率真的词人，竟然把自己与情人约会的情景写入词中，其情其景活灵活现：月暗花间，思念情人的少女抑制不住内心的期待，去与情人约会。因为怕别人知道，少女脱下金缕鞋，只穿着袜子，轻轻地溜过寂静的宫殿台阶。见到情人，依偎在他怀里，因为激动，也因为害怕，身体竟止不住地颤抖，娇姿美态，令人爱怜。

不过，不谙世事的少女似乎并不像李煜词里描写的那样谨慎小心。病中的周后，有一天突然发现妹妹站在自己床边，她惊问道："你什么时候来的？"天真幼稚的少女不假思索信口回答："已经来了几天了。"听到这话，周后一言不发，把身体转了过去，再也没有转过来，一直到死。

娥皇死后，李煜十分悲痛，也许悲痛里也有些内疚吧。他写了很多诗词表达对周后的怀念，并称自己为"鳏夫煜"。

娥皇死后三年，李煜立娥皇的妹妹周薇为皇后。后来为了区分，人们便称娥皇为"大周后"，称她的妹妹为"小周后"。

很多人对李煜娶小周后的事情不无微词，清代一位诗人甚至讽刺说：

> 别恨瑶光付玉环，诔词酸楚自称鳏。
>
> 岂知刬袜提鞋句，早唱新声菩萨蛮。

皇帝的绯闻闹得满城风雨，一时间成为士庶茶余饭后谈不厌的话题。这时候谁也不会注意到，南唐金陵城里，有一个书生已经多次科举考试落榜了。而他的落榜，将直接改变这个江南小朝廷的命运。

四十年来家国　三千里地山河

10 世纪末的这个秋天，游荡在金陵城里的樊若水觉得这也是自己人生的秋天，因为，他又一次名落孙山。

樊若水不相信自己的落榜是因为自己才华不够。他自幼聪明好学，博闻强识，以神童自许，长大之后，也想通过科举入仕，光耀门楣。可是，一次次的落榜已经使他看到了这个小朝廷太多的腐败和黑暗，也更让他觉得，即使在这个偏安江南的小国谋得一官半职，将来也无任何前途可言。于是，这个走投无路的书生开始酝酿他一生中最冒险的一步棋：投靠当时如日中天的大宋。

樊若水知道，宋太祖赵匡胤崛起于北方，先后已经灭掉楚、荆南、后蜀和南汉等国，势力越来越大，南唐肯定是他的下一个目标。但是长江自古为天堑，阻挡了大宋的猛将雄兵。西晋时王濬是从长江上游造船，沿江东下，才灭了吴国，但是造船财力、时日都耗费太多，这也是赵匡胤迟迟未动手的原因。樊若水想，如果能在长江上架设浮桥运送军队，那么大军如履平地，攻下南唐岂不是易如反掌？于是，樊若水暗自计划要设计出一个最好的架桥方案，作为见面礼，送给宋太祖。

从那时起，长江边上就多了一个神秘的渔翁。没人知道他从哪里来，更没人知道，这个渔翁经常在别人没有注意他的时候，偷偷划着船，带着丝绳，把丝绳拴在东岸的礁石上，然后划船到西岸，以此测量江面的宽度。

开宝三年（970年），这个渔翁消失了。这个叫樊若水的书生逃到了汴梁，向宋太祖呈上他亲手绘制的《横江图说》，上面将长江采石一带的险要曲折标明清楚，尤其对江面宽度更是标注详细。宋太祖大喜，决定采纳樊若水的建议，在采石江面架设浮桥攻打南唐。（知古尝举进士不第，遂谋北归。乃渔钓采石江上数月，乘小舟载丝绳，维南岸，疾棹抵北岸，以度江之广狭。开宝三年，诣阙上书，言江南可取状，以求进用。《宋史·列传三十五》）

开宝七年（974年）九月，宋太祖派遣大将曹彬率领大军出征。宋军先在长江荆湖一带打造黄黑龙船数千艘，又砍伐巨竹，做成巨大的缆绳，扎制竹筏。依照樊若水的建议，宋军先在石牌口架设浮桥，然后把浮桥运至采石，只用了三天，一座巨大的浮桥便出现在采石江面，并且"不差尺寸"。

当宋军兵临城下的时候，李煜怎么也想不到，被自己视为不可逾越的长江天险，竟然被一个落第的书生想办法攻克了。危急之下，李煜派大臣徐铉前往汴梁求和。徐铉见到太祖，说："李煜侍奉陛下就像儿子侍奉父亲，陛下为什么还攻打南唐呢？"太祖说："难道父子还要分得这么清楚吗？"徐铉竟不能对。同年十一月，徐铉再次入奏，只可惜，宋太祖冷冷地吐出了霸气十足的十个字："卧榻之侧，岂容他人鼾睡！"（李焘《续资治通鉴长编》卷十六）

开宝八年（975年）十一月，金陵城被宋军围困已经一年多了。在这一年多里，李煜也曾对战事抱有过各种各样的幻想，做过各种各样的努力：他命令上江的南唐军队驰援都城，但是这支军队一与宋军交战便全军覆没；笃信佛教的李煜甚至还搬出一位高僧，企图以"佛力"迫使宋军退兵，这当然只能成为一场闹剧。李煜曾经说，城破之日，他要自焚殉国，可是，当这一刻真的到来时，这个多情的词人没有勇气自杀，而是肉袒面缚，投降宋军。

破阵子

四十年来家国，三千里地山河。凤阁龙楼连霄汉，玉树琼枝作烟萝。几曾识干戈？

一旦归为臣虏，沈腰潘鬓消磨。最是仓皇辞庙日，教坊犹奏别离歌。垂泪对宫娥。

谁都知道，这一去，便是诀别。大厦已倾，山河已改，曾经富庶繁盛的南唐已经成为历史上一个逝去的名词。在翰墨和温柔中长大的皇帝，一接触战争，便输得彻彻底底，毫无回旋余地。南唐的皇帝，成了大宋的"违命侯"，开始过上了"日夕以眼泪洗面"的囚徒生活。在他以后的记忆中，总是出现辞别故国的那一刻，与宫娥垂泪告别。苏东坡曾经对这一句颇有微词，他说：后主国破家亡，应该是在宗庙前痛哭之后离开，怎么能垂泪对宫娥，听教坊别离曲呢？

也许，这恰恰证明了一个事实：李煜只是一个穿着皇袍的词人，无法成为一个真正意义上的皇帝，而词人的本性注定了他拥有懦弱和踌躇的一面，也决定了他拥有率真和多情的另一面。辞别宗庙的是皇帝，辞别宫娥的是词人。而此时，李煜脱下了皇袍，一个真正的词人踏上了宋词之旅，并且用自己和着血泪的足迹，为后来的词人们标出了通向未来的路。

多少恨　昨夜梦魂中

浪淘沙

帘外雨潺潺，春意阑珊。罗衾不耐五更寒。梦里不知身是客，一晌贪欢。

独自莫凭栏，无限江山，别时容易见时难。流水落花春去也，天上人间。

就在南唐亡国，李煜被挟持北上的这一年十月，宋太祖赵匡胤莫名其妙地去世，即位的是太祖的弟弟宋太宗赵光义。不过这一切对李煜来说其实并没有什么关系，虽然按照新皇帝即位的惯例，他的封号由以前带有侮辱性的"违命侯"而"进封"为了"陇西郡公"，但是李煜自己心里十分清楚，自己只不过是一个囚徒罢了。心胸博大的太祖换成了胸怀狭窄的太宗，对李煜的囚徒身份来说，这种变化是没有什么本质上的意义的。

汴梁的李煜被安置在一个偏僻的小院子里，门口有一个老军看守。李煜的所有活动都要预先向皇帝请示，经常还有大臣来"探访"，其目的无非是想探听这个昔日的皇帝是否还心存故国，甚至期望重返帝位罢了。

熟悉史书的李煜不会不知道，晋统一中国之后，蜀国后主刘禅与吴国国君孙皓的不同表现。司马炎在朝堂上叫孙皓坐下，并且说："这个位子朕已经为你准备很久了。"孙皓竟然梗着脖子说："我那里也为你准备了这样的位子。"而刘禅却是乐不思蜀，一番全没心肝的话让皇帝消除了戒备，也保住了自己的命。李煜想必也明白，要留住自己的命，刘禅就是自己的榜样，可是，这位忧郁的词人却做不到。

李煜在这座僻静的院子里，经常做到回去的梦，总是觉得自己还在那如画的江南，在自己游猎的上苑，每个人脸上都洋溢着幸福满足的笑容，每朵花上都系着一缕温暖和煦的春风。

望江南

> 多少恨，昨夜梦魂中；还似旧时游上苑，车如流水马如龙。花月正春风。

其实李煜并不想做这样的梦，这个忧郁的词人很清楚自己的处境。他不敢说任何话，即使自己的皇后小周后被皇帝三番五次叫到宫里去"侍宴"，一去就是数天，他也只能在妻子回来之后，与妻子抱头痛哭，如此而已。

李煜也不敢回忆，因为回忆的每一页，都浸透了血泪和悲凉。城破时震天的喊杀声和士庶的哭喊声经常在耳边萦绕，自己面缚出降，本来是为了减少杀戮，可是，金陵陷落的时候，宋军和吴越军队还是进行了惨不忍睹的抢掠和屠城。祖先的基业，秀丽的江南，在那几天里，成了人间地狱。他还听说，在他投降之后，江州城仍然坚守不下，被围数月之后，宋军突入城市，杀尽全城的男女老幼，死者数万人。这种恨，如今已经是囚徒的李煜，又怎么能对别人说呢？于是，李煜最多也只能回忆一下昔日的繁华和过去的美梦，在皇帝的猜忌和密切的监视中，战战兢兢地走钢丝。

他可以尽量不回忆，却无法做到不做梦。梦还是泄露了他的秘密。

在这个春色将尽的早晨，小院中的囚徒从梦里醒来，他是被冻醒的。其实，春寒早已过去，炎夏即将来临。可是词人的孤衾寒枕，根本无法抵挡哪怕一点点凄凉，因为，他内心的辛酸已经太多太多了。词人不想说梦里自己又经历了什么，但是，"一晌贪欢"却已经清楚地告诉我们，那挥之不去的，是对故国的永恒的离思。可是，现在的词人，却不再是那个年轻潇洒、无忧无虑的少年天子了。一个"客"字凝聚了词人多少无奈和悲凉？李煜知道，自己哪里是什么座上"客"，但是又怎么敢直说自己只是一个囚徒？

连自己的身份都不能清楚地表白，这时的李煜，其实已经连囚徒都不如了。

李煜此时想到了自己的父亲、中主李璟那首著名的《摊破浣溪沙》了。在那首词里，父亲曾经写道："多少泪珠无限恨，倚阑干。"可是父皇哪里知道，有那么一天，儿子连凭栏思念都成了一种奢侈！江南是如此的遥远，就算目力用尽，眼光的尽头也无法到达那曾经熟悉的亲切河山；就算眼光能够穿透崇山峻岭，得见那三千里地山河，难道不更是平添无数的悲凉和哀伤吗？两百年后，词人辛弃疾在自己的《摸鱼儿·更能消几番风雨》里也这样写道："休去倚危栏，斜阳正在，烟柳肠断处。"思念无法遏阻，但却又不敢直面思念的悲凉，也许只有身处其间的词人才能体会吧。

春天将尽。可是，自然的春天总是在沉着地轮回，明年，春天还会如约再来，而词人的春天，却跟着城破时的那个冬季远去了，从此不再回来。时间的流逝将故国从时间和空间上拉得离词人越来越远，流水落花，故乡不再，词人从天上跌落到人间，但是，词人的精神却开始直升入天空。

人生长恨水长东

——春天有多远?

——不远，因为它刚刚离去。

——春天有多远?

——很远，因为它离去了，就再不回来。

美好的东西，似乎总是那样匆匆逝去，如春天刹那的芳华。人生的春天，似乎也只有在逝去之后，才能更真切地感受到吧。去国怀乡，日夕以眼泪洗面的词人，只能用自己悲凉的目光，承受这朝来的寒雨、晚来的悲风。

经历了这样巨变的词人，痛苦之深、之切，是可想而知的。但是，最大的痛并不是痛本身，而是痛苦无法言传，无法倾诉。于是，痛苦只能在词人心中深埋，慢慢发酵，变成一瓮浓得化不开的苦酒，又唯独只倾进词人已经苦不堪言的内心。

相见欢

无言独上西楼，月如钩。寂寞梧桐深院锁清秋。

剪不断，理还乱，是离愁。别是一般滋味在心头。

陈子昂在悲情上涌的时候，还可以登上幽州台，对着这空旷的天地和更加空旷的历史发出一声响彻云霄的怒吼，可是，李煜却无法怒吼，甚至连低语都不敢。

不必责怪这个被逼上帝位的书生，更不必责怪他为何丢失了河山，成为南冠楚囚。他只是命运之神手里一颗渺小的棋子，被别人在棋盘上移来移去，他的坚守和失去都只是命运的安排，他没有任何讨价还价的余地。

在静静的夜里，寂寞的词人只有这样，气咽声吞，独自登上这同样寂寞的小楼，让一弯残月与自己为伴，用孤单来浸透这已经无法言传的孤单吧。

沦为囚徒的李煜，在汴梁最后的日子里，要忍受的不仅是皇帝的猜忌和迫害，还有太宗对小周后美色的垂涎，更有以前大臣对自己的凌辱。

张洎曾是南唐大臣。在金陵被围之时，李煜曾经派他和徐铉一起到汴梁乞和。张洎借着这个机会与宋朝大臣深相接纳，为自己预先找好后路，南唐灭亡之后，他就担任了大宋的太子中允。李煜降宋之后，生活拮据，而张洎多次借故向他索要财物，无奈之下，李煜把自己的白金额面器（一种洗脸盆）都送给了张洎，可是张洎仍然不满足。（《续资治通鉴·卷第九》）

尽管这样，李煜心里还是盼着以前的大臣们能够来探望自己，因为跟他们一起，多少能有些故人的感觉，虽然回忆总带有创痛，毕竟也是能聊以自慰的。更重要的是，这位皇帝囚徒满腹的郁闷和痛苦迫切想找到一个倾诉的对象，而这些前朝大臣，也许是最好的人选。只不过，李煜也许并没有想到，自己深深信赖的大臣，现在已经把出卖自己当成保命或者晋升的最佳途径了。

太平兴国三年（978 年），南唐旧臣徐铉来见李煜，君臣相顾无言。良久，李煜长叹："悔不该杀了潘佑、李平！"这两个人曾经力劝李煜以武力反抗宋军，而此时的李煜，也许认为徐铉是自己的旧臣，于是竟然天真到冲口而出却丝毫不考虑其后果的地步。徐铉回去之后，赵光义问李煜说了些什么，徐铉不敢隐瞒，把这话告诉了太宗，太宗于是暗动了除掉李煜的念头。

而让赵光义更不快的，是李煜作的那首《虞美人·春花秋月何时了》。

虞美人

春花秋月何时了，往事知多少？小楼昨夜又东风，故国不堪回首月明中。

雕栏玉砌应犹在，只是朱颜改。问君能有几多愁，恰似一江春水向东流。

在痛苦的人眼里，任何景物都烙上了深深的凄凉，哪怕是欣欣向荣的春天，每一次季节的轮回，对于词人来说，都是一次无情的折磨。不敢想起，却总也无法淡忘。有谁经历了这样的天崩地裂，又有谁经历了这样的沧海桑田？一句"不堪回首"，凝聚了词人多少无奈与感伤？国破山河在，但已物是人非，任何人经过了这样的巨变，怎能不对着苍苍的青天，发出内心的追问？愁如江水，一去不回；愁如江水，滔滔不尽。这狭窄的小院，怎能容纳这充塞天地的离恨、横亘古今的悲惨？这有限的人生，怎能担负如此无止境的沉痛，如此无边界的凄凉？

可是，政坛上的失败者是没有权利忧愁的。成王败寇的规则规定他们，只能在丹墀之下俯首帖耳、山呼万岁。这一点，李煜不会不明白。可是，他并不是一个政治家，他只是一个天性率真的词人，一个翩翩的浊世佳公子。命运的巨变，并没有使他在现实中猛醒，从此按照政客的游戏规则安排自己的人生，而是给了他诗意的灵魂一次浴火涅槃的机会，而凤凰涅槃之后，只会变成凤凰，不会成为鹰隼。

从他登上帝位那一天起，他的命运就已经注定是一个不可逆转的悲剧，悲剧的路标，永远指向的只有一个目的地：毁灭。

这一天，终于来了。

太平兴国三年（978 年）七月初七，这一天，是李煜的四十二岁生日。夜里，李煜在那座偏僻的小院里与姬妾们饮酒庆祝生日，也算是苦中作乐。这时候，太宗派人送来一种叫牵机药的毒药，命令李煜服下。一代词人，就在自己的生日那天离开了人世。李煜死后，他的皇后小周后也绝食而死。两人合葬在洛阳北邙山，那个中国人一直用来指代埋骨之所的地方。

生命　在悲剧中提纯

当我们等着瞧那最末的日子的时候，

不要说一个凡人是幸福的，

在他还没有跨过生命的界限，

还没有得到痛苦的解脱之前。

——《俄狄浦斯王》

俄狄浦斯王从出生那一刻开始，就被预言将弑父娶母，即使他一生下来就被父亲命人丢弃，可是命运的车轮却无法逆转。当大错铸成之后，他只好刺瞎双眼，离开祖国，四处流浪。

阿喀琉斯不顾母亲的警告，明知自己这天会死在战场之上，但是为了战士的荣誉和尊严，毅然披上铠甲，走上战场。于是，阿喀琉斯之踵让他走向了生命的终点。

赫克托耳明知不是阿喀琉斯的对手，但是他不愿开城投降，更不愿逃遁躲避，而是在老父的泪眼和妻儿的哭泣中拿起盾牌和投枪，勇敢走向自己的死亡。

李煜明知自己已经是囚徒，但是却无法放弃作为一个词人的思索，仍然是那样热烈地、永不停顿地向宇宙、向自己的灵魂探索、查问。他不愿顺理成章地服从命运，服从外界的安排，外部世界与自己内心世界的矛盾总是那样无情地撕扯着他。最后，他终于和俄狄浦斯王、阿喀琉斯、赫克托耳一样，拉开了生命悲剧的大幕。

鲁迅先生曾说，悲剧就是把美好的东西毁灭了给人看，而美好的东西之所以被毁灭，多半是出自坏人之手。而如果只是用这种角度来看待悲剧，其实过于片面，也过于浮浅。悲剧不是悲哀，也不是悲惨。亚里士多德说：悲剧是对一个严肃完整、有一定长度的行动的模仿。悲剧是严肃的。悲剧不是惊悚片，也不是催泪弹。真正的悲剧，是明知面对不可能战胜的命运，却还要举起投枪和盾牌的决绝，是"弱小的人类面对强大对手时，由人生的失意的沉痛升华为对宇宙人生本体询问的伤感情怀"（张法），是人在与命运的对决中，由抗争走向行动，行动再走入毁灭的壮烈和伟大。

在真正的悲剧中，人所要抗争的往往不是邪恶的力量，而是那希腊神话中的命运女神。俄狄浦斯王如是，阿喀琉斯和赫克托耳如是，李煜亦如是。

一个从来无心于王位的书生，在命运的安排下，阴错阳差，竟然登上了王位。其实再来责怪李煜如何不是个好皇帝都显得有些多余：他何曾能当一个皇帝，他何曾愿意当一个皇帝？他只是命运之神手中一个无法决定自己未来的棋子而已。从李煜登上宝座的那一刻起，他的悲剧命运就已经注定。假如他选择的是另一条路：从此放弃自己的词人天性，专心致志当一个政客，难道这不又是中国文化的一个悲剧了吗？

黑格尔强调，悲剧必须显示出伦理实体的因素，悲剧的矛盾双方都要有伦理的辩护理由，它们应该体现为不同的伦理力量。李煜的悲剧也是如此。作为国君，他是完全不称职的。从国家统一角度讲，宋灭南唐是完全符合历史潮流的。南唐被灭之后，很多遗老遗少也梦想复国。李煜的死讯传来，很多南唐百姓自发为他举哀，这恰恰也证明了太宗除掉他并不是完全没有理由的。因此，他的毁灭是必然，甚至是"应该"的，而对这美好事物的必然和应该的毁灭，却显出了一种动人心魄的悲剧力量。

在命运的支配下，悲剧人物往往是一如既往地执着于自己神圣的使命。俄狄浦斯王坚持要查出杀害先王的凶手，却不知道凶手就是自己，更不知道先王就是自己的父亲；阿喀琉斯坚持要为战士的尊严和荣誉而战，即使战斗的结果注定是献出自己的生命；赫克托耳坚持要出门迎战阿喀琉斯，即使他知道战斗根本无法取胜。李煜被俘之后，开始发出对宇宙、对人生的最后追问。他们执行得越执着，也就离他们的末日越近。

悲剧就像死亡的阴影一样，把人的生存最苦痛、最残酷的一面凸现出来。悲剧就是让人们正视死亡，正视人生痛苦。但是悲剧又不是让人沉沦，"它不能把复活的个人的死亡看成整个世界不可挽回的毁灭，同时，又坚信宇宙是坚固的、永恒的、无止境的"。（鲍列夫）

于是，屈原悲凉地抬起头，向着天空，一口气提出了一百七十二个问题；司马迁在遭受宫刑之后，仍然要执着地完成他的《史记》；李白在被斥退之后，仍然高歌"安能摧眉折腰事权贵"；而李煜，在面对这无边的愁绪时，用宋词的嗓音，轻轻吟出了"问君能有几多愁？恰似一江春水向东流"。

清代沈雄在《古今词话》中说："国家不幸诗家幸，话到沧桑语始工。"司马迁也早说过："《诗》三百篇，大底圣贤发愤之所为作也。"（《报任安书》）李煜前期词尚未脱花间词之藩篱，风格绮丽柔靡，而亡国之后的词作则是一首首泣尽以血继之的绝唱。

"四十年来家国，三千里地山河"，这样的气象，断非花间词人所能显出；"独自莫凭栏，无限江山"，这样的情怀，没有切身体验的人怎能感觉得到？"问君能有几多愁？恰似一江春水向东流"，这样的沉痛，古今又有几人能体味得出？

伟大的艺术家往往是这种人，他们承担了常人无法承担的苦难，然后将苦难下的挣扎和呻吟化为文字、画面和旋律，而当多年之后承受了相似苦难的人们看到他们的艺术品时，会从这些文字、画面和旋律中获得慰藉，得到安抚。换言之，他们是用自己的毁灭为代价，成了后世无数痛苦者的代言人。所以王国维说："后主则俨有释迦、基督担荷人类罪恶之意。"

李煜用自己的生命悲剧，为后人所有生命的沧海桑田做了注脚，为后来所有的天翻地覆做了代言，而他自己的生命，也被这悲剧提纯、升华，超越了时间与空间，永垂不朽。

王国维对李煜评价极高。他说："温飞卿（温庭筠）之词，句秀也；韦端己（韦庄）之词，骨秀也；李重光（李煜）之词，神秀也。"他还说："词至李后主而眼界始大，感慨遂深，遂变伶工之词而为士大夫之词。"（《人间词话》）

纳兰性德也说："《花间》之词，如古玉器，贵重而不适用，宋词适用而少贵重，李后主兼有其美，更饶烟水迷离之致。"（《渌水亭杂识》）

可以这样说，李煜不仅把宋词之旅由花间词的羊肠小道引向了婉约词的宽阔大路，更为苏轼、辛弃疾的豪放词埋下了伏笔，是承前启后的宗师。

李煜死了，被毒死在一千多年前他四十二岁的生日宴会上。对于天才来说，四十二年似乎都太长，因为就在被囚禁的四年时间里，他就改变了中国极其重要的诗歌——宋词的发展方向。从那时候起，人们都知道，曾经有那么一个皇帝词人，而人们更会记住，这个叫李煜的男子，就是词人中的皇帝。

骑马倚斜桥

满楼红袖招

北宋词

后周显德七年（960 年）正月初三，赵匡胤在部下的支持下发动"陈桥兵变"，在亲信石守信、王审琦等的接应下，兵不血刃，顺利夺取了政权，宋朝建立。

文人的黄金时代

几乎所有的开国皇帝，为了使自己的王朝长治久安，总是把总结前朝灭亡教训提到很重要的高度。汉朝统治者总结秦朝灭亡的教训主要是施行暴政，唐朝的皇帝总结隋朝的灭亡原因主要是滥用民力，而经过了五代的变乱，又是通过不光彩的军事政变登上皇位的宋太祖赵匡胤，总结出的五代各朝相继覆亡的根源就是武人专权。

"陈桥兵变"半年之后，一次晚朝结束，赵匡胤约石守信、王审琦等大将喝酒，酒过三巡之后，太祖似乎不经意地说："没有你们的帮助，我不可能当皇帝。但是当皇帝之后我却天天无法睡觉，还不如当个节度使轻松。"

石守信等人不明原因，宋太祖解释说："皇帝这个位置，谁不想来坐呢？"

几位亲信这才明白皇帝对他们已经有了猜忌，急忙申辩："今天下已定，谁还敢有异心？陛下大可放心。"

赵匡胤说："不然，如果你们的部下想图富贵，把皇袍披在你们身上，你们会拒绝吗？"

几位部下吓得酒也醒了，慌忙涕泣叩头，赵匡胤见时机已到，趁势说："人生在世，如白驹过隙，你们不如多积攒钱财，使子孙不受贫穷，再多买美女歌妓，舒舒服服过日子。"

第二天，石守信等人便称病辞职，宋太祖趁机解除了功臣们的兵权，这就是著名的"杯酒释兵权"。

目睹过五代军队兵变、武人专权、政权不断更迭的赵匡胤认为，文人掌权，最多不过是贪污受贿，而武人专权，则很可能危及自己的统治权。因此，从宋朝建立开始，宋太祖首先用"杯酒释兵权"之计解除了大将的兵权，并采取了一系列措施，将原属臣下的权力收归君主，加强了中央集权。在对武将的权力进行限制的同时，宋太祖对文人则实行了十分宽松的政策。

宋朝开国之初，宋太祖秘密叫人刻了一块石碑，这块石碑藏在皇宫，覆以黄布，从来秘不示人，每当新皇帝即位后，就由不识字的内侍小太监陪同，揭开黄布，由新皇帝默读誓词。因此，除了皇帝，谁都不知道碑上的文字。"靖康之变"时，皇帝出逃，宫门大开，人们才得以看到碑上的文字，上面刻有三条誓词：

第一，保全柴氏子孙；

第二，不杀士大夫；

第三，不加农田之赋。

——据王夫之《宋论》

这三条遗训，尤其是前两条，在帝王专制的时代是很少见的。

自从王莽首开由汉受禅让的事例以来，前王朝皇帝以及皇族被全数诛杀，已是司空见惯的事。纵使让禅让的天子得享天年，也会设法使他断绝子孙，这是一般的情形。

而后周柴氏却通过整个宋王朝的运作，即使国都由开封迁至杭州后，也受到皇室的优渥保护。柴氏受宋王朝的宽容待遇长达三百余年，堪称稀有。

——陈舜臣《陈舜臣十八史略：文治时代》

的确，斩草除根的例子在中国历史中不胜枚举，而宋王朝对前朝皇族的恩遇，在历史上可以说是绝无仅有的。

石刻遗训的第二条在中国也算是小概率事件。

不得以言论之故处死士大夫——宋太祖这个遗训实在值得推崇。因此之故，虽然宋代有过新、旧两法的激烈对立，政策言论斗争落败者，至多也只被左迁至海南岛。……司马光、王安石、苏东坡等党争首领，即使失势也没有被杀。

……宋代之言论自由，对社会的进步贡献良多，则是事实。

——陈舜臣《陈舜臣十八史略：文治时代》

后代的宋朝皇帝谨记太祖教诲，终宋之世，竟没有文人因直言进谏而被杀。看过了太多的焚书坑儒和文字狱，宋代制定的这一政策实在让人意外，仿佛是历史在这里突然拐了一个大弯，或者说提前了一大步，直接穿越了元、明、清而来到了提倡言论自由的现代。

宋代善待文士有时候到了无法想象的地步。张邦昌篡位，最后的结果只是让他自杀；即使像蔡京、贾似道这些祸国殃民的大奸臣，也只是被免或者被贬。这在任何朝代都是匪夷所思的。

善待文臣的另一面，是对武将权力的抑制。这不仅是宋太祖在经历了五代武将专权之后得到的教训，其中也有以赵普为代表的文士们的极力推动。王夫之指出，赵普等人鼓励皇帝抑制武将权力，其实也就是不让他们立下大功勋而分享皇帝对自己的眷顾而已。

但是如果凭此就得出结论，认为宋代多么重视文官，似乎也太天真了些。

有一次赵普接受吴越的贿赂，此事被宋太祖知道了，太祖并没有惩罚他，而是冷冷地说了一句："他们以为天下事都是由你们这些书生决定的。"赵普听后不寒而栗。由此可见，重文抑武也好，善待文士也罢，最核心的其实是皇帝将国家大权独揽，同时让手下分权制衡，以维持统治需要。

为了达到这一目的，宋代给大臣们开出的薪水也是封建朝代中最高的。据考证，宋代官员的俸禄是汉代的十倍，是清代的二至六倍。除了俸禄之外，官员还有各种名目繁多的福利，甚至家仆的工资也是由政府包办。不仅如此，宋代还是在封建时代唯一实行祠禄制的朝代。祠禄制是对年老退职的官员给予名义上的"道观使"职位，并继续给付薪俸的制度。

也就是说，对年老的官员，朝廷会让他离开本职岗位，担任某个宫观的管理人员，事实上他们基本上不会去上班，但是朝廷依然会付给他们一份薪水。不完全开玩笑地说，公务员待遇优厚，始作俑者是宋代朝廷。

宋代政策如此宽厚，究其原因，王夫之曾有一个很精辟的观点，他认为宋代政策宽松源于统治者内心的恐惧。

王夫之认为，赵匡胤出身寒微，在乱世中夺得王位，很多手下都是他以前的老朋友。因此王朝建立的时候，"权不重，故不敢以兵威劫远人；望不隆，故不敢以诛夷待勋旧；学不夙，故不敢以智慧轻儒素；恩不洽，故不敢以苛法督吏民。

惧以生慎，慎以生俭，俭以生慈，慈以生和，和以生文。"（《宋论·卷一》）也就是说，皇帝权位不重，所以不敢用军事力量来胁迫远方的敌人；威望不高，所以不敢用诛杀的手法来对待老部下；学识不渊博，所以不敢用自己的智慧轻视读书人；恩德没有遍布天下，所以不敢用严苛的法令来管束吏民。由于恐惧而产生谨慎，由于谨慎而产生简朴，由于简朴而产生慈爱，由于慈爱而产生平和，由平和而产生文德。

虽然宋朝的统治者通过抑武扬文的办法成功地避免了如五代时期因军阀崛起而造成的国家分裂，"其代价却是牺牲军事实力，这使宋朝在处理他们与富于进攻性的蛮族邻居的关系时，处于不利的地位"（阿诺德·汤因比《人类与大地母亲》）。这也为两宋军事上的无能及最后王朝的灭亡埋下了伏笔。但是不管怎么样，中国文人遭受五代近乎疯狂的凌辱和杀戮之后，终于迎来了一个黄金时代，宋代也成了中国历史上知识分子待遇最好的朝代。因此，当人们问及一些学者，愿意生活在中国哪个时代的时候，半数以上的学者都回答："宋代。"

这个文人的时代，就为宋词之花的绽放提供了一块肥沃的土地。

发达的社会经济

"杯酒释兵权"传达出了两个信息，通常我们只注意到第一个，就是宋太祖对武将的权力限制。而通过他劝说武将的理由（多积攒钱财，使子孙不受贫穷，再多买美女歌妓，舒舒服服过日子），我们还可以看出，皇帝其实是在鼓励大臣们享受富贵，享受生活。在皇帝的号召下，大臣们当然是何乐而不为：上有好之，下必从之。一时间，崇尚享乐之风遍及整个社会。

宋代崇尚享乐，与经济的发达是分不开的。与其他中国封建朝代不同的一点是，在宋代，传统的"重农抑商"思想受到批判，商人地位提高了。宰相韩琦曾说："商者，能为过致财者也。"这与视商业为"末技"的传统思想已经有了很大不同。而比较激进的叶适更认为"抑末厚本，非正论也"，公然为商人翻案。商人地位大为提高，乃至于南宋临安中流行这么一句俗语："欲得官，杀人放火受招安；欲得富，赶着行在卖酒醋。"

在宋代，规模有数万户乃至十万户的大城市就超过了十个。宋代的人口统计将城市中的非农业人口单独列为坊郭户（也就是有城市户口的人），这种城乡人口的划分方法一直延续使用至今。

而更让人惊异的是，965 年，宋朝建立刚刚有五年时间，便下诏开放夜市，这意味着，从唐代一直延续下来的宵禁令已经名存实亡了。

在唐代，城市分成很多坊，每个坊上都有门，到晚上击鼓，每个坊必须关门，天亮之后方可大开，这便是宵禁。宵禁期间上街行走叫作犯夜，要笞二十。晚唐词人温庭筠有一次犯夜，遭到巡夜兵丁凌辱，连牙齿都被打掉了，可见当时宵禁令执行之严格。

宋代的夜市开放时间很长，有的据说可以开到四更天，几乎已经是通宵营业了。夜市的开放，为宋代人提供了更多的娱乐时间和空间。

宋代城市生活之丰富多彩，孟元老在《东京梦华录》里有令人眼花缭乱的描述：

京师的酒楼门口都扎着五彩门楼，进入店门，通过一百多步的主廊，南北天井两廊都是小阁子，晚上的时候，灯烛辉煌，上下相照。妓女们浓妆艳抹，聚集在楼上，等待酒客呼唤。（参见孟元老《东京梦华录·卷二·酒楼》）

而酒店的服务更是花样繁多：

酒客进去喝酒之后，会有街坊的妇女腰系青花布手巾，挽着高高的发髻，自动来为酒客换热水、斟酒，俗称"焌糟"；还有一些贫民看到穿着华贵的公子哥进入酒馆，就自动上前供使唤，帮公子买东西、叫歌姬、取送钱物之类，俗称"闲汉"；又有临时上来给酒客换热水、斟酒、唱歌、献果子、送香药的，俗称"厮波"；还有一些下等的歌姬，不请自来为酒客献唱，酒客临时用些小钱物打发，俗称"札客"，也叫"打酒坐"；还有一些小贩，卖点花生水果之类，不管客人要与不要，上来就散在桌上，然后要钱，俗称"撒暂"……（参见孟元老《东京梦华录·卷二·饮食果子》）

酒馆里都有包间，"排列小阁子，吊窗花竹，各垂帘幕，命妓歌笑，各得稳便"。（参见孟元老《东京梦华录·卷二·饮食果子》）

酒店菜式丰富，孟元老列出了百味羹、头羹、乳炊羊、炒兔、炒蛤蜊等数十味，想来也足够老饕们大快朵颐了。

汴梁市井之繁华，至今我们在张择端的《清明上河图》中都可以窥见一二。

平时尚如此繁华，到节日，汴梁更是美不胜收。

《东京梦华录·卷六·元宵》为我们展示了元宵节汴梁那些巧夺天工的花灯：

> 彩山左右，以彩结文殊、普贤，跨狮子、白象，各于手指出水五道，其手摇动。用辘轳绞水上灯山尖高处，用木柜贮之，逐时放下，如瀑布状。又于左右门上，各以草把缚成戏龙之状，用青幕遮笼，草上密置灯烛数万盏，望之蜿蜒如双龙飞走……

辛弃疾《青玉案·元夕》一词赞叹宋代元宵节"东风夜放花千树。更吹落，星如雨"，绝非虚言。

宽松的文化政策、发达的城市经济、注重享乐的社会风气，成了催生宋词之花开放的肥沃土壤。在宋代，即使是平民，很多都能吟几句词。

　　宋徽宗时，一年正月十五观灯，皇帝命令赐观灯百姓每人一杯酒，一个女子趁机把酒杯偷走了。卫士把她押到皇帝面前，询问原因，女子说："贱妾与丈夫一同游玩失散了，蒙恩赐酒，回去之后面带酒容，又未与丈夫同归，怕公婆责骂，因此想拿金杯作为凭证。"

　　为了证明自己所言不虚，女子即席吟诵自己作的《鹧鸪天·月满蓬壶灿烂灯》为证：

　　　　月满蓬壶灿烂灯，与郎携手至端门。贪看鹤阵笙歌举，不觉鸳鸯失却群。

　　　　天渐晓，感皇恩，传宣赐酒饮杯巡。归家恐被翁姑责，窃取金杯作照凭。

　　徽宗听后大悦，便将金杯赐予女子。说到这里，我们就不难理解，为什么三百年的大宋王朝，能出现晏殊、欧阳修、柳永、苏轼、辛弃疾等伟大的词人了。因为从宋代建立开始，诗歌的精灵就已经把自己埋藏在这块肥沃的土壤里，孕育，发芽，等待和风细雨，等待在红尘中，开出一朵鲜艳的花。

优裕中的忧郁词人——晏殊

　　成为诗人不仅需要天赋与才华，身份也是很重要的。不过艺术家的身份往往是与其艺术成就不匹配的。原因很简单，艺术创作往往需要不管不顾，痛快淋漓，如果顾及身份，这个不能写，那个不敢写，肯定不能成为一流的艺术家。乾隆皇帝一生写诗四万多首，没有一首流传后世，估计也有这样的原因。所以，地位往往是束缚艺术家手脚的绳索。从这个角度来看，晏殊如果不当宰相，其艺术成就也许会高许多。

　　宋朝建立之后，宋太祖赵匡胤为了避免唐末五代时大臣专权的情况再次出现，在官制改革上可谓煞费苦心。为了避免宰相专权，北宋在宰相之下设参知政事作为副宰相，又以枢密使、三司分割宰相职权；州郡行政长官由文官担任，地方官吏也由皇帝任免。这样一来，中央集权大大加强。但是过分集中的权力使很多官员无所事事，乃至于宰相往往也是饱食终日、悠游卒岁，晏殊就是这样的宰相。

从神童到宰相

　　晏殊字同叔，北宋临川人。据史载，晏殊自幼就聪慧绝伦，七岁就能写文章。传说小时候他读私塾，老师出上联："圣贤书中求富贵。"晏殊马上对出下联："龙虎榜上争魁豪。"老师听后连声称赞："此儿日后必成大器！"不过这种名人的儿时励志故事在中国实在太多，不可全部当真，但是，晏殊十余岁就被召入朝廷却是史有明载的。

晏殊十四岁的时候，由江南安抚张知白举荐进京。宋真宗要他和其他千余名进士一起考试，还是少年的晏殊"神气不慑，援笔立成"（《宋史·晏殊传》）。皇帝十分欣赏，赐他同进士出身。当时的宰相寇准还有点地域歧视，说晏殊是边远地区的人，皇帝反驳说："唐代名相张九龄不也是边远地区的人吗？"（张九龄是广东韶关人——笔者注）

按照当时的规定，两天之后，晏殊还要参加诗赋的考试。试卷发下来之后，晏殊说："这个题目我以前曾经写过，希望能换一个题目。"皇帝认为他为人诚实，十分高兴。晏殊的试卷做好之后，皇帝更是大为赞赏，授予他秘书省正字官职。

在皇帝眼中，晏殊的诚实并不是矫饰，而是纯出于天然。当时真宗想挑选一个品德高尚的大臣辅佐太子，便选中了晏殊。真宗说："我近日听说很多官员都嬉游宴饮，通宵达旦，只有晏殊闭门与兄弟读书，严谨厚道，正好可以当太子的老师。"晏殊接受任命之后，知道了皇帝选择自己的理由，他却对皇帝说："我不是不喜欢嬉游宴饮，而是因为家贫没有相应的器具。如果我有钱的话，一定还是会前往的。"他的坦白，更让皇帝感觉到他的诚实，对他也就更加信任了。

晏殊担任左庶子，皇帝向他询问政事时，为了保密，都是把问题写在方寸大小的纸上。晏殊拿到之后，总是回去认真地回答，然后连同皇帝写的纸条一并密封好交还给皇帝。这样的谨慎，让皇帝很是满意。

按照传统，古代官员父母去世之后，官员必须辞官回家守孝，称为"丁忧"。但是有些大臣身居要职，因此皇帝往往命令他们提前结束守孝回归朝廷，这称为"夺情"或者"夺服"。晏殊父亲去世的时候，他就照例回家守孝，但是皇帝感到政事不可无他，于是特地下诏夺服。几年之后晏殊母亲去世，晏殊特地上书，请求能够服完母丧，但是皇帝不许，由此可见皇帝对他的看重。事实上，在古代，夺情甚至成了大臣是否得宠的风向标，某种意义上，也成了一种难得的特殊待遇。而晏殊两次被夺情，其地位之重要已不言而喻。

真宗去世，宋仁宗即位，晏殊时年三十二岁，拜右谏议大夫兼侍读学士，后迁给事中。真宗去世的时候，遗诏章献明肃太后代理朝政，但是宰相丁谓、枢密使曹利用都想趁此机会独揽大权，晏殊提出让太后垂帘听政，解决了权力纠纷。中国的垂帘听政也自此始，不知道慈禧太后会不会因此感激晏殊。

晏殊的仕途基本上是一帆风顺的，虽然其间曾经有过一些小波折，但是都没有影响大局。庆历年间，五十三岁晏殊晋中书门下平章事，成为宰相，达到了一个官员能够达到的最高的官阶。

悠游卒岁的曲子相公

宋代真宗、仁宗时期算是"百年无事，天下太平"的时代，而更重要的是，宋代皇帝集权、官员互相制约的官制使包括宰相在内的官员都很难有太大的作为，因此，晏殊作为宰相的建树实在不大。

据《宋史》记载，晏殊担任宰相期间做的最著名的一件事，就是废除了"阵图授诸将"制度。宋代为了防止武将专权，大力限制武将权力，但是矫枉难免过正。当时规定，将军外出打仗，皇帝要派宦官作监军；将军打仗时，必须按照出发前皇帝授予的阵图排兵布阵，这种完全无视战争规律的做法无疑是可笑的。因此，宋真宗时朝廷在陕西对外用兵，连连失利。在这种情况下，晏殊请求废除宦官监军和阵图授诸将制度。严格意义上讲，这只是对以前一个过于低级的错误的纠正，并不能表现出一个宰相应该有的胆识和眼光。

晏殊最大的贡献，应该还是在兴办学校上。在担任地方官的时候，他就请来范仲淹等著名文人当老师，兴建学校，教授学生。史书说，从五代以来，天下学校都荒废了，而宋代兴办学校，就是从晏殊开始的。晏殊兴办的学校为宋代培养了大批高质量的人才，范仲淹、孔道辅、韩琦、富弼、宋庠、宋祁、欧阳修、王安石等，或出自晏殊门下，或得晏殊推荐，这些人后来都成为朝廷重臣，而宋仁宗时期也被称为宋代人才最多的时代。

但总的说来，晏殊的生活还是十分清闲的。宋代朝廷对士大夫的待遇十分优厚，据学者考证，唐代白居易担任翰林学士，其待遇还不如宋代一个地方小官。而宋代经济的发展和统治者的提倡，更使享乐成为整个社会的主旋律。宋代很多文人夜夜拥妓豪饮，沉醉于声色之中。位高权重的晏殊当然也未能免俗。在这悠游卒岁的生涯中，晏殊留下了一万多首词，著有诗文集两百四十卷，被人称为"曲子相公"。对晏殊来说，"国家不幸诗家幸"这句话大概不能说全是正确的，毕竟晏殊能赋佳作是事实，其仕途通畅、生活优裕亦为真。

破阵子 春景

燕子来时新社，梨花落后清明。池上碧苔三四点，叶底黄鹂一两声，日长飞絮轻。

巧笑东邻女伴，采桑径里逢迎。疑怪昨宵春梦好，原是今朝斗草赢，笑从双脸生。

女性题材在中国诗歌中不少见，在宋词中更是常见。但是，传统诗歌的女性主角多为少妇，于是，有了无数的闺情、思妇乃至怨妇诗，从《氓》到《春江花月夜》莫不是如此，即使是写少女，也多描摹少女怀春之态。这些女性形象其实并非独立的文学形象，她们的存在，是以她们与男性的关系为前提条件的，她们的自身价值，也是以与男子关系的亲疏为标准的。至于齐梁宫体诗视女性为玩物，则更是堕入恶趣。

而晏殊此词却是以天真纯洁的少女为主角，描写少女自己的生活的美丽与快乐。既非少女思春，也不是思妇怀人，更不是借男女关系而影射君臣之义的香草美人，而是与男子毫无关系的清清朗朗、明明白白的小女孩。这样的少女形象，以前很少作为独立的文学形象出现在中国的诗歌当中，简单得干净，干净得纯洁。

春天轻快地到来，黑白的燕子，纯白的梨花，池上的碧苔，春和景明，明媚可爱。黄鹂啼叫，飞絮轻飘，这样的春日，怎能不让人陶醉！女孩从采桑的路上走来，一路与女伴嬉笑打闹。纯洁如水的女孩还没有遇到人生的泪珠，快乐如春的女孩还没有走到离别的秋季，人生太多的沉重在她看来都尚不存在。这时候，她生命中最美丽的事情，不是情人的一瞥，也不是意中人的归来，而是与女伴玩成人们都看不起的小孩子的斗草游戏取得了胜利。这样的欢乐是单纯而廉价的，却也是最昂贵的。当她再长大一点，开始逐步涉入人世间的各种困局之后，这种单纯的快乐将永远不会再有，即使富可敌国，也再难以买得。

韩愈曾说："欢愉之辞难工，穷苦之音易好。"但是这首词也许是个例外吧？没有岁月沉积的凝重，没有伤春悲秋的凄凉，少女眼里的春天，是没有被污染的春天，是最简单，也是最纯洁的春天。

在闺情的雾霭中遥望未来

蝶恋花

槛菊愁烟兰泣露，罗幕轻寒，燕子双飞去。明月不谙离恨苦，斜光到晓穿朱户。

　　昨夜西风凋碧树，独上高楼，望尽天涯路。欲寄彩笺兼尺素，山长水阔知何处！

不知道王国维先生是怎么从浩繁如烟的宋词海洋中找出那流传千古的诗句，来解释他的"治学三境界"的。

很多人可能和我一样，在开始这次宋词之旅以前，很早就从王国维先生那里知道了这首词的几句名句了：

　　古今之成大事业、大学问者，必经过三种之境界："昨夜西风凋碧树，独上高楼，望尽天涯路。"此第一境也。"衣带渐宽终不悔，为伊消得人憔悴。"此第二境也。"众里寻他千百度，蓦然回首，那人却在，灯火阑珊处。"此第三境也。

——王国维《人间词话》

记得最初看到这话的时候我还在读中学，当时最熟悉的是辛弃疾《青玉案·元夕》的那句"众里寻他千百度，蓦然回首，那人却在灯火阑珊处"，经常吟哦，余味无穷。后来年岁稍长，才知道，那看似不经意地回头而与成功不期而遇的境界虽然美丽，但是与自己距离还十分遥远，没有经过千折百回，岂敢轻言成功？于是再回过头来看前两种境界，才开始体味晏殊这诗句中的无穷意蕴。

一夜西风，玉露凋伤，一个不眠之夜之后，作者登上那座高楼远眺天涯，天涯无尽。秋风萧瑟，登楼的人，心中有些凄凉。因为登上这高楼，面对这满目萧然的人，是勇敢的，也是哀痛的，还是幸福的。在这飒飒秋风中的登临者，心中涌起的不会是盲目的豪迈和自信，而是对漫长的时间和空旷的天地的敬畏。从他登上这高楼的那一刻起，他就融入了孤独，而当他放眼无尽天涯的时候，他知道，从此，自己注定要承受这与天涯一样的无尽的孤独。

中学的时候，我还不知道晏殊是谁，更不知道这句词出处何在，于是，以为整首词大概也就是讲的求学立志的主题。直到后来读了这首《蝶恋花·槛菊愁烟兰泣露》，才知道原来这竟然是一首闺情词，与求学立志毫无关系。难怪王国维先生自己也说："如果用这个意思来解释这些词，恐怕晏殊、欧阳修诸公是不会赞成的。"（然遽以此意解释诸词，恐为晏、欧诸公所不许也。）

而令人惊讶的是，这句闺情词放在王国维先生的"境界说"里又惊人地妥帖。这除了与静安先生功底深厚，对诗词了如指掌有关之外，恐怕与这首词本身的境界也不无关系吧。

叶嘉莹先生认为：

> ……词在初起的时候，本来就是那些个诗人文士写给美丽的歌女去歌唱的歌词，没有想把我的思想怀抱理想志意都写到词里边去。他最初本来没有这种用心，没有这种想法。写美丽女子的爱情，就是写美丽女子的爱情。可是，奇妙的事情就是在这里发生的。……每一个人都是带着自己的思想文化教养性格的种种不同背景的，……就在这些个诗人文士，当他用游戏笔墨为了娱宾遣兴给歌女写歌词的时候，无法避免地把自己的性格思想，在不知不觉中，隐意识的，自己完全都不知道的，unconscious 流露表现在爱情的歌词中去了。
>
> ——叶嘉莹《唐宋词十七讲》

所以，虽然这是一首闺情词，晏殊估计也是游戏笔墨为之，但是在他自己也没有意识到的情况下，晏殊将自己的思想与怀抱不经意地表达进了这首词里。所以，这首词表面是说思妇的想念，而透过语言的外壳去触及内核，又未尝不可理解为对理想和价值的追求。

人生总免不了有所追求，从广义的角度来说，对爱情的追求与对学术的追求，其本质并没有两样。独坐时候的愁思，黑暗之中的寻觅，为伊消得人憔悴的执着，只要是真诚的追求，谁都曾经经历过；这样一种具有普遍性的心理，所有苦苦求索的人们，都共同拥有过。但是，只有真正的词人，才能将这种人人心中皆有、人人笔下皆无的心理惟妙惟肖地描摹出来。因此王国维先生也说："此等语皆非大词人不能道。"不过王国维先生的"然遽以此意解释诸词，恐为晏、欧诸公所不许也"的观点也许不尽正确，因为，真正的词人，总是用心灵去写作，不管这题材是闺怨，还是治学。正如王国维先生自己所说："词人之忠实，不独对人事宜然，即一草一木，亦须有忠实之意，否则所谓游词也。"而正是因为这种忠实，使恩怨尔汝的闺情词穿透了低沉的雾霭，打通了闺情与立志之间的通道。因此，每当后人再吟咏起这句词的时候，他们不会感觉到自己是在抒发离愁别恨，而是透过了这闺情的雾霭，凝望未来。

附：王国维先生谈治学三境界之二三境界名句出处：

蝶恋花

柳　永

伫倚危楼风细细。望极春愁，黯黯生天际。草色烟光残照里，无言谁会凭阑意。

拟把疏狂图一醉。对酒当歌，强乐还无味。衣带渐宽终不悔，为伊消得人憔悴。

青玉案 元夕

辛弃疾

东风夜放花千树。更吹落，星如雨。宝马雕车香满路。凤箫声动，玉壶光转，一夜鱼龙舞。

蛾儿雪柳黄金缕，笑语盈盈暗香去。众里寻他千百度，蓦然回首，那人却在，灯火阑珊处。

岁月的忧郁　永恒的主题

晏殊出巡扬州时，一次到大明寺游览，见墙壁上有很多题诗。于是他坐下，叫随从为自己念，但是不许念出作者的名字和身份。听了一会儿，晏殊觉得有一首诗不错，就问是谁写的，随从回答，作者是当地的一个小主簿，名叫王琪。晏殊叫人把王琪找来，一起探讨诗文，终结成忘年之交。

一次，晏殊告诉王琪，自己有一句诗"无可奈何花落去"，几年来苦思之下，一直未得下句，王琪思索之后回答："何不对'似曾相识燕归来'？"晏殊听后连声叫绝。

于是，晏殊在他的律诗《示张寺丞王校勘》中，第一次使用了这联：

元巳清明假未开，小园幽径独徘徊。

春寒不定斑斑雨，宿醉难禁滟滟杯。

无可奈何花落去，似曾相识燕归来。

游梁赋客多风味，莫惜青钱万选才。

不过，这两句真正为人们熟知，还是因为这首《浣溪沙·一曲新词酒一杯》：

浣溪沙

一曲新词酒一杯，去年天气旧亭台。夕阳西下几时回？

无可奈何花落去，似曾相识燕归来。小园香径独徘徊。

人生的短暂，是因为有自然的永恒为参照。而永恒的自然却偏爱用看似重复的季节变换来折磨人的神经。词是新的，酒也是新的，但是，新词新酒背后暗示的却是旧词旧酒的逝去。每一年的春天都是那样沉着而不动声色地到来，每一个季节似乎都是去年同样季节的回归，而在周而复始的季节变换中，容颜却渐渐老去。春景越是美丽，越是提醒词人，这样的美丽，已经越来越少了。花开似锦的背后，永远是花落不知多少；燕去燕归，似曾相识的风景之下，永远是日渐陌生的容颜。

"一向年光有限身，等闲离别易销魂。"岁月的流逝是人生永恒的主题，这主题并不因人的境遇不同而相异，甚至，境遇优裕的人，会更担心美好的逝去，更怀念流逝的时光吧。而这种担心和怀念，用诗的语言表现出来，便成了鲛人的眼泪，轻轻滴下，化作珍珠，与大海一样永恒。晏殊把自己的词集起名《珠玉集》，原因大概也就在此吧。

值得注意的是晏殊在词中对待情感的态度。叶嘉莹先生认为，晏殊是一个理性的词人：

> 每个人用情的态度是不同的，每个人感情的本质是不同的。我所说的理性的诗人，不是那一种鸡毛蒜皮斤斤计较的那种理性。而是说对于自己的感情有一种节制，有一种反省，有一种掌握，有这样修养的能力，这是理性的诗人。
>
> ——叶嘉莹《唐宋词十七讲》

叶嘉莹先生认为，李煜对人生的悲哀是入而不返，"扎进去就不回头了。而圆融者，就是有一个周遍的、对于宇宙循环无尽的、圆满的、整体的认识，融就是融合贯通。"（叶嘉莹《唐宋词十七讲》）

所以，李煜的愁是"恰似一江春水向东流"，覆水难收；而晏殊的愁却是"小园香径独徘徊"，时刻留有余地。

不过，将李煜与晏殊进行对比多少有点不公平：一个是从皇帝沦落下来的囚徒，而一个是权倾朝野、悠游卒岁的宰相。囚徒自当以泪洗面呼天抢地，而相爷则时时要顾忌地位身份，不能过于情绪化。

身份的差异导致二人写出的东西显然是不一样的。李煜可以不管不顾，一发不收；晏殊就必须考虑自己的身份地位，万不可想唱就唱。技艺精湛、感情深醇是晏殊词的艺术特色，这却让人始终感觉作者有些欲言又止，好像蒙着面纱的女子，隔着一层，总是矜持。

作为资深贵族，晏殊即使在炫耀富贵的时候也是注意随时隔一层的。

吴处厚《青箱杂记》卷五记载：晏殊一次看一个叫李庆孙的人写的《富贵曲》，里面有这样的话："轴装曲谱金书字，树记花名玉篆牌。"晏殊说："这是乞丐相，是那种不了解富贵的人写出来的。"晏殊自己吟咏富贵，从不夸耀金玉锦绣，而只是说气象，比如"楼台侧畔杨花过，帘幕中间燕子飞""梨花院落溶溶月，柳絮池塘淡淡风"之类。晏殊夸耀说："穷鬼家可能有这种风景吗？"

　　所以，真正的富人绝对不会像今天这般上网晒自己的爱马仕、LV，明天发微博展示自己的兰博基尼、保时捷，那些都是浅薄的富二代，而且多半都是坑人的。真正的富人似乎只会在不经意之间"一不小心"露出自己的豪富，比如皱着眉头，无比痛苦地抱怨上周吃的鱼子酱可能不是黑海鲟鱼的，不然为什么口感这么差；又如西施捧心似的幽怨地向你倾诉两个月来往返于欧洲和美国之间，时差始终没倒过来，已经罹患严重的神经衰弱。这时候你对他不仅不会有一丝的仇富心理，还会伸出你温暖的双手紧紧地握住他冰凉的小手，无比同情地建议：以后还是别这样为了世界人民而糟蹋自己了吧，毕竟身体才是革命的本钱。这时候他再以充满感激的泪眼与你对望，哽咽道：我何尝不想做一个普通人，过平常的日子啊……如果这时候你们能不失时机地凝望对视，深深点头，一场品位高雅、含而不露的炫富秀就算功德圆满了。

　　晏相公就很擅长这一套。

　　看来，炫富也不能没有文化啊！

万家忧乐到心头——范仲淹

宋仁宗庆历五年（1045 年），是前泾州知府滕子京被贬到岳州担任知府的第二年。这一年，他主持重修了洞庭湖边的名楼岳阳楼。按照惯例，他也邀请了一位文人写一篇文章来纪念此事。滕子京对这篇文章充满了期待，因为他请的人，是自己的同举进士，当时已经名满天下的大文豪——范仲淹。两个人都希望这篇文章能名垂千古。一千年后，历史证明，他们做到了。

自幼孤贫的勤学书生

端拱二年（989 年），范仲淹出生在徐州，他的父亲范墉曾任职于吴越王幕府。范仲淹出生的第二年，父亲就去世了。范仲淹的母亲谢氏孤苦无依，只好带着尚在襁褓中的儿子改嫁山东淄州一户朱姓人家，范仲淹也改名叫朱说（yuè）。

朱说从小读书就十分刻苦，至今还流传着他勤学的佳话。朱家是当时的富户，但是为了励志，朱说二十一岁就到附近的醴泉寺读书，生活极其艰苦。每天他只煮一锅粥，凉了之后划成四块，早晚各吃两块，拌上一点韭菜和盐，就是一顿饭。后来一次偶然的机会，他得知自己并不是朱家后人，便下决心脱离朱家独立生活，于是独自前往南京（当时的南京即今河南商丘）读书。

在南京期间，朱说仍然昼夜苦读，由于经济拮据，仍不得不靠喝粥度日，甚至有时候粥都不能保证。他的一位同学知道之后，告诉了自己的父亲，于是给朱说送来了许多饭菜，可是直到饭菜放坏，他还是一点都没碰。同学问及原因，他说："我很感激你的厚意，但是如果现在就习惯了丰盛的食物，以后就喝不下粥了。"他晚上读书疲乏了，就用凉水浇脸，然后继续苦读。

大中祥符七年（1014 年），宋真宗率领百官到亳州朝拜太清宫，路过南京，全城万人空巷，争睹天子容颜，只有朱说闭门读书。别人来叫他，他随口说了句："将来再见也不晚。"就在第二年，他果真中了进士。

得中科举的朱说终于实现了自己脱离朱家独立生活的心愿。他被任命为广德军司理参军，这是一个从九品的小官。上任之后，他就把母亲接来，赡养侍奉。两年后，他调任集庆军节度推官，这时候，他恢复了范姓，改名仲淹，字希文。

刚直不阿的"三光大臣"

范仲淹入仕之后，最初十多年一直担任地方小官员。据史载，每到一处，他总是关心百姓疾苦，兴利除弊。加之他学识渊博，因此声望很高。当时的应天府知府晏殊听说他的才名，专门请他来创办学校。范仲淹担任学官尽心竭力，把自己的俸禄都用来奉养四方士人。学者们"多从质问，为执经讲解，亡所倦"（《宋史·卷三一四》），但是范仲淹的兴趣显然不仅仅在教育上。

据《宋史》本传记载，范仲淹担任学官的时候，就向皇帝上了一封万言书，提出了择郡守、举县令、斥游惰、去冗僭、慎选举、抚将帅等施政措施，条条击中北宋王朝的积弊，轰动一时。经过晚唐五代对文人的滥杀之后，很多文人不愿涉足政治，以悠游卒岁为时尚，但是范仲淹却常常纵论天下事，"奋不顾身"。《宋史》说："一时士大夫矫厉尚风节，自仲淹倡之。"

范仲淹的风骨，从他对待刘太后的垂帘事件中可见一二。

宋仁宗登基时年仅十三岁，在晏殊的建议下，由章献刘太后垂帘听政。天圣七年（1029 年）冬至这天，太后要接受皇帝率领百官的朝贺，范仲淹上书极谏，认为皇帝侍奉太后属于家事，应该用家人礼，不应该让百官同时跟随朝贺太后；还上书请太后归政。汉代的杜根也做过同样的事，他曾经上书劝当时的邓太后归政皇帝，结果邓太后大怒，叫人把杜根抓起来装在布袋里摔死。幸好行刑的人仰慕杜根的人品，没有用力，杜根被摔昏死过去，又被扔到城外。邓太后不放心，派人检查，杜根装死，眼睛里长出了蛆虫，才让邓太后相信他已死，杜根以此侥幸逃生。而多亏宋代对大臣言事的优容，范仲淹上书触怒了太后，也仅仅是被贬河中府。

章献刘太后去世之后，朝廷一帮大臣又趁机跳出来指责太后生前的不是，而仁宗因为谣传生母李妃可能是刘太后所害，也对刘太后十分不满。这时曾被刘太后迫害的范仲淹却站出来说：太后受先帝遗诏，护持陛下十多年，应该掩其小过，以保全太后的圣德。（太后受遗先帝，调护陛下者十余年，宜掩其小故，以全后德。《宋史·卷三一四》）可见其君子之风。

不过刘太后对权力也太过于贪恋，她去世前还留下遗诏，要杨太妃担任皇太后，继续她的事业垂帘听政。这时候范仲淹又激烈反对："今天一位太后去世了，又立一个太后，天下人将会怀疑陛下没有一天能离开母后的帮助了。"刚刚得到实权的仁宗当然不会再生活在太后的羽翼下，加之范仲淹的进谏，这件事也就不了了之了。

明道二年（1033 年），京东和江淮一带发生旱灾和蝗灾。范仲淹请求朝廷派使者赈灾，可是仁宗不予理会。范仲淹对仁宗说："如果宫中半天不吃饭会怎么样？"皇帝无言以对，只好派他去安抚灾民。

　　而范仲淹的直谏也惹得皇帝十分不快，不久，皇帝便借口郭皇后被废事件，把范仲淹贬到睦州去担任知府了。范仲淹每到一地，都兴利除弊，政绩卓然，几年之后又被召回朝廷。已经经过两次贬谪的范仲淹似乎并没有汲取教训，还是直言不改，这次，他针对的目标是当时权倾一时的宰相吕夷简。

　　吕夷简是北宋重臣，史载"夷简当国柄最久，虽数为言者所诋，帝眷倚不衰"。（《宋史·卷三百十一》）但是吕夷简任人唯亲，把自己的亲信、党羽都安插在要职上。而刚回京师不久的范仲淹对此十分愤怒，他将京官升迁情况绘制成了一幅《百官图》，一一指出一些官员被破格提升，其实只是因为宰相在假公济私，吕夷简十分恼怒。

　　北宋官制冗杂，军事颓败，经常受到少数民族政权的威胁。范仲淹上书说："洛阳地势险固，而汴京四方受敌，太平的时候应该定都汴京，而天下有事的时候应该建都洛阳，现在就应该在洛阳营建宫室。"皇帝问吕夷简的看法，吕夷简说："这不过是范仲淹的迂腐之论罢了。"范仲淹与吕夷简发生了激烈的争执，后者指控范仲淹结党营私，于是范仲淹又被贬谪到了饶州。

　　范仲淹虽然三次被贬，但是声望却与日俱增。第一次被贬时，亲朋们为他送行，说："此行极光（非常光荣）。"第三次被贬还有人称赞他说："此行尤光。"范仲淹大笑说："仲淹前后已是三光了。"

载喜载悲的羁旅之思

　　虽然面对贬谪，范仲淹表现出的似乎是智者的乐观和通达，但是，当送行的亲友都各自散去，词人独自踏上这漫漫的羁旅之途的时候，心中浮起的，恐怕还是深深的孤独与悲凉吧。

苏幕遮

碧云天，黄叶地。秋色连波，波上寒烟翠。山映斜阳天接水。芳草无情，更在斜阳外。

黯乡魂，追旅思。夜夜除非，好梦留人睡。明月楼高休独倚。酒入愁肠，化作相思泪。

男人的眼泪，只能是在没有人看见的时候悄悄流出。

秋天的天空总是那么高远，但高远得让人感到更加的空寂和凄清。黄叶凋落，漫天纷飞，似乎是词人随风飘零的命运。地平线那端，是词人前往的目的地，也是词人未知的命运。这萧瑟的秋季，最容易激起迁客骚人的无限愁思。去国怀乡，忧谗畏讥，满目萧然，怎能不让人感极而悲呢？夕阳西下几时回？词人更在问自己：又一次离开京城之后，自己还有回来的那一天吗？

战士的泪，映着宝剑的寒光，滴落在酒里。这样的夜，词人心里浮起的，还是家乡依依的垂柳、飘飞的雨雪吧。不眠的词人盼望在这孤寂的夜里能够做到关于家乡的梦，可是，真正做了这梦，醒来时，难道不会后悔一晌贪欢吗？羁旅宦愁是士人不变的主题，对正直敢言的范仲淹来说更是如此。在这黄叶飘飞的秋季，词人再次离开，怀着对故土无尽的眷恋，但是，却没有丝毫的悔意，更没有奴颜媚骨的哀求。

多年以后，范仲淹写出了那句传诵千古的名言：不以物喜，不以己悲。但是，这里的泪，并不是词人哀叹自己仕途坎坷的泪，而是映射出对乡梓无限眷恋的泪，这泪折射出的光辉，给后来无数遭受挫折者照亮了离开家乡的路。

两百多年后，元代的王实甫在《西厢记》里化用了范仲淹这首词的前两句。

在张生上京赶考时，崔莺莺长亭送别，满怀凄怆地唱道：

碧云天，黄花地。西风紧，北雁南飞。晓来谁染霜林醉？总是离人泪！

别离的愁思，穿越了时空，被不同的人吟唱，被不同的人品味。而每当我们再次仰望这秋天湛蓝高远的天空时，也会想起一千年前那位倔强而刚强的男人，也会看到发黄的书页上，那滴没人看见的泪。

无可奈何的边关愁绪

我曾在拙著《在唐诗里孤独漫步》中谈道：

每个朝代都有边境，但却不是每个朝代都有边塞。边境是一个地理意义的概念，它意味着山川、界河、烽火台；边塞是一个审美意义的概念，它意味着大漠孤烟、夜雪弓刀、金戈铁马。或者说，边境是现实化的边塞，而边塞是诗化的边境。而要将边境诗化为边塞，不仅要有雄厚国力支持下的国民豪迈的自信，也要有在沙场和诗坛两个战场都能纵横驰骋、游刃有余的诗人。

因此，汉代有边塞，唐代有边塞，而到了宋代，连称边境都勉为其难，最多只能称边关了。而边关，只能意味着固守防线，用消极的防御来维持暂时的平安罢了。

景祐五年（1038 年）十月，党项族首领李元昊称帝，建立大夏国，史称西夏。

此后，宋夏每年交战，宋军每战必败。康定元年（1040年），范仲淹被任命为陕西经略安抚、招讨副使，并请知延州（今陕西延安）。

宋代对军事的忽视在与外族作战中被充分暴露出来。范仲淹到任之后惊奇地发现，宋军很多骑兵竟然不会披甲上马，射手们射出的箭竟然就落在一二十步开外。"武备废而不修；庙堂无谋臣，边鄙无勇将，将愚不识干戈，兵骄不知战阵，器械朽腐，城郭隳颓。"（《续资治通鉴长编·卷二百四》）王伦反叛的时候，一些州县官弃城而逃，朝廷要全部诛杀这些人，范仲淹就指出："朝廷平时讳言武备，敌人来了却要官员为国家而死，这样做是正确的吗？"在他据理力争之下，这些守令才得以保住性命。

面对西夏的崛起和宋朝军事的衰朽，范仲淹认为应该固守边关，坚壁清野，使敌军无隙可乘，于是他修固边城、精练士卒、招抚部属。但是好大喜功的大臣们却还高叫出击。庆历元年（1041年），宋军进攻西夏军队，在好水川和定川寨两次战役中，损失兵将一万余人。节节失利之下，宋仁宗被迫放弃了主动出击的战略，而采用范仲淹固守边隘的主张。

范仲淹将延州建设成西北边境坚不可摧的堡垒，西夏人把他称为"小范老子"，以区别于以前频频丧师失地的范雍，还说"小范老子胸中自有百万雄兵"。

范仲淹是北宋少有的了解军事的大臣，皇帝对他十分倚重。当时大将葛怀敏在定川战败，敌人大举入侵，关中震恐，百姓纷纷逃亡山中。范仲淹率领六千士兵从邠州、泾州驰援。定川之败的消息传到朝廷时，仁宗指着地图对左右说："如果范仲淹能够出兵救援，我就无忧了。"后来范仲淹出兵的消息传到朝廷，仁宗大喜说："我就知道范仲淹是可用之才啊！"

但是，这样的坚守却是无可奈何之下的权宜之计，也就在这里，范仲淹写下了著名的《渔家傲·秋思》。

渔家傲 秋思

塞下秋来风景异，衡阳雁去无留意。四面边声连角起。千嶂里，长烟落日孤城闭。

浊酒一杯家万里，燕然未勒归无计。羌管悠悠霜满地。人不寐，将军白发征夫泪！

宋朝的边关，已不再有"欲将轻骑逐，大雪满弓刀"的战功，也不再有"欲饮琵琶马上催"的豪迈。衡阳的大雁去了又来，来了又去，而驻守边关的将士却不知何时能够回到故乡。暮色渐起，戍角悲鸣，层峦叠嶂之下，孤城紧锁，天地一片怆然。但是，即使是这样的悲凉，这样的无奈，这位坚强的男人的凛凛生气却没有被湮没。即使是悲，也不愿是悲哀，而宁愿是悲壮；即使是被迫退守孤城，心里也总挂念着建功立业。明代沈际飞说，"燕然未勒"句，悲愤郁勃，那些穷塞主哪里能有这样的词句！（沈际飞《草堂诗余正集》）

的确，真正伟大的作品，需要有伟大心灵的人才能写出，这样的心灵，不是醉生梦死、蝇营狗苟之辈能拥有的。当文人们还沉醉在花间的旖旎、婉约的柔情之中的时候，范仲淹用一首词撕裂了漫天的花雨，露出了青黑色的天幕，宋词的那一个辉煌的时代，即将到来。

四面湖山归眼底　万家忧乐到心头

事实上，范仲淹一生中从未到过岳阳楼。滕子京请他写文章的时候，范仲淹刚因为"庆历新政"失败，而被贬到邓州（今河南邓州市）。

庆历三年（1043 年）四月，宋夏局势有所缓和，范仲淹被调回东京，升任参知政事（副宰相）。此时，北宋官僚机构越来越冗余，行政效率越来越低，内忧外患接连不断。在严重的危机面前，宋仁宗委派范仲淹等人实行改革。范仲淹很快呈上了著名的《答手诏条陈十事》，提出了包括严明官吏升降制度、限制高官推荐人做官、严密贡举制度、修整武备等十条改革建议。宋仁宗接受了范仲淹的建议，于是，北宋轰动一时的"庆历新政"就这样拉开了帷幕。

范仲淹罢免了一大批尸位素餐的官员。一次，枢密副使富弼有些担心地说："您这样勾掉了官员的名字罢免他们，恐怕他们一家人都会痛哭啊！"范仲淹说："一家哭总比一路哭好！"（路是宋代的行政单位之一）

"庆历新政"和很多改革一样，触动了权贵的既得利益，于是，也和很多改革一样，从一开始就注定了它的失败。仅仅一年，在巨大的压力下，宋仁宗宣布废除一切新政，并将范仲淹贬到了邓州。就在这时，滕子京请求范仲淹为重新整修的岳阳楼作一篇记。

坐在邓州的花州书院里，范仲淹写下了这篇名垂后世的《岳阳楼记》。此时，他眼前也许浮现出了屡次被贬途中的悲凉、远谪遐荒时的痛楚，薄暮冥冥，虎啸猿啼，满目萧然，感极而悲。这样的心情，没有切身体会的人，是断然不能写出的。也许词人又想起了自己多次被重新起用时的志得意满：把酒临风，宠辱偕忘，其喜洋洋者也。面对想象中浩荡的湖水，范仲淹终于明白了，人生总要历尽磨难，尝尽痛苦，但是，在更高的维度面前，这些都不重要，真正的男人，应该是"不以物喜，不以己悲"。而这更高的维度，便是作为一个士大夫的担当精神，作为一个士人，对天下苍生的责任感。于是，一个振聋发聩的声音穿越千山万水，从邓州的这个小院里，传到了烟波浩渺的洞庭湖边，响彻碧水蓝天：

居庙堂之高则忧其民，处江湖之远则忧其君。是进亦忧，退亦忧。然则何时而乐耶？其必曰："先天下之忧而忧，后天下之乐而乐乎"。

在写完《岳阳楼记》七年之后，皇祐四年（1052 年），范仲淹去世，谥号文正。范仲淹并不是一个纯粹的词人，他的词留传到现在的仅有数首。但是，他用自己的人生为宋词之旅插上了一个显明的路标，这个路标指向以前从未有人指过的方向。于是，词人们开始寻回在晚唐五代时期丢失的风骨，寻回士大夫的精神。宋词开始逐渐走出男欢女爱的范围，用唐诗的精神去关注天下苍生，用杜甫、白居易的眼光去凝视时代的悲凉。

范仲淹在祭拜东汉著名隐士严光时，曾写过一篇《严先生祠堂记》，这篇文章的结句，也许正好可以为范仲淹自己做一个精彩的注脚：

云山苍苍，江水泱泱，先生之风，山高水长！

文章太守　词家醉翁——欧阳修

很多人都知道，唐宋散文八大家，唐朝占了两个（韩愈、柳宗元），宋代占了六个。但是很少有人意识到，宋代的六个名家中，除了王安石之外，剩下的五个都是欧阳修团队的成员以及他自己（三苏和曾巩都算是欧阳修的学生）！这只能说明一个问题：欧阳修不仅是当时最好的文学家，更是一个善于发掘人才、奖进后学的文坛导师。

宋仁宗嘉祐元年（1056年），四十七岁的眉山人苏洵带着十九岁的长子苏轼和十七岁的次子苏辙来到了京城，为两个儿子参加下一年的礼部考试做准备。川人多狂放，苏洵也不例外，可是他再狂，也没有想到，自己和儿子们的这一次出门，将使他们三个成为继曹操三父子之后更为著名的父子文学家，和"三曹"一样，他们被称为"三苏"。因为此时，他并不知道，在命运的安排下，北宋最著名的文坛领袖欧阳修，已经等候他们多时了。

爱才如命的文坛盟主

欧阳修（1007—1072），字永叔，号醉翁，又号六一居士。欧阳修童年生活艰难，四岁丧父。母亲郑氏含辛茹苦抚养儿子，家贫，买不起笔墨，于是母亲用芦荻画地，教欧阳修学习写字。这个故事至今传为佳话。一次，欧阳修在别人家偶然看到一本唐代文豪韩愈的文集，为之倾倒，发誓一生要赶超韩愈。

宋仁宗天圣八年（1030 年），二十三岁的欧阳修以甲科第一的成绩得中进士，被任命为洛阳推官，与当时的著名文人尹洙、梅尧臣、苏舜钦等人交游，从此文章闻名天下。

之后，欧阳修历任馆阁校勘、右正言、龙图阁学士等职。在他担任馆阁校勘时，范仲淹被贬，欧阳修极力为之申辩。当时的谏官高若讷认为应该贬黜范仲淹，急公好义的欧阳修竟不顾大臣礼节，给高若讷写信痛骂他："范仲淹为人刚正，通古博今，在位的大臣无人能与他相比。他无罪被驱逐，而你作为谏官不能分辨忠奸，还有脸见士大夫，出入于朝廷，你简直不知道人间还有羞耻二字！"（《宋史·高若讷传》：仲淹刚正，通古今，班行中无比。以非辜逐，君为谏官不能辨，犹以面目见士大夫，出入朝廷，是不复知人间有羞耻事耶！）恼羞成怒的高若讷向皇帝告状，把欧阳修的信交给了皇帝，于是欧阳修也被贬为夷陵县令。

后来，范仲淹担任陕西经略安抚、招讨副使，念及欧阳修对自己的救护，于是想请欧阳修担任自己的掌书记。欧阳修笑道："以前我的行为，难道是为了一己私利吗？我跟大人可以同退，但是不想跟大人同进。"庆历三年（1043 年），欧阳修又担任谏官，仍然无所顾忌，直言敢谏，很多大臣视他为仇敌，皇帝却对欧阳修十分赞叹。当时谏官是七品官职，皇帝特地下诏赐欧阳修五品官服以示褒奖，还对别人说："像欧阳修这样的人，到哪里去找啊！"

欧阳修声名之盛，连外族都对之十分景仰。欧阳修出使契丹时，契丹国主请他赴宴，并命令四个贵人陪同欧阳修。国主对欧阳修说："这种待遇是不符合礼制的，因为您的名位很重，所以才这样做。"在经过了官场的几起几落之后，嘉祐二年（1057 年），欧阳修担任了当年科举的主考官，就在这时，来自眉山的三父子进入了他的视线，也进入了中国文学史的视线。

一到京城，苏洵就精心挑选出自己的二十二篇文章献给欧阳修，欧阳修大为激赏，将苏洵的文章交给朋友传看。一时间老苏名噪京师，并在欧阳修的推荐下，参与了《太常因革礼》的编撰。不久，苏洵的两个儿子——苏轼和苏辙就走进了大宋礼部的考场。

宋代的科举制度比起唐代来，已经完善了许多，考生的试卷都要密封，糊上名字。为了防止考官与考生串通作弊，考生交卷之后，还要由专人将试卷誊抄一遍才交给考官。因此，当欧阳修看到一篇名为《刑赏忠厚之至论》的文章叹赏不已时，很自然就想到，这篇优秀的文章很可能出自自己的学生曾巩之手。欧阳修很想将此卷评为第一，但是又怕别人说自己袒护门生，因此评为了第二。试卷公布之后，欧阳修才知道，这篇文章的作者并不是曾巩，而是当时名不见经传的年轻人——苏轼。

考试之后，一天欧阳修问苏轼："你那篇《刑赏忠厚之至论》里面有一段尧和下属的对话，我以前没有见过，是出自哪本书呢？"苏轼大大咧咧地回答："哪本书都没有记载，是我想当然写的。"欧阳修不以为忤，反而十分赞叹苏轼的胆识与坦荡。欧阳修对苏轼的赏识毫不隐讳，他曾对人说："读轼书，不觉汗出，快哉，快哉！老夫当避路，放他出一头地也。可喜，可喜！"欧阳修甚至对儿子说："三十年后，将无人提起老夫，只会读苏轼的文章。"欧阳修的眼光令人钦佩，而他爱才的赤诚和胸怀之坦荡更是令人景仰。

在这次考试中，苏轼的弟弟苏辙、欧阳修的学生曾巩也高中进士，于是，嘉祐二年（1057 年），"唐宋散文八大家"中宋代的四位（苏洵、苏轼、苏辙、曾巩）在欧阳修的带领下，正式迈入了中国文坛。

不过，欧阳修主持的这一次考试，却在当时的文人中激起了轩然大波。

独振新风

少年时看到的韩愈的文章，不仅激起了欧阳修对文学的浓厚兴趣，更是奠定了他的文学观念。北宋初年，文坛追求一种辞藻华美、对仗工整的诗体，杨亿、刘筠、钱惟演曾经合编了一本《西昆酬唱集》，在当时影响很大，学生纷纷效法，称为"西昆体"。这种体裁少有现实内容，多为酬唱之作，堆砌典故辞藻。在欧阳修之前，就有人对西昆体提出了严厉批评，而欧阳修主持文坛之后，更是提倡言之有物的古文体，于是西昆体逐渐销声匿迹。

但是，一些学者对西昆体的批评矫枉过正，又走上了另一个极端。当时以太学生为主的青年士子摒弃了西昆体华而不实的文风，走上了险怪艰涩的道路。他们的文章以引经据典为时尚，以佶屈聱牙为高明，故弄玄虚，自我标榜。如果说西昆体的关键词是无病呻吟、顾影自怜的话，太学体的主要特征就是故作高深，借以吓人，颇有点类似于有些故弄玄虚令人费解的学术论文。

欧阳修对西昆体的浮靡十分反感，对太学体的艰涩也很不以为然。因此，在他主持的嘉祐二年的那次科举考试中，凡是写太学体文章的士人全部被他判为不合格而落第。这些士子大多是太学推选上来的优等生，消息传出，一片哗然，下第的士子们守候在欧阳修上朝的路上围攻欧阳修，连巡逻的兵丁都无法制止。有人甚至写了一篇《祭欧阳修文》投至欧阳修家，诅咒他早死。这次事件虽然给欧阳修带来了一场风波，但是自此以后，北宋的文风还是逐渐被扭转了过来，"文格遂变而复古，公之力也"（《欧阳修集·先公事迹》）。

欧阳修对自己的文章也是精益求精，他曾说自己作文章多在"三上"，即"马上""枕上""厕上"，足见其勤奋。即使到了晚年，他仍然修改文章不知疲倦，夫人问他："难道现在还怕先生批评吗？"欧阳修笑道："不是怕先生批评，而是怕后生笑话啊！"

至和元年（1054年）八月，欧阳修奉诏入京，与宋祁同修《新唐书》。结束之后，欧阳修又自著《新五代史》。比起薛居正的《旧五代史》，《新五代史》篇幅只有它的一半，但是记载的史实却是《旧五代史》的数倍，而且纠正了《旧五代史》的很多错误。（《欧阳修集·先公事迹》："书成，减旧史之半，而事迹添数倍，文省而事备，其所辨正前史之失甚多。"）至今，《新唐书》和《新五代史》都是二十四史中文学水平较高的两部。

在诗歌上，欧阳修也造诣颇高，他的《六一诗话》是中国文学史上第一部诗话，著名的"诗穷而后工"观点，就是他在这部书里提出来的。至今《六一诗话》仍是研究诗歌的学者的必读书。

欧阳修散文和诗歌的成就举世公认，但是，在词上，却有人有一些不同的意见。

纵使花时常病酒，也是风流

欧阳修留词数十首，题材广泛。但是元人吴师道说，欧阳修那些粗鄙猥亵的词格调太低，不可能是欧阳修所作，"当是仇人无名子所为"。这种为尊者讳的说法，其出发点也许是好的，但是很明显的是，吴师道并不十分了解宋代的民俗，更不了解欧阳修的个性。

据《本事词》记载，欧阳修在任河南推官时，跟一个歌妓感情深厚。有些下属认为欧阳修"有才无行"，经常向他的上司西京留守钱惟演打小报告，但是钱惟演十分惜才，从来不以为意。一天，钱惟演大宴宾客，欧阳修和那个歌妓迟迟不来。过了很久，两人才到，在座位上还眉目传情。钱惟演责问歌妓为何迟到，歌妓说："天气炎热，我在凉堂睡着了，醒来发现金钗不见了，欧阳推官帮我寻找，所以才迟到。"钱惟演也不过分责怪，说："你如果能让欧阳推官写一首词，我便不追究你迟来之过，还可以补偿你的金钗。"欧阳修即席填词一首：

临江仙

柳外轻雷池上雨，雨声滴碎荷声。小楼西角断虹明。阑干倚处，待得月华生。

燕子飞来窥画栋，玉钩垂下帘旌。凉波不动簟纹平。水精双枕，傍有堕钗横。

在座无不称善，钱惟演也令公库补偿了歌妓的金钗。

需要注意的是，与欧阳修缱绻缠绵的是官妓。宋代歌妓有三类：官妓、家妓和私妓。官妓又叫营妓，为官府豢养，主要供官员娱乐时遣用；家妓是士大夫家养的歌妓，除了唱词佐饮之外，有的兼作主人的侍妾婢女；私妓以卖艺为生，兼卖身。宋代明确规定：官员不得与官妓发生关系，违者双方均会受到重处。仁宗时触犯此规定而被贬的官员屡有其人，例如，一个叫蒋堂的官员就是因为与官妓有私而被贬至河中府。祖无择担任杭州知府的时候，有人说他与官妓薛希涛私通，王安石负责审理此案，结果薛希涛被拷打致死，也没有承认她与祖无择的私情。直到南宋，这条禁令依然存在。南宋著名的理学家朱熹因为不喜欢天台郡守唐仲友，便诬陷他与官妓严蕊私通，严蕊被关押了一个多月，受尽了拷打，但是仍然不肯承认。

由此可见，欧阳修与官妓相恋，是冒着受罚的危险的，因此他的同僚说他"有才无行"也并不是诬陷。不过好在欧阳修有一个惜才爱才而且通情达理的上司钱惟演，他才没有因此而受到惩戒。

宋词的历史应该感谢钱惟演，正因为他的宽容，才让欧阳修给我们留下了如此丰富的佳作：

南歌子

凤髻金泥带，龙纹玉掌梳。走来窗下笑相扶，爱道画眉深浅入时无。

弄笔偎人久，描花试手初。等闲妨了绣功夫，笑问鸳鸯两字怎生书？

"宋代文化表现出一种人的解放的文化精神，这种'人的解放'，事实上也包括妇女的解放。宋代妇女解放的评价视角，一是男人世界之妇女观发生改变，男人已肯定妇女也是'人'，与男人有同等的人的价值。"（沈家庄《宋词的文化定位》）当宋词不再像齐梁诗歌那样将女性当玩物的时候，文学中的女性形象便绽放出了不同寻常的光彩。这首《南歌子·凤髻金泥带》为我们描绘了一个新嫁娘的娇憨可爱的形象。少妇还未脱去少女的天真，与夫君缠绵闺房，时而要丈夫模仿汉代张敞为自己画眉，时而依偎着丈夫。可是新婚宴尔的甜蜜早已使新嫁娘忘记了手里的女红，为了掩饰自己的尴尬，故作认真地请教夫君鸳鸯两字如何书写。

汉代的京兆尹张敞爱为妻子画眉，有大臣揭发他无大臣威仪。当皇帝责问的时候，张敞满不在乎地回答："闺房之乐，有甚似画眉者。"弄得皇帝也无话可说。看来，欧阳修也是深谙此道，不然，这位新婚的少妇何以一千多年来都在撩动人们的情思呢？

欧阳修的词虽然也是以描写女性形象为主，但是已经渐渐洗脱了花间词的脂粉气，而走向清疏峻洁，让人玩味。因此王国维先生在《人间词话》里评价说："词之雅郑，在神不在貌。永叔、少游虽作艳语，终有品格。"

人生自是有情痴，此恨不关风与月

幸福的时光即使再长，也会被分离的苦痛分割至于无形，也许，这就是诗歌中别离永远是不变的主题的原因吧。江淹《别赋》里首句便感叹："黯然销魂者，惟别而已矣。"行子肠断，百感凄恻。风萧萧而异响，云漫漫而奇色。那个登楼远望的人，何时才能看到视线尽头的思念？

踏莎行

候馆梅残，溪桥柳细，草薰风暖摇征辔。离愁渐远渐无穷，迢迢不断如春水。

寸寸柔肠，盈盈粉泪，楼高莫近危阑倚。平芜尽处是春山，行人更在春山外。

离别的日子，竟是在这草长莺飞的三月，满怀荡漾的春潮此时竟变成了难以名状的苦水。青青的杨柳已不再赏心悦目，纵然折下千条万缕，也拼不出一个"留"字。有形的离别之路丈量着无形的相思之愁，终于将无形化为无穷，随着春水，流到天涯海角。从此，只愿思念能穿越层峦叠嶂，陪伴在一个人的身边。

登楼远望的女子，想把自己的心放在那条遥远的地平线上，因为她想，这样，就会离他近一点了吧？可是，无数次地登临，无数次地远望之后，女子终于明白了，地平线那边，是山，山那边，还会有更多的山，而他，就在更多的山的另一边。目力的有限与思念的无限此时化作了一把剪刀，而女子的思绪与离别时的柳条互相缠绕着，剪不断，理还乱，才下眉头，却上心头。

更多的时候，这个看不到自己未来的女子，只能静静地守在那深深的庭院中，带着自己都不相信的希望，默默地等待。

蝶恋花

庭院深深深几许？杨柳堆烟，帘幕无重数。玉勒雕鞍游冶处，楼高不见章台路。

雨横风狂三月暮。门掩黄昏，无计留春住。泪眼问花花不语，乱红飞过秋千去。

前文提到的被朱熹诬陷的严蕊，在历经严刑拷打之后，始终不承认自己跟唐仲友有私情，案子未结，朱熹被调走，严蕊写了一首《卜算子·不是爱风尘》表明自己的心志：

卜算子

不是爱风尘，似被前缘误。花落花开自有时，总赖东君主。

去也终须去，住也如何住！若得山花插满头，莫问奴归处。

继任的岳霖怜悯严蕊的遭遇，释放了她。后来，严蕊被判从良，被一个官员纳为妾。

虽然受了不少皮肉之苦，几乎遭杀身之祸，但是严蕊的命运在官妓里面已经算是很好的了，毕竟，她有了一个还算正常的未来。可是大多数官妓，只能在无尽的幻想和期待中，逐渐老去。

深深的庭院，似深深的心思，已经很久没有人经过了。春天的柳如烟，又如重重的幕幛，顽强地挡在女子和离去的人中间。那个骑着马的男子什么时候还会如初见时那般出现？他曾经许下的承诺是否会如他所说真的能够实现？

没有未来的女子害怕，害怕连过去也要失去。他离去的路已经湮没在柳荫中，不复得见，又是一个春天，难道他不知道，江水流春，一去不回？女子不敢再想，不敢再问，因为每一次苦苦的追索之下，得到的总是同一个答案。风乍起，落红满径，残花飞舞，似女子无助而注定飘零的未来。

有人说，这首词是借女子的口吻来抒发作者自己不得志的苦恼，是"香草美人"笔法，这种说法和吴师道为尊者讳的观点是同等的荒谬。腐儒们总是一边凌辱着女人，一边又生怕跟女人扯上什么关系，丢了自己的身份。倒是欧阳修的率性让人感觉可爱：大胆地爱，大胆地用情，大胆地同情，用词人的歌喉吟唱出女子内心的秘密。也许，这也是这首词深得女性喜爱的原因吧。李清照就曾经说："欧阳公作《蝶恋花》，有'深深深几许'之句，予酷爱之，用其语作'庭院深深'数阙。"（《词林纪事》）的确，三字连用，在诗歌史上也有其例，如"夜夜夜深闻子规"，又如"日日日斜空醉归"，以及"更更更漏月明中"，但是，哪句能像欧阳修的"庭院深深深几许"一样，让人玩味，让人感叹呢？

词家醉翁

庆历五年（1045 年），范仲淹等人主持的"庆历新政"失败，参与新政的官员均被贬谪。欧阳修作《论杜衍范仲淹等罢政事状》，尖锐地指出："今四人一旦罢去，而使群邪相贺于内，四夷相贺于外。"疏上，遭到阻挠改革的大臣的忌恨。有人借口欧阳修的外甥女张氏犯法，趁机说欧阳修与张氏有私，并勒索张氏钱财，将欧阳修牵连下狱。中国人习惯挥动道德大棒来攻击对手，水一经搅浑，便再难以澄清，这招从古至今被阴谋家们屡试不爽。所谓的欧阳修与外甥女有私情的案子后来经查明纯属诬蔑，但是欧阳修还是被贬为滁州知州，而就在滁州，他写出了名动千古的《醉翁亭记》。如果说欧阳修被贬滁州是滁州之幸的话，不久，命运之神又把这种幸运赠给了繁华富庶的扬州，因为三年后，欧阳修就离开滁州，担任扬州知州去了。

扬州城外有一座名为蜀冈的山丘，丘上有唐代鉴真和尚出家的大明寺，欧阳修在公务之余，常去探访。词人心爱此地风景优美，于是就在大明寺附近修建了平山堂。《扬州府志》说：

> 平山堂在郡城西北五里大明寺侧，宋庆历八年，郡守欧阳修修建，负堂遥眺，江南诸山皆拱揖槛前，山与堂齐，故名。

叶梦得在《避暑录话》中说，欧阳修每到暑时，便"凌晨携客往游"，派人到邵伯湖摘千朵荷花，插在盆中，又让众宾围坐，"遣妓取一花传客，以次摘其叶，尽处则饮酒。往往浸夜，载月而归"（后来看到电视里时尚女生扯花瓣占卜："他爱我，他不爱我……"敢情这游戏欧阳修早就开始玩了）。这种景象，极似欧阳修《醉翁亭记》里描写的欢乐场面：

> 射者中，弈者胜，觥筹交错，起座而喧哗者，众宾欢也。

想必，在欢乐的宾客中间，"苍颜白发"的诗人也是跟在滁州时一样，"颓然乎其间"吧？

中国古人往往在仕途失意之时，便寄情山水，慰藉心灵。虽然"人与自然冲突最大表现就是自然对人的沉默和不屑一顾"（刘士林《中国诗学精神》），然而，即使自然对渺小可笑的人类不屑一顾，但当人类置身于伟大恒久的自然时，却还是会从心底涌起对沉静庄严山水的景仰，从而也开始反思暗流涌动的人世的可笑、蜗角虚名的可怜，由此得到一种在尘世中罕能得到的升华。

这种升华往往只有经历了风雨之后的人才能拥有。叶嘉莹先生说："欧阳修富于遣玩的意兴，很有欣赏的兴趣，……他的遣玩的意兴都是对一种伤感、悲哀的反扑,而这也是为什么欧阳修词同样写游赏宴集,听歌看舞,却一点也不肤浅,反会使人感到包含有一种人生之哲理的缘故。"(叶嘉莹《北宋名家词选讲》)

此时,被贬的欧阳修是孤独的,但是,"人生之中,有很多深刻的思想都是在孤独的时候产生的,有的时候,寂寞和孤独也能成全一个人,并不一定要毁损一个人,结果如何,全取决于一个人对之采取的态度"(叶嘉莹《北宋名家词选讲》)。

朝中措 送刘仲原甫出守维扬

平山阑槛倚晴空,山色有无中。手种堂前垂柳,别来几度春风。

文章太守,挥毫万字,一饮千钟。行乐直须年少,尊前看取衰翁。

欧阳修在扬州任上不到一年就离开了。多年后,他的朋友刘敞(字原甫)将出镇扬州,欧阳修便以这首《朝中措·平山堂》送行。

词人记忆中的平山堂,想必还是那样的清秀而美丽吧,美得如王维的诗:江流天地外,山色有无中。堂前,有词人种下的垂柳。东晋桓温看到金城中自己亲手栽植的柳树现已合抱,不由得感慨:"树犹如此,人何以堪!"乃至泫然流涕。这种世事无常之感,随着年龄的增长,只会越来越强。可是,历尽迁谪之苦的词人既没有满腹的牢骚,也没有桓温这样的痛楚。春风几度,白驹过隙,但是如果只是感世伤时,不但于事无补,更是辜负了这大好春光。何不"挥毫万字,一饮千钟"!

这样的豪气,对于晚唐五代以来的中国诗坛已经久违了,因为只有具备乐观自信、豪迈强健的生活态度,才能有如此的潇洒和飘逸。遭遇贬谪之苦的词人并不是没有痛苦,欧阳修还不到四十岁的时候,须发就全白了,皇帝看到都为之恻然。词人的肉体也许是衰老的，但是他的心灵却是强大的、倔强的，因此也是伟大的。欧阳修让人们明白，宋词之旅即使走在远窜遐荒的路上，都仍然能够保持着那一份开朗和坚强，能够保持着那率真而纯净的微笑。

欧阳修去世八年后，苏轼也担任了扬州太守，一次，他登临平山堂，缅怀自己的恩师，作了一首《西江月·平山堂》：

西江月 平山堂

三过平山堂下，半生弹指声中。十年不见老仙翁，壁上龙蛇飞动。

欲吊文章太守，仍歌杨柳春风。休言万事转头空，未转头时皆梦。

此时的苏轼，已经在无数次的困厄中，继承了老师的淡然微笑，并用这豁达的微笑来面对以后还会遭遇到的挫折。而这微笑的心态，又由苏轼传之后世，于是，后代无数身处逆境的读书人，都从这种心态当中，获得了恩泽。

在红尘最深处漫歌——柳永

11 世纪初的一天，科举考试已经结束，来自全国的士子们正在焦急地等待着放榜。而当朝皇帝宋仁宗正在大殿对新科进士的名单进行最后的审核。皇帝此时的心情，大概和当年唐太宗的心情差不多，有"天下英雄尽入我彀中"的志得意满。仁宗手里的朱笔在一个个的名字上画过，当笔尖到达一个名字的时候停住了。仁宗本来舒展的眉头也紧锁了起来，他提起笔，在名字旁边写了一句话："此人好去'浅斟低唱'，何要浮名？且去填词！"之后，用朱笔重重地把这个名字圈去了。

这个被圈去的名字，叫柳三变。

且把浮名　换了浅斟低唱

这已经是柳三变第三次落榜了，有人说是第二次，因为像他这样的人，正史是不屑于为他作传的，所以很难考证。他的生平，只能靠后人在沾满灰尘的词句中去寻找猜测。

柳永（987？—1053？），字耆卿，初名三变，字景庄，因为他排行第七，因此人们又称他柳七。柳永的父亲柳宜原是南唐旧臣，入宋之后曾任工部侍郎。柳永兄弟三人，长兄三复，次兄三接，都才华出众，三兄弟被人称为"柳氏三绝"。柳永的父亲、长兄、次兄都是进士出身，在书香门第长大的柳永，视功名为囊中之物，认为"对天颜咫尺，定然魁甲登高第"（《长寿乐》）。可是他万万没有想到，初次参加科举，便名落孙山。

此时的柳三变，似乎并没有把落榜放在眼里，他轻轻一笑，说："富贵岂由人，时会高志须酬"，并兴冲冲地准备参加下一次的考试。可是，第二次参加科举又失败了。柳三变坐不住了，郁闷之下，他写下了那首著名的《鹤冲天·黄金榜上》。

鹤冲天

黄金榜上，偶失龙头望。明代暂遗贤，如何向？未遂风云便，争不恣狂荡？何须论得丧。才子词人，自是白衣卿相。

烟花巷陌，依约丹青屏障。幸有意中人，堪寻访。且恁偎红倚翠，风流事，平生畅。青春都一饷。忍把浮名，换了浅斟低唱！

据说唐代孟浩然一次在王维家游玩时与唐玄宗不期而遇，皇帝询问他近来有什么诗作，孟浩然便朗诵了自己的《岁暮归南山》一诗。当皇帝听到"不才明主弃，多病故人疏"的时候不高兴了："我没有抛弃过你，是你自己不来见我，你怎么能说是'不才明主弃'呢？"言毕拂袖而去。于是孟浩然终身未被录用。

落榜之后的柳三变，其心态与孟浩然惊人地相似：明明是自己名落孙山，却说自己不小心没考中状元，还说政治清明的朝代居然也会遗漏自己这样的贤才，居然还为皇帝忧国忧民一把。词人的失意其实也是很明显的，但是却硬着头皮、梗着脖子说：没必要再去计较获得与失去，我这样的才子词人，就是实际上的白衣卿相。

人生失意发点牢骚，自古皆然，但是柳三变的牢骚却让人侧目。

文人仕途失意，大多选择寄情山水，但是柳三变却是寄情红尘。他毫不讳言，自己最喜爱的是烟花柳巷，寻访"意中人"，平生最畅快的是"风流事"。更大胆的是，他居然将士子们孜孜以求的功名斥为"浮名"，竟不知这是皇权控制文人最重要的手段、最有效的诱饵。在柳三变的眼里，这些浮名根本不值一提，不如换得在勾栏瓦肆中的"浅斟低唱"！

柳永犯了大忌讳。

他并不明白，自古失意文人寄情山水，其实不过是给自己进身找一个更合适的平台罢了。东晋谢安曾经罢官，隐居东山，可是他的隐居，实质上是为自己出山增添一个更有分量的砝码，同时也展示一下自己"不慕名利"的"风骨"。果不其然，隐居后不久，他就在朝廷的一再恳请之下"极不情愿"地出山了，同时也给中国文化留下了一个成语——东山再起。

唐朝处士卢藏用隐居终南山中，但是隐居又隐得很不安分，经常是皇帝在哪里他也就出现在哪儿，被时人讥讽为"随驾隐士"。后来他终于得偿所愿，以"高士"身份被征召入仕。一次他和司马承祯路过终南山，他指着山对司马承祯说："此中大有嘉处。"司马承祯调侃说："依我看来，这座隐居的山不过是仕宦的捷径罢了。"（参见《新唐书·卢藏用传》）卢藏用顿时愧不敢言。"终南捷径"的典故就出于此。

即便是声称不愿"摧眉折腰事权贵"的诗仙李白，在得到朝廷征召的诏书之后，也喜滋滋地高唱"仰天大笑出门去，我辈岂是蓬蒿人"，绝尘而去。

由此看来，中国古代至少绝大部分隐士，其本质不过是"著名隐士"。隐居就是为了给自己找一个进可攻、退可守的平台。一方面，仙风道骨，显示自己弃尘绝俗，另一方面，暗地钻营，孜孜以求进身之阶。这些隐士的小算盘皇帝也未必不知道：他们并不是不想做官，只不过嫌现在给自己的官太小，做官的方式太卑微，于是通过这种欲擒故纵的方式以退为进罢了。一旦皇帝对这些人的才干有所肯定，则会安车蒲轮、三顾茅庐请他们出山。这样，一方面成全了皇帝爱才如命的美名，另一方面也顾全了他们本不乐仕进，不得已才勉为其难出来做官的面子。这种潜规则双方都是心照不宣、暗自默契的。

文人雅士即使不做官，他们的行为也得符合雅的标准。吟诗作赋无疑是雅的，隐居林泉也是雅的，哪怕是垂钓溪边、伐柯山林也是雅的，因为姜太公和《诗经》中有了先例。文人做雅事，也就为自己留了后路，随时可以出来做那件不算太雅，但是人人心里都趋之若鹜的事情——做官。如果实在做不了，退而求其次也可以高蹈世外，终老林泉，死后也许会有人给自己一个"靖节"的私谥。

柳永错就错在没有为自己留后路。流连山水是大雅，而流连柳巷、咏怀男女之爱则是大俗了。一两次科举失利就如此一俗到底，即使以后皇帝想起用你，他也不得不因保持自己的名誉而有所顾虑，这不是自断后路吗？

说起来柳永也颇委屈：男欢女爱向来是艺术永恒的主题，从《诗经》开始就咏叹不绝，文人们不但不以为俗，反以为雅，为何到柳永手里就变成大俗了呢？

有些事，圣人做得，凡人却做不得。

《诗经》首篇便是"关关雎鸠"，写男子想念女子睡不着觉是"辗转反侧"，写梦中情人是"所谓伊人，在水一方"，这些美丽的诗句本都是凡夫俗子的昵昵儿女语，有着红尘之中永恒的追求与美。可是孔夫子一句"思无邪"，硬生生地将《诗经》中那些新鲜灵动的情诗变成了庙堂之上的宏大叙事，后世腐儒陈陈相因，言闺情必是香草美人，柳永直写闺阁之思，反倒成了不高雅的，至少是不高尚的。

原来儿女之情本身只能是个幌子。店里卖的酒必须是万机北辰①的味道，是为兴寄。挂羊头卖狗肉才是正宗，若挂羊头卖羊肉，反而是俚俗之至，绝不能登

---

① 万机指的是皇帝；北辰是北极星，也指皇帝。

大雅之堂。

由此可见，雅俗之泾渭分明，距离可以光年计，谁敢说大俗即大雅？

但是话说回来，柳永的遭遇，也不见得完全是打破了雅俗之间的潜规则，更大的原因，估计也是得罪了皇帝，随即墙倒众人推而已。

柳三变自己也不知道，从这首词问世的那一天起，就注定了自己下次科举的失败，注定了他整个人生的坎坷。

> 这本是一个在背处发的小牢骚，但是他也没有想一想：你怎么敢用你最拿手的歌词来发牢骚呢？他这时或许还不知道自己歌词的分量。它那美丽的词句和优美的音律已经征服了所有的歌迷，覆盖了所有的官家的和民间的歌舞晚会，"凡有井水处都唱柳词"。
>
> ——梁衡《读柳永》

被皇帝亲手黜落之后的柳三变，似乎并没有汲取教训，而是变本加厉地放浪形骸、流连声色了。他调侃地自称是"奉旨填词柳三变"，出没于花街柳巷之中，结交的都是歌妓朋友。他为她们写词，许多人因为他而走红，在官场上惨败的柳三变，在红尘中却获得了巨大的成功。许多歌妓以能认识他为荣，若能得到他为自己写的词，那更是可以傲视同行。歌妓中间流传着这样的说法：

> 不愿穿绫罗，愿依柳七哥；不愿君王召，愿得柳七叫；不愿千黄金，愿得柳七心；不愿神仙见，愿识柳七面。

沈家庄先生在《宋词的文化定位》一书中说：

庶族文化构型所涵汇的平民文化因素及世俗倾向，是"宋型文化"最突出的特色。这反映出精英文化与通俗文化趋同，大传统文化与小传统文化合流的社会文明进步的必然趋势。

柳三变便与这精英文化与通俗文化合流的趋势不期而遇了。他的笔下出现最多的不是堂皇的宫殿，而是平常的市井；不是慷慨激昂的英雄豪杰，而是养家糊口的贩夫走卒；不是宏大的忠君报国，而是与低贱的歌妓之间的儿女情长。

放浪形骸的柳三变，遭到文人们几乎一致的批评，也就在情理之中了。《能改斋漫录》说柳词多"淫冶讴歌之曲"，《苕溪渔隐丛话》称柳词多"闺门淫媟之语"，陈振孙《直斋书录解题》称柳词"格固不高"，黄升《唐宋诸贤绝妙词选》说柳永"长于纤艳之词，然多近俚俗，故市井之人悦之"，王灼的《碧鸡漫志》则批判柳词"不知书者尤好之。予尝以比都下富儿，虽脱村野，而声态可憎"。

此时的柳三变，已经成为文人的公敌。

柳三变并非不慕功名，在被皇帝斥退之后，他改名为"永"，也许就是想改变自己在皇帝眼中的不良印象，在仕途上取得自己的一席之地。终于，在经历了三次失败之后，柳永考上了进士。可是，发榜之后，吏部却迟迟不给他安排官职。愤愤不平的柳永去找宰相晏殊。晏殊就问："贤俊喜欢填词是吗？"

柳三变听出晏殊话里的指责之意，于是反唇相讥："我和大人一样，都喜欢填词。"

晏殊听后冷冷地说："我虽然也填词，但是却不会作'彩线慵拈伴伊坐'这样的淫词艳曲。"

几经周折之后，柳永终于得到了一个睦州团练推官的小小职务。他做过的最高的官，不过是个屯田员外郎，从六品，是宋代京官中最低的官职。

柳永究竟死于何年，至今仍是一个谜。叶梦得《避暑录话》中说，柳永是"死旅"，就是死在家乡之外的意思。他死后，无人给他安排后事，于是停殡于润州佛寺。这样的结局，多少让人有些伤感。好在，冯梦龙在《喻世明言》里，给我们讲述了一个让人感到一些温暖的故事：

柳永死时，身无分文，当地的妓女知道之后，出钱将他下葬。他的墓碑上，只刻着"奉旨填词柳三变之墓"几个字。这是一种褒扬，还是一种示威？没人知道。冯梦龙说："出殡之日，官僚中也有相识的，前来送葬。只见一片缟素，满城妓家，无一人不到，哀声震地。那送葬的官僚，自觉惭愧，掩面而返。"以后每到清明时节，歌妓们都要到他的墓前祭奠，称为"吊柳会"。没有参加过"吊柳会"的，不敢到乐游原踏青。这个习俗一直持续了百余年。后来，有人在墓前题诗：

乐游原上妓如云，尽上风流柳七坟。

可笑纷纷缙绅辈，怜才不及众红裙。

仕途坎坷的柳永是不幸的，流连红尘的柳永却又是幸运的。梁衡先生说：

柳永是经历了宋真宗、仁宗两朝四次大考才中了进士的，这四次共取士916人，其中绝大多数人都顺顺利利地当了官，有的或许还很显赫，但他们早已被历史忘得干干净净，但柳永至今还享此殊荣。

在青云之上遭受不公的柳永，终于在红尘深处找回了自己的公道。

辉煌的城市乐章

如果不是宋史研究专家，很少有人会知道孙何这个名字。但是，这个名字在11世纪初的柳永眼中，却有着非同一般的分量，甚至，寄托着他对未来的所有希望。

科场失意的柳永并没有完全失去对仕途的期望，他多方奔走于权贵之门，希望能够有万一之得。当柳永寓居杭州的时候，机会来了，他从前的布衣之交——孙何担任两浙转运使，来到了杭州。可是，柳永对形势的估计还是过于乐观了。孙何并没有因为两人的旧交而对柳永另眼相看，他到任之后，"门禁甚严"，柳永连他的门都进不去，遑论得到他的提携！无奈之下，柳永找到了相熟的歌妓孙楚楚，对她说："我想见孙大人，恨无门路，我写一首词交给你，你在他府里宴会的时候唱，如果他问作者是谁，你就说是柳七。"柳永对这次会面充满了期待，乃至于专门为此新创了一个词牌——望海潮。

望海潮

东南形胜，三吴都会，钱塘自古繁华。烟柳画桥，风帘翠幕，参差十万人家。云树绕堤沙。怒涛卷霜雪，天堑无涯。市列珠玑，户盈罗绮，竞豪奢。

重湖叠巘清嘉。有三秋桂子，十里荷花。羌管弄晴，菱歌泛夜，嬉嬉钓叟莲娃。千骑拥高牙。乘醉听箫鼓，吟赏烟霞。异日图将好景，归去凤池夸。

用一首仅有百余字的小词来表现一个城市，难度可想而知，但是柳永做到了。长期羁旅天涯的词人一反忧伤哀婉的常态，起句便浑厚不凡，词人仿佛是站在云层之上，俯瞰神州大地，在一片苍茫雄伟的山河中，熠熠闪耀的就是这东南海滨的璀璨明珠。词人动于九天之上，目光呼啸着穿过厚厚的云层，穿过阵阵的香风，落到地面。晨雾未散，柳色如烟，画桥宛然，清风吹拂着居民绿色的帘幕，重重帘幕之后，就是享受着这升平气象的十万人家。海堤上绿树如云，海堤边惊涛如雪，站在堤上遥望天涯，怎能不回肠荡气，胸襟顿开？词人从堤上收回目光，移到繁花的市井，市场上陈列着珍奇的珠宝，家家户户堆满了绫罗绸缎，争奇斗艳，富足美满。

"上有天堂，下有苏杭。"杭州不仅是富庶的鱼米之乡，更是景色美丽的人间天堂。西湖倒映出翠绿的层峦叠嶂，更增景色之秀美；桂子飘香，荷花满眼，让人见之忘返。阳光下，有人在吹响羌笛；月色下，姑娘在低唱菱歌，垂钓的老人，弄莲的孩子，黄发垂髫，怡然自乐，不是桃源，却比桃源更美。好一派歌舞升平，好一个太平盛世！

作为干谒词，词人当然没有忘记奉承这位曾经的好友、现在的贵人：威武的骑兵簇拥着此地的父母官，醉饮西湖，忘情于山水，这是何等的逍遥，何等的自在！杭州的一片胜景，当然与您的英明领导是分不开的，改天将此景绘成图画，上奏朝廷，皇帝怎么能不心花怒放呢？

梁衡先生说："他（柳永）常常只用几个字，就是我们调动全套摄影器材也很难达到这个情景。"这首词可算个中典范。中国诗人，多喜欢描写山居闲散、乡村野趣，却很少有人敢于尝试描绘一个庞大的都市。这除了与中国文人传统的审美情趣有关之外，也与很多人笔力有限，生怕画虎不成反类犬有关。而柳永却敢试牛刀，一首百余字的小词，竟如一篇辉煌的乐章，又如一幅泼墨的大画，将这个当时世界性的都市留在了方寸的纸页上，更让我们的目光越过纸页的边缘，去与那一千多年前的繁盛和幸福相见。

孙何听到这首词之后，果然向歌妓打听作者，知道是柳永之后，马上命人请柳永赴宴，宾主尽欢而散。

柳永想请孙何提携自己的目的达到没有，没有记载，大概这之后，也再没下文了。在孙何眼里，曾经的好友柳永不过是个闲暇时供自己玩乐的伶人吧，这样的人，官员身边实在太多太多。但是孙何可能怎么也想不到，多年之后，很少有人会知道他的名字，但是他蔑视的柳永却永远地留在了中国的历史上。公正的历史给了他们两个人应该享有的地位，毫无偏私。

关于这首词，还有个让人啼笑皆非的故事。

据说当时金主完颜亮看到这首词之后，被词中的"三秋桂子，十里荷花"吸引，下决心要征服南宋，将此美景据为己有，于是隔年以六十万大军南下攻宋。俨然柳永的这首词成了外敌入侵的缘由，宋人谢处厚还写了一首诗："谁把杭州曲子讴，荷花十里桂三秋。那知卉木无情物，牵动长江万里愁。"这种说法至为可笑，那些昂昂乎庙堂之器的朝廷重臣们，由于自己的无能而导致外敌入侵，竟将责任归于一首短小的词之上。好在完颜亮攻宋不成，反被部下所杀，不然，柳永岂不要背上"卖国"的罪名？殊为可叹，殊为可笑！

以一个字独步千古——宋祁

在中国的诗词史上，有的人以佳篇闻名，有的人以佳句独步，而宋祁估计是为数不多的以"佳字"享誉后世的文人了。很多人说希望做苏轼那样的人，不过要说生活，大家可能都希望像宋祁一样，毕竟，富贵平安还有才，是每个人都有的愿望。

嘉祐二年（1057），来自四川眉山的苏轼、苏辙两兄弟双双考中进士，传为一时佳话。其实，在此之前的宋仁宗天圣二年（1024年），就有一对兄弟也是双双考上进士，还被时人称作"双状元"，这就是宋祁和他的哥哥宋庠。

宋祁（998—1061年），字子京，安陆人，年少颖悟，十岁便能作诗。二十六岁这年，他和哥哥宋庠一起参加进士考试，礼部奏宋祁第一，宋庠第三，但是当时的章献太后不愿弟弟居于兄长之上，于是把宋庠拔为第一，而把宋祁安置到第十。于是，一次考试，两兄弟其实都中了状元，时人誉为"双状元"，又称他们为"大小宋"。

虽然同科入仕，但是兄弟俩性格似乎有很大区别：哥哥沉着稳重，为人简约，好学不倦；而宋祁喜好宴饮，夜夜笙歌，常通宵达旦。在他任三司使时，还遭到包拯弹劾，说他担任益州知州时游山玩水，宴请宾客，不理政事。他的享乐连他哥哥也看不过去了，一年上元节，当时已任宰相的宋庠在府里读书，听说宋祁"点华灯，拥歌妓醉饮达旦，穷极奢侈"，心有不快，次日便命人带话教训宋祁："听说你昨夜欢饮达旦，不知你是否记得某年上元夜，我们曾一起在州学里吃咸菜、喝稀粥的情景？"宋祁听后笑着答道："不知我们当时吃咸菜、喝稀粥是为了什么呢？"

宋代享乐成风，这是当时普遍的价值取向，只不过宋祁可算其中翘楚。他曾与欧阳修一起修《新唐书》，不过他写书的排场可不比一般，"每宴罢，盥漱毕，开寝门，垂帘，然（燃）二椽烛，媵婢夹侍，和墨伸纸"，这简直不像在写书，倒像是在表演，"远近观者，皆知尚书修唐书矣，望之如神仙"（《东轩笔录·卷十五》）。

及时行乐可以说是宋祁最主要的人生态度，正如他在《浪淘沙近》中写的一样：

> 至如今，始惜月满、花满、酒满。
>
> 倚兰桡，望水远、天远、人远。

史载宋祁"后庭曳罗绮者甚众"，生活奢侈。不过似乎他仍未满足，有一次，他居然把主意打到了皇帝的宫女身上。

《本事词》里面记载了这样一个故事：

一日宋祁经过京城大街，遇到几辆皇宫的车子，还没来得及躲避，一辆车子的帘子被撩起，里面一位宫女惊讶地说："是小宋啊！"当晚宋祁彻夜难眠，赋《鹧鸪天·画毂雕鞍狭路逢》一首：

鹧鸪天

画毂雕鞍狭路逢。一声肠断绣帘中。身无彩凤双飞翼，心有灵犀一点通。

金作屋，玉为笼。车如流水马游龙。刘郎已恨蓬山远，更隔蓬山几万重。

不久，这首词和故事一起传到了仁宗皇帝耳朵里，皇帝要清查到底是哪辆车，谁在呼唤小宋。那个宫女承认说："那天见到宋学士，大家都说是小宋，我就随便喊了一声。"仁宗召见宋祁，谈起这事，宋祁大恐，叩头谢罪，皇帝笑着说："蓬山也不远啊！"于是把这个宫女赐给了宋祁。宋祁经历了一场虚惊，宋词倒也多了一段佳话。

不过太幸福的生活也会带来麻烦：他在成都当知州时，有一次在锦江边与客人宴饮，江风吹来，觉得有些寒冷，于是便命婢女回家给自己取一件半臂（唐宋一种类似短风衣的衣服），结果每个婢女都给他拿了一件，顷刻间拿了十多件来。可怜的宋祁害怕厚此薄彼，竟然一件都不敢穿，只好挨冻回家了。

这个故事当然被人传为笑谈。不过下面这首，大概是宋祁和婢女们一起游春时所作的吧。

木兰花

东城渐觉风光好，縠皱波纹迎客棹。绿杨烟外晓寒轻，红杏枝头春意闹。

浮生长恨欢娱少，肯爱千金轻一笑。为君持酒劝斜阳，且向花间留晚照。

春和景明，风光无限，词人和朋友们同上兰舟，春寒尚未褪尽，但是枝头红杏已经分明宣示了春天的到来。没有文人常见的伤春之情、悲秋之叹，词人此时像一个顽童，尽情地挥霍着这春光，尽情地享受这无边的美景。人生易老，欢乐太少，与其预约明天的幸福，不如享受眼下的快乐。及时行乐如果换个侧面理解，也未尝不算是热爱生活。千金一笑，万钟不醉，人生如此，不亦乐乎！而这样的欢娱，唯一的缺点就是太容易逝去，于是作者甚至想让斜阳止步，将这缠绵的夕照，永远留在花间。

在北宋的富贵词人中，这种奢望欢乐永恒的情感是很常见的，晏殊的"无可奈何花落去，似曾相识燕归来"表达的就是这样的感怀。只不过，宋祁直笔描景，直言抒怀，倒是不像晏殊含蓄委婉，从词的意境上说，其实不如晏殊的《浣溪沙·一曲新词酒一杯》。而这首词之所以著名，还是缘于一个"闹"字。

后世的修辞家喋喋不休地教诲大家，宋祁在这里使用了通感手法，将视觉形象转化为听觉形象，别致而生动。王国维先生也说："着一'闹'字而境界全出。"不过我以我小人之心度之，也许当时宋祁根本没想到这些过于高深的词汇，只是因为赏春之时，那十多个送半臂的婢女在耳边叽叽喳喳闹个不休，于是灵感突发，就写下了这句"红杏枝头春意闹"了吧！

当然这也是笑谈，但是宋祁这一个字使这首词独步千古却是事实，甚至在当时，这句词就名动京城了。《古今词话》里说：一天宋祁去拜访一位著名词人，对守门的人说："我来见'云破月来花弄影'郎中。"里面有人回答："是'红杏枝头春意闹'尚书来了吗？"这个人，就是有"云破月来花弄影"的名句的张先。

顾影自怜的词人——张先

苏轼的诗句"一树梨花压海棠"经常被人误认为是形容春光的诗而加以引用。事实上，它跟大自然的春光一毛钱关系都没有，倒是跟北宋词人张先八十岁时的春光有关。

"你还不如称我为'张三影'呢！"

当有人告诉张先，他被人誉为"张三中"的时候，张先不以为然地说。然后他对着朋友错愕的眼神解释道：

"人们称我为'张三中'，是因为我《行香子》词中有'心中事，眼中泪，意中人'之佳句。而我平生最得意的句子乃是'三影'：'云破月来花弄影'（《天仙子》），'娇柔懒起，帘幕卷花影'（《归朝欢》），'柔柳摇摇，坠轻絮无影'（《剪牡丹》）。"

如果说"词为艳科"是宋初词的一纸诏令，欧阳修、张先等词人便是执行这一诏令最不遗余力的词人。欧阳修散文开大宋文章之先，诗也秉承了唐人余绪，格调高致，如"夜闻归雁生乡思，病入新年感物华"之句，令人回味良久；而欧阳修的词却多描写儿女情长，格调委婉，感情缠绵，乃至于有人认为那些艳词不是出自欧阳修之手，而是别人为了败坏他的名誉伪作的。不过张先似乎并没有这种烦恼。

张先（990—1078），字子野，乌程（今浙江湖州）人，天圣八年（1030年）

中进士。曾任嘉禾判官，又任晏殊的通判，治平元年（1064年）以尚书都官郎中致仕（退休）。史载张先"能为诗及乐府，至老不衰"（《石林诗话》），他的词，大多反映的是诗酒生涯和男女之情，语言婉丽，格调绮靡。

虽是男子，张先刻画女性心理却是极为细腻生动，毫无须眉痕迹，这或许与他一生安享富贵、诗酒风流分不开。据说，他直到八十岁的时候，居然还娶了一个十八岁的姑娘为妾。苏轼知道之后调侃他说："诗人老去莺莺在，公子归来燕燕忙。"后来还专门写诗开他的玩笑：

> 十八新娘八十郎，苍苍白发对红妆。
>
> 鸳鸯被里成双夜，一树梨花压海棠。

时人传为笑谈。

张先除了有"张三中""张三影"的外号之外，还有一个外号很有名："桃李嫁东风郎中"，典出他的《一丛花令》。

一丛花令

伤高怀远几时穷？无物似情浓。离愁正引千丝乱，更东陌、飞絮濛濛。嘶骑渐遥，征尘不断，何处认郎踪！

双鸳池沼水溶溶，南北小桡通。梯横画阁黄昏后，又还是、斜月帘栊。沉恨细思，不如桃杏，犹解嫁东风。

当分别成为一种习惯时，思念并不会因此而淡漠。相反，每一次分别都会像一把刻刀，反复加深着墙上的那道刻痕，直到厚实的墙壁无法承受，最后轰然倒塌。独守闺房的女子对着这春日的胜景发出一声无奈的询问，此前的离别，已经让女子万般无奈，而现在的离别，更令她柔肠寸断。什么时候，才能结束这两地的相思，结束这无尽的思念？柳丝千条，离思万缕，飞絮蒙蒙，征尘渐远，那个熟悉的背影又一次熟悉地离开，高楼上的女子眼中终于失去了他的踪迹。

男人是属于地平线的，女子却只能属于深深的庭院。鸳鸯成双成对在池中戏水，小船往来南北，楼上的女子触景伤怀，自怜孤寂。已经不记得有多少次，就是这般，在无尽的思念中，金乌西斜，玉兔东升。残月入帘，离愁似水，可怜楼上月徘徊，应照离人妆镜台，这样彻骨的思念，在这皎洁的月色中，显得更加的冷寂，更加的凄凉。这种无济于事的哀怨，终于变成了埋怨，而埋怨，也变成了深深的思考：这样的日子，何时是个尽头？女子想到了那曾经盛开的桃花李花，在它们青春将逝、凋零将至的时候，至少还明白把自己托付给东风，以便有个依靠，而自己呢？自己的归宿，到底在何方？

贺裳在《皱水轩词筌》中评此词说是"无理而妙"，这话似乎可两解：一说女子将自己与桃李相比，故意说桃李嫁东风是无理之至；二也可说，此时的女子还希望能够找到自己的依靠，改变自己的命运，其实已经不可能了。也许命运已经注定，她必须承受这一次次没有尽头的别离，必须承担这一番番没有希望的思念，直到生命的终结。

这首词使张先赢得了"桃李嫁东风郎中"的雅号。《词林纪事》引《过庭录》说：一次张先去拜访欧阳修，守门人通报之后，欧阳修大喜过望，鞋子都没有穿好就出来迎接，边走边喊："'桃李嫁东风郎中'到了，欢迎欢迎！"

不过正如张先自己所说，他最得意的作品还是"三影"。但后人也评价，"三影"之中，质量最高的还是"云破月来花弄影"，其他"二影"远不及它。

天仙子

《水调》数声持酒听，午醉醒来愁未醒。送春春去几时回？临晚镜，伤流景，往事后期空记省。

沙上并禽池上暝，云破月来花弄影。重重帘幕密遮灯，风不定，人初静，明日落红应满径。

春天对少年来说是活泼的，对青年来说是热情的，而对于老年，则是忧伤的。本想听歌解愁，谁知愁绪更多；本想借酒浇愁，可是酒醒之后，愁思仍然不断。揽镜自照，镜中白发苍颜，人生也如一场宴会，一场必然散去的宴会，酒阑人散之后，狼藉残红，剩下的只是落幕的悲凉和遗憾。词人一生中已经数十次送走了这样的春天，而同时也送走了自己的青春年华，春天走后还会回来，可是青春一去不再复返。词人在悄然无人的庭院中踱步，水禽都已熟睡，万籁无声。而就在这时，月亮从云缝中钻出，花儿轻摇，似乎在与自己的影子嬉戏，这样的可爱妩媚，似乎把词人从一天的愁绪里拉出来了一些。风乍起，灯影幢幢，词人又不无忧虑地想：明天，大概小径上又会有不少被吹落的花了吧。

这首词的"云破月来花弄影"一句历来为人所称道。沈际飞《草堂诗余正集》说："心与景会，落笔即是，着意即非，故当脍炙。"明代杨升庵对之更是赞不绝口："景物如画，画亦不能至此，绝倒绝倒！"（《词品》）

写影的诗句并不鲜见，最著名的当属李白的《月下独酌》中的"举杯邀明月，对影成三人"。酒和剑的主人在孤独的时候，只有以明月和身影为伴，而这臆想中的热闹，却让诗人感觉到更深的悲凉。（"月既不解饮，影徒随我身")而在张先的词中，花其实未尝不是词人的化身，不然何以万籁俱寂之时，词人唯独注意到了月光下的花呢？但是张先笔下的花与自己的影子却似乎并不孤单，月光泻下，花儿轻摆，花影随之而摇晃，似乎是花儿在摆弄着自己的影子，与影子嬉戏。花儿似乎并不知道"影徒随我身"的道理，在它眼中，影子就是自己的玩伴，即使这世界上的一切都背弃了它，它仍然有自己的影子可以陪伴自己，它可以跟自己对话，跟自己交流，自己和自己一起，创造一个永远没有孤独的世界。词人的心中，也许并不认为"茕茕子立，形影相吊"是一种深深的惨痛，因为不曾被背弃，自然也不知道被背弃之后的凄凉。

于是，唐诗的孤独变成了宋词的孤单，唐诗的悲凉变成了宋词的哀伤，诗人在月下脚步凌乱，而词人在花间顾影自怜。

丧钟为繁华而鸣——王安石

在大宋王朝的诸多大臣中，大概很少有人像王安石这样备受争议。与王安石同时的御史中丞吕诲就曾经上书弹劾王安石，说他"大奸似忠，大佞似信""罔上欺下，文言饰非，误天下苍生"。苏洵还专门写了一篇《辨奸论》，影射王安石，说他嘴上讲仁义道德，似乎做着伯夷叔齐一样的事情，为人却不近人情，穿着奴仆的衣服，吃着猪狗的饭食，把自己弄得像个囚犯，还得意扬扬高谈阔论。（诵孔、老之言，身履夷齐之行，……衣臣虏之衣，食犬彘之食，囚首丧面，而谈《诗》《书》。）这些言论已经近乎人身攻击了。而清朝梁启超则对王安石评价极高，说"若乃于三代下求完人，惟公庶足以当之矣"。列宁更称王安石为"中国十一世纪的改革家"。这些动辄从一个极端走到另一个极端的评论的产生，都源于十一世纪那场短命的改革。

敢为圣朝除弊事

王安石（1021—1086），字介甫，晚号半山，封荆国公，世人又称其为王荆公，临川人。出生在一个小官吏家庭，自幼好读书，勤学不倦。庆历二年（1042 年）中进士，先后担任过几任地方官。治平四年（1067 年），宋神宗即位，诏王安石任江宁知府，不久王安石转为翰林学士。

由赵匡胤奠下基础的宋代政治制度比较成功地消除了武将专权等晚唐五代

的积弊，使皇帝手中的权力大大增强，但是这是以牺牲军事实力为代价的，"这使宋朝在处理他们与富于进攻性的蛮族邻居的关系时，处于不利的地位"（阿诺德·汤因比《人类与大地母亲》）。因此，宋朝在与西夏、辽等政权的战争中频频失利，损失惨重，即使是范仲淹这样的名臣，也只能做到坚城固守而已。而北宋盛行的奢靡风气更是使社会财富逐渐减少，国家财政日见吃紧。人口逐渐增长，军队日益庞大，官僚机构越来越臃肿，宗教越来越兴盛，这都使各项行政费用比立国时增加了数倍。"承平既久，户口岁增，兵籍益广，吏员益众。佛老、外国耗蠹中土，县官之费数倍于昔"，于是，"上下始困于财矣"。（《宋史·食货志》）

早在嘉祐三年（1058年），王安石就上书仁宗，要求对宋初以来的法度进行全盘改革，扭转国家日渐明显的颓势。他的建议虽然没有被皇帝采纳，却在官员中间激起了巨大的反响。很多忧国忧民的士大夫都把挽回国家局面的希望寄托在了王安石身上，期待着他早日执掌权柄。

熙宁元年（1068年），王安石以翰林学士侍从之臣的身份，同年轻的宋神宗议论治国之道，深得皇帝赏识。熙宁二年（1069年），王安石出任参知政事，即副宰相，次年，又升任宰相，被后人称为"熙宁变法"的改革拉开了帷幕。

马克斯·韦伯说："儒教乐观主义的最后的结论是：希望完全通过个人自身的伦理力量和有秩序的行政力量来实现纯粹个人间的完美。"（《儒教与道教》）王安石就是这样的乐观主义者：

> 他之所求，不是太平繁荣的国家，而是富强具有威力的国家，向南向北，都要开拓疆土。他相信天意要使宋朝扩张发展，一如汉唐两代，而他王安石就是上应天命成此大业之人。
>
> ——林语堂《苏东坡传》

　　而王安石更是一个自信得近乎偏执的政治家，他坚信："天命不足畏，众言不足从，祖宗之法不足用。"林语堂先生调侃王安石的固执时说："王安石很可能记得学生时代曾听见的一则平常的格言，说'决心'为成功的秘诀，自己却把固执当作那种美德了。"（林语堂《苏东坡传》）

　　但是，王安石激进的态度激怒了传统的士大夫，他执拗的性格更是为他树立了不少敌人，苏东坡就嘲笑他是"拗相公"。在新法执行期间，他用人不善为变法失败的直接原因之一。他重用的吕惠卿、李定、蔡卞、章惇等人，多人品低下，早为士人不齿，而新法遇到阻碍之后，其中有些人更是率先出卖王安石；那些反对新法的，如汤因比所说，"包括一些真正杰出的人"，如司马光、韩琦、富弼、欧阳修、苏东坡、范仲淹等，连林语堂先生都说："此一极不平衡的阵容，既令人悲，又令人笑。一看此表，令人不禁纳闷王安石化友为敌的才气，以及神宗宠用王安石所付代价之大。"（林语堂《苏东坡传》）

　　熙宁七年（1074 年），王安石第一次罢相，不久重返宰相之位，继续进行变法。两年后，王安石第二次罢相。宋神宗去世后，宋哲宗即位，元祐元年（1086 年），保守派得势，所有新法被废除，"熙宁变法"宣告彻底失败。

　　新法被废除的消息传来时，王安石正闲居在江宁府，当他听说连免役法也被废除时，悲愤地说："亦罢至此乎？"不久郁郁而终。

　　一千多年后，林语堂评价王安石时说：

　　　　此等上应天命的人，无一不动人几分感伤——永远是个困于雄
　　心已而不能自拔的人，成为自己梦想的牺牲者，自己的美梦发展扩
　　张，而后破裂成了浮光泡影，消失于虚无缥缈之中。

　　　　　　　　　　　　　　　　　　　　——林语堂《苏东坡传》

丧钟为繁华而鸣

王安石曾在他的《孤桐》诗中写道："天质自森森，孤高几百寻。凌霄不屈己，得地本虚心。"这也是他人格的写照。他固执得近乎偏执的性格，固然不是陶陶然醉心于中庸之道的士大夫们所欣赏的，但是，这种不合流俗，虽千万人吾往矣的倔强性格和人生态度，也许正是这个过于早熟以至于变得功利油滑的民族最缺乏的。即使到了晚年，两次罢相，变法的希望已经变得越来越渺茫时，他仍然激励自己"岁老根弥壮，阳骄叶更阴"，更是一直盼望着有朝一日能重返政坛，继续自己未竟的事业，正所谓"明时思解愠，愿斫五弦琴"。

可是，随着时间的推移，王安石知道，自己对于大宋的朝廷，对于这个繁华的社会，已经成了过去式。虽然他口头上极不愿意承认，但是现实却一次次无情地告诉他：他的强国梦，已经破灭了。

在一个深秋的傍晚，词人登上了六朝古都——金陵（今南京）的一座高楼。秋高气爽，繁花似锦，在盛世的秋风吹拂下，帝国的子民们都沉浸在这超越了大唐帝国的富庶和繁盛之中，除了这位孤独而忧虑的词人：

桂枝香 金陵怀古

登临送目，正故国晚秋，天气初肃。千里澄江似练，翠峰如簇。征帆去棹残阳里，背西风酒旗斜矗。彩舟云淡，星河鹭起，画图难足。

念往昔，繁华竞逐。叹门外楼头，悲恨相续。千古凭高对此，谩嗟荣辱。六朝旧事随流水，但寒烟衰草凝绿。至今商女，时时犹唱，《后庭》遗曲。

在婉约宋词的一片莺莺燕燕之中，词人如诗人一样登上高楼，立足之高，胸襟之广，吟咏花间者无法望其项背。词人极目望远，多美的一片大好河山！晚秋的江南，虽没有二月的枝头红杏，没有三月的草长莺飞，但却有另一番雄浑而不失妩媚的境界：秦淮河柔波漫步，如一条白练蜿蜒而去，两岸黛青的山峰负势竞上，直指高远的蓝天。江上征帆点点，岸边酒旗飘飘，在江南暖风的熏醉下，人人脸上都带着满足的笑容，在娱乐至死的引领下，每个人都在忙碌地享受着这史上从未有过的繁华富庶。王勃所说的"闾阎扑地，钟鸣鼎食之家；舸舰迷津，青雀黄龙之舳"，也不过如此吧。画舫在江中游弋，星辰在江中映出倒影，白鹭从水中展翅飞起，如此的美景，如此的繁盛，即使用图画，也无法道其万一！

可是，词人并不是盛世的吹鼓手，也不是和谐的唱诗班，而是一个充满忧患意识的政治家，一个孤独的沉思者，是那个在别人家庆祝孩子出生的宴会上，据实说出"这孩子今后是要死的"的话的宾客。这样的宾客，在送出一片廉价祝福的宾客们看来，是愚蠢不识时务的；在满怀欣喜接受祝贺的主人看来，是可恼而煞风景的。但是，很少有人知道，正因为他的"煞风景"，这风景才有了不同于以往的价值，才被赋予了不同于流俗的厚重。

于是，这一片深秋的美景，被词人想起的六朝兴衰的故事"煞"了。那些王朝们，那些皇帝们，哪个不是"乱哄哄你方唱罢我登场"？哪朝哪代又不曾有过这样的富庶和兴旺？江南从来形胜，钱塘自古繁华。一个朝代的兴起，往往就是另一个朝代的覆灭，这频繁的兴衰如流水一样，从未间断。而那些刚上台的雄心勃勃的帝王们，哪一个又不是期望自己的帝国能传之万世而不朽？可是，没有多久，他们也和自己的前任一样，不可避免地走上了衰亡之路。陈朝的末代皇帝陈叔宝，直到隋朝大将韩擒虎已经兵临城下，还和宠妃张丽华在楼头欣赏曼舞轻歌，咏唱着《玉树后庭花》的亡国之音，在富庶繁华中做着万世为王的梦。而用金戈铁马一统天下的隋朝，不也是在短短的三十七年之后就烟消云散了吗？吴宫花草埋幽径，晋代衣冠成古丘，曾经的功业已经如折戟沉沙，无人再去理会，而更让人触目惊心的是，宋王朝这辆庞大的战车，正在循着前朝走向衰亡的轨迹走向深渊。沉湎酒色的世风，缺乏大志的君王，醉生梦死的臣子，享乐至上的民众，都是坐在这车上不断扬鞭的驭手，却不知末日已在眼前。"以史为鉴，可以知兴替"是君主和大臣们经常挂在嘴边的一句话，可惜，真正理解这话的人，实在太少。"至今商女，时时犹唱，后庭遗曲"不是普通的警告，而是一声丧钟。这丧钟在一片歌舞升平中极不和谐地敲响，如巴比伦夜宴中神秘之手写在墙上的字，预言了王国覆灭之日的到来。

汤因比说："王安石的改革措施是及时的。它们由于私人间的恩怨而被废除，但不到四十年这一弊政就得到了报应。"1086 年，王安石在变法失败的悲愤中离开人世。在之后不到四十年，也就是 1126 年，金兵攻克宋朝首都开封，俘虏了宋徽宗和宋钦宗，北宋灭亡。汤因比假设说："如果王安石的改革能假以时日并开花结果，灾祸是能够避免的。"可是历史不可假设，四十年前王安石敲响的丧钟，终于在"靖康之变"中被残酷地证实了。

怡红公子的前世今生——晏幾道

> 仕宦连蹇，而不能一傍贵人之门，是一痴也；论文自有体，而不肯一作新进士语，此又一痴也；费资千百万，家人寒饥，而面有孺子之色，此又一痴也；人百负之而不恨，己信人，终不疑其欺己，此又一痴也。
>
> ——黄庭坚《〈小山词〉序》

1055 年，北宋宰相晏殊去世。这一年，晏小山真正意义上的生命才刚刚开始。

最后的贵族

晏幾道（1038—1110），字叔原，号小山，抚州临川（今江西抚州）人，是晏殊的第七子。晏殊是北宋名相，据史载，当时的名臣范仲淹、孔道辅、韩琦、富弼、宋庠、宋祁、欧阳修、王安石等，均出自晏殊门下，仁宗时朝野居要津者多为其门生故吏。大树底下好乘凉，虽然在晏幾道二十五岁那年父亲就去世了，但是摆在这个前宰相公子面前的，仍然是一条宽阔坦荡的大路。

可是，晏幾道的仕途却不如人们预想的那样顺利。晏幾道一生坎坷，长期过着落魄公子的生活，没有当过什么大官，四十五岁的时候，还因反对王安石变法获罪下狱，差点被诛。年过半百，他才做了个颖昌府许田镇监这样的八品小官。

135

这在父贵子荣的中国传统社会中是少见的，黄庭坚在为晏幾道词集《小山词》作的序言中给我们道明了个中原委。

黄庭坚说：晏小山固然是人中才子，但是他的痴也是超过了一般人的。黄庭坚列出了晏小山的"四痴"：

仕途坎坷却不愿意依傍贵人以求发达，此为一痴；文章写得很好，能自成一体，却不愿意为考功名写文章，此又是一痴；挥霍无度，却让家人忍饥挨饿，此又是一痴；受到别人的欺骗却不记恨，只要相信别人，绝对不会怀疑自己被欺骗，此又是一痴。

黄庭坚的评论应该是比较中肯的，因为他是晏幾道的好友，就连苏轼曾经想拜见晏幾道，也须通过黄庭坚做介绍。谁知道，晏幾道却让苏轼碰了钉子。晏幾道对苏轼说："现在朝廷政事堂的大官们一半是我家旧客，我也没时间见他们。"（《砚北杂志》）因此，晏幾道被人视为孤傲不群也是很自然的了。

在常人看来，晏幾道的确是有些呆气的。他似乎不知道，这个世界需要用官职来垒起自己人生的高山；也不知道，这个世界离不开柴米油盐；更不知道，这个世界充满了尔虞我诈。他总是生活在自己那个无限单纯的世界，他用孤高与骄傲在那个世界与现实世界之间筑起了一道坚实而脆弱的墙。他的生命里，没有那些经世致用之学的地位；他的性格，又总是那样孤高怪僻；而他的身世，更容易让人认为，他不过是抱着父辈的辉煌不放，腹内原来只是一个草莽的纨绔子弟罢了。可是，冯煦在《宋六十一家词选·例言》中却说："淮海（秦观）、小山（晏幾道），真古之伤心人也。"

有几人能从笏满床的当年转回目光，追随着飞入百姓家的燕子，凝视这现世的凄凉？此时晏小山的心里，富贵真的如云烟一样散去，不再回来。人世的沧海桑田在短短的人生中真切地发生，小山也许终于悟到，富贵不过是场过于奢华也过于短暂的梦。从小在相府生活让他见惯了权力之争的黑幕，不过这种见惯不是让他习惯，而是让他更深地明白了权力背后的虚弱和荒谬。他似乎更愿意做一个单纯的人，单纯得让别人以为他"痴"，连同他留下的那些辞章，只是为那些年轻时曾与他在一起的女孩子们写的辞章。

不会经纶事务的晏小山是痴的，不愿奔走于权贵之门的晏小山是狂的，不相信朋友会欺骗自己的晏小山又是有点傻的。因为在这个现实的世界里，人们都太聪明，也太狡猾，于是，天真、真诚就与呆傻无异，独立个性也就成为众人眼中的异类。

可是，这现世的不和谐者，看破富贵权位的晏小山，更愿意把自己如水的文字送给那些如水一般的女孩儿，而不愿为了名位奉献给权贵。因此，在一代代兴起又衰落的贵族面前，他昂然站立，因为，他才是真正的贵族——精神的贵族，也是最后的贵族。

当时明月在，曾照彩云归

黄庭坚在《小山词序》中说，晏幾道的朋友沈廉叔和陈君龙家里有四名歌妓，分别叫莲、鸿、蘋、云。年轻的时候，他们经常聚在一起，吟诗作词，"每得一解，即以草授诸儿，吾三人持酒而听，为一笑乐而已"。这四位歌女，想必是给晏幾道和他的朋友们带来了很多乐趣的。而当时光荏苒，再回首前尘，陈君龙已经残废在家，沈廉叔也去世了，三个朋友各自云散，于是这曾经的乐趣就变成了幸福，只为反衬出世事的无奈与人生的哀伤。

临江仙

梦后楼台高锁，酒醒帘幕低垂。去年春恨却来时，落花人独立，微雨燕双飞。

　记得小蘋初见，两重心字罗衣。琵琶弦上说相思。当时明月在，曾照彩云归。

李后主曾经在阑珊的春意中醒来，面对着槛外的无限江山暗自神伤。同样的春寒，同样的关于过去美好的梦，晏小山在梦后醒来，一起醒来的，还有那梦中已经重复过无数次的幸福。

为什么不能让这梦一直做下去，只为躲开这风流云散后无法阻挡的悲哀？衰草枯杨，曾为歌舞场，但是现在楼台高锁，帘幕低垂，哪里还能寻到曾经熟悉的笑靥？

朋友或死或残，四名歌女也流落人间。也许，她们又开始侍奉新的主人，也许，已经零落成泥碾作尘，但是在小山的心中，她们的芳香却依然如故。在这落花缤纷的时节，词人独自伫立在这尘世间，燕子如去年春来时一样无忧无虑地双飞双栖，曾经的欢笑只能永远留在词人的梦中。

独自站在这凄冷的风中，小山想起了第一次与小蘋见面时的情景。她的薄罗衫子上，绣着两个重叠的"心"字，少女的心思，也因这锁住的"心"而更加神秘不可洞察。但是，女孩灵动的手指却泄露了她的心事，相思之情如泉水从弦上汩汩流出，那是多少年前的事情？明月依旧是那时的明月，可是霁月难逢，彩云易散，身世浮沉，此时的小蘋又身在何方呢？

小山说，自己的辞章中记载的那些悲欢离合，"如幻如电，如昨梦前尘"，而这电光石火般袭来的前尘往事，却每每让小山猝不及防，这位痴情的词人敏感而脆弱的心，总是被回忆击个正着。这打击蔓延开来，痛彻心扉，这疼痛，永远无法平复。

当落花遇见落花

鹧鸪天

彩袖殷勤捧玉钟，当年拚却醉颜红。舞低杨柳楼心月，歌尽桃花扇影风。

从别后，忆相逢，几回魂梦与君同？今宵剩把银釭照，犹恐相逢是梦中。

"安史之乱"后，杜甫在江南遇见了故人——乐师李龟年，那个在帝国全盛时期，经常在达官贵人的筵席中展露才艺的李龟年，于是，就有了这首流传千古的名篇：

江南逢李龟年

岐王宅里寻常见，崔九堂前几度闻。

正是江南好风景，落花时节又逢君。

曾经烂漫的春景已经成为不堪回首的记忆，被尘封在生命最隐秘的一角，但是，当代表那段记忆的那个人再次蓦然出现在眼前时，心中的惊喜，或者酸楚、兴奋，或者感伤，又有谁能够说清说尽？杜甫一句"落花时节"，将帝国的衰败与人事的沉浮囊括殆尽，诗歌也就在此时戛然而止。诗贵含蓄，词擅铺排，杜甫没有具体言明这旧友相逢时复杂的情愫，而小山却用词将两朵落花相遇时的心情告诉了我们。

繁花开放的日子，就是"钿头银篦击节碎，血色罗裙翻酒污"的日子。女子的笑靥浮在满斟的酒杯上，秀色可餐，更可佐酒。面对这样的佳人，这样的夜宴，怎能不催人一饮而尽？酒场如战场，但并无战场的血腥，而只为博那美人的盈盈一握、浅浅一笑。于是，在这个战场上，"拼"的目的，只是那也已然透出醉意的红颜。凤箫声动，彩袖翻飞，竟不觉月已西斜；歌喉婉转，团扇遮面，迷蒙之中，只感到脸上拂过阵阵香风。

可是，这一切都已经成梦。自君别后，与君同梦，梦中，与你一样，期盼着相逢之日，想再次见到你，如你想再次见到我。可是，注定的花落使相聚已成往事，多少次，"梦魂惯得无拘检，又踏杨花过谢桥"，却总是在看见你楼头红袖的时候，又悚然回到萧瑟的现实。只有嗟叹"梦魂纵有也成虚，那堪和梦无"。

以为今生的相聚已成泡影，谁知道，在这个花落时节，造化却又将飘零的你我聚在了一起，难道真的是美梦成真？

小山举起了烛台。

这一照，照出的是惊喜，还是苦痛？是欣然，还是悲怆？小山没有说，只是告诉我们，他害怕，害怕这相逢还是在梦中，与那些他曾经无数次做过的梦一样，当他的手颤颤巍巍地伸向那只熟悉的小手的时候，又会悚然惊醒，眼前只有空空荡荡的天花板。

不是梦，是真的相逢！也许，正是以前做过的那些梦终于感动了苍天，于是安排了这次意外的会面，安慰小山如落花一般的心情。

可是，当一朵落花与另一朵落花不期而遇的时候，那些早已尘封的前尘往事却更如一把尖刀，毫不怜惜地插入双方心灵最柔软之处。

这是怎样的相逢啊！当年同驻枝头的喧闹此时成为定格画面的背景，可是这喧闹衬出的是更深的寂寞与悲凉。今晚的月，似乎也和那晚一样；今晚的风，似乎也与那晚相同。所以，今晚之后，注定就是和那晚之后一样的离别。唯一不同的是，那晚之后，经过了多年的世事风雨，我们终于在今晚重逢；而今晚之后，接踵而来的离别，也许就是永诀。

从前的那些梦，总希望能够变成现实，可今晚的现实，倒不如让它就是一场梦。梦无法成为现实，心中有深深的悲哀，这样的现实，却让小山感到心底升起的悲凉。

我们每个人，不过是造化的玩物，连弄臣都算不上。

风流千古——苏轼

苏轼已经在御史台被关押了两个多月，他入狱前曾和长子苏迈约定，如果案情尚好，给自己送饭的时候就只送蔬菜和肉食；如果案情严重了，就送鱼。此前，儿子派仆人送来的饭菜里都没有鱼，这多少让苏轼有些心安，甚至开始做起了很快就能平反昭雪的梦。可是，今天，仆人送来饭菜，苏轼打开食盒的时候，脸色一下变得惨白，手也开始颤抖——

今天送来的饭菜里，赫然摆着一条熏鱼。

御史台衙门里有一个很大的庭院。

御史台衙门庭院中间有一棵很大的树。

御史台衙门庭院的树上，有一个很大的乌鸦窝。

于是，御史台就被人们称为"乌台"。

元丰二年（1079 年）七月二十八日，四十三岁的苏轼在湖州太守任上被捕，八月十八日送进御史台的皇家监狱，现在，他已经在这里被关押两个多月了。和所有因触龙鳞、逆圣听而身陷囹圄的官员一样，他每天都在担心着，也许，不知什么时候一个官员会毫无预兆地出现在牢门，宣布自己被判处死刑的消息。那时候，他还不知道，自己的这段经历将成为整个大宋王朝的耻辱，这个案件会被后人称为"乌台诗案"，永远载入史册。

蜀州　杭州　密州　湖州

景祐三年（1037年）十二月十九日，当苏轼在眉山降生的时候，据说当天山上的草木一夜之间都失去了绿色。有人说，这是因为初生的苏轼受到造物主得天独厚的宠爱，造物主将天地的精华灵气都赐予了他。这固然只是一个传说，正如流传在民间的关于苏轼的其他传说一样，老百姓用这种方式来表达对这位与自己格外亲近的文人的喜爱。

苏轼的父亲苏洵据说年轻的时候游手好闲，直到二十七岁时才发愤读书，成为大器晚成的一个著名例子。但是苏洵对儿子却寄予了很高的期望，他给长子起名为"轼"，轼是车上供扶手的横木；给次子起名为"辙"，就是车轮印。刘备给儿子起名为"封""禅"，寄托了其想成为帝王的野心；苏洵给儿子起名都与车有关，似乎也可以看出一些他对儿子的期望。

宋仁宗嘉祐元年（1056年），苏轼、苏辙随父出川，赴京赶考，第二年，兄弟双双得中进士。当时的文坛领袖欧阳修对苏轼更是赞不绝口，认为取代自己地位的必将是苏轼（《文章太守　词家醉翁》）。不久父子三人因苏轼母亲去世而回家奔丧。三年后，父子三人回到京城，苏轼和苏辙参加了选拔高级人才的"制科"考试，苏轼被列为三等。这是最优秀的品级，自宋代开国以来，只有苏轼和另一个叫宋育的人得此殊荣。而苏辙也名列第四等。宋仁宗十分高兴，对皇后说："我今天为子孙得了两个宰相。"一时间，"三苏"之名震动京师。

宋英宗治平三年（1066年），父亲苏洵病逝。苏轼在家守丧期间，北宋王朝的政坛风云突变。熙宁二年（1069年），神宗起用王安石为副宰相，后又升为宰相，主持变法。王安石过于执拗的性格和他用人上的重大失误不仅为他自己树立了很多敌人，也直接影响到了新法的贯彻和实施，在很多地方，新法甚至变成了残害百姓的帮凶（《丧钟为繁华而鸣》）。苏轼与王安石在政见上颇多不合，而借新法投机的小人纷纷趁机对苏轼进行中伤，无奈之下，苏轼为了自保，请求外任，以离开这个政治旋涡。熙宁四年（1071年），在自己的一再要求下，他终于得以辞去京职，任杭州通判。

林语堂先生说，杭州几乎就是苏轼的第二故乡。刚到这座美丽的城市，苏轼就写下了"未成小隐聊中隐，可得长闲胜暂闲"的诗句。杭州给了生活在政治恐惧中的苏轼以躲避风雨的栖身之地，而苏轼也给这座美丽的城市增添了更多的光彩。在苏轼的笔下，水光潋滟的西湖就是美女西子，不管是淡妆还是浓抹，都是那样天姿国色，容貌不凡。虽然囿于职权之限，通判苏轼不能为杭州百姓作出更大的贡献，"但是他之身为诗人，地方人已经深感满足"（林语堂《苏东坡传》）。

三年后，苏轼离开杭州，任密州太守，两年之后又任湖州太守。苏轼身到一处，总是想方设法为百姓造福。在密州时，苏轼收养了几十个弃婴；在徐州时，上任刚三个月，黄河决口，苏轼带领军民日夜抗洪，四十余日过家门而不入，保住了城池。

这时候的苏轼，和宋代大多数士大夫一样，奔走于各个任所，在以后，他还会奔走于各个贬所。不过，让我们暂时停一下，把时间定格在1074年，空间，就定格在苏轼担任太守的密州。

回到红尘 诗意栖居

宋神宗熙宁七年（1074年）九月，苏轼在杭州任期满了。那时，他的弟弟苏辙在山东任职，苏轼与弟弟一直兄弟情深，于是他申请到山东任职，希望能与弟弟近一些。朝廷准许了他的请求，苏轼被任命为密州太守。

可是，苏轼到密州任职之后，自己与苏辙都公事缠身，竟仍然无法相见。熙宁九年（1076年）的中秋，对着一轮圆月，苏轼醉饮达旦，写下了这首千古传诵的《水调歌头·明月几时有》。

水调歌头

丙辰中秋，欢饮达旦，大醉，作此篇。兼怀子由。

明月几时有？把酒问青天。不知天上宫阙，今夕是何年？我欲乘风归去，又恐琼楼玉宇，高处不胜寒。起舞弄清影，何似在人间！

转朱阁，低绮户，照无眠。不应有恨，何事长向别时圆？人有悲欢离合，月有阴晴圆缺，此事古难全。但愿人长久，千里共婵娟。

　　林语堂先生说，即使是在天堂杭州，"苏东坡也不能一直放声大笑纵情高歌，一直演独角丑儿戏，一直月夜泛舟湖上，因为还有一万七千囚犯，因无力还债、因贩卖私盐正待审判，有蝗灾尚待扑灭，有盐渠尚待疏浚，有饥馑尚待调查"。离开京师，苏轼本是为避祸，远离天子脚下，善良的苏轼暂时离开了自己的祸患，却看到了更多百姓的灾难。而这种灾难给诗人带来的痛苦，甚至远甚于自己承受的祸患带来的悲哀。

　　李白曾有诗说："青天有月来几时？我今停杯一问之。"诗仙在孤独寂寞的时候举杯邀明月，但是仍然只能对影成三人。在出世与入世间徘徊，似乎是中国传统文人永恒不变的犹豫。李白不例外，苏轼也不例外。诗人举杯问月，问的是永恒的时间背后永恒存在的秘密。这个秘密求仙访道者问过，帝王将相们问过，但是，这问题却从未如今晚一样，显得如此深沉，如此凝重。陶渊明在官场失意之后，转向田园，李太白在赐金还乡后，试图求仙访道，一个采菊东篱，一个放鹿青崖。苏轼似乎也累了，如果能乘着月色，逆流而上，飞向云端，飞向月光之上，也许，永恒的存在就在那里。

　　可是，云卷云舒，月缺月圆，难道在那天际云端，真的能够找到永恒之所在？或者，只能如李商隐笔下的嫦娥一样，后悔盗取灵药，于是，必须承受这永恒的清冷和寂寞？高处不胜寒，何似在人间！

　　回来吧，还是回来吧！

　　从无尽的浩渺中收回自己的目光和期待，从虚妄的逃避中收回自己的激愤和怨艾，回到这尘世中。何必为生命的不完美而遗憾？何必为幸福的不长久而感慨？如果生命只有完美，那么完美必将不成其为完美；如果幸福一定永恒，那么幸福也不再是幸福了。生命的魅力，也许正在其跌宕，正在其起伏，正在其狂喜后的低沉、高歌后的落寞、喧闹后的凄凉。

于是，诗人谢绝了曼舞和飞天的邀请，谢绝了彩带和璎珞的诱惑，从虚无缥缈的空中，回到了熟悉而又坚实的大地。天地还是那片天地，但是，在月光与诗人智慧的共同洗礼下，天地也并非开初的那片天地了。觉解后的山还是山，水还是水，可是，已不是开初的那段山水了。

九百多年后，有一位诗人相信在尘世中能获得幸福，相信面朝大海也能春暖花开。可他自己并没能做到，那在海里盛开的鲜花便成了遥远的绝唱。可是，苏轼做到了。这个执着而又潇洒的诗人直面人生的悲哀和苦痛，但又拒绝逃避或离去，因为他知道，在这个熟悉得陌生的红尘里，有锦帽貂裘随太守出猎的英武千骑，有夜半轩窗下梳妆的梦魂，有与他相知相伴的红颜知己，还有不管他到何处都在默默牵挂他的无数友人，还有太多的温暖和幸福，还有太多的牵挂和惦记。这牵挂和惦记并不会成为诗人生命的沉重包袱，压得他无法前行，而是成为动人的乐章，每一个音符都有着自己的重量，响在诗人的耳边，放在诗人的心上。从这个神秘的月夜开始，他的生命也变得沉甸甸。

但愿人长久，千里共婵娟……

这也许是有史以来最温馨、最有人情味的一句祝福。当第一个说出这祝福的诗人已经离开我们将近一千年的时候，这祝福还在被不同的口音甚至不同的语言重复着，在以后也必将被继续不断地重复。现在，再次听到这祝福的时候，我突然想到，也许，这就是真正的永恒；也许，苏轼就在那个月夜里，发现了这永恒的秘密——回到红尘，诗意栖居。

元丰二年（1079年），苏轼奉旨调任湖州太守。近十年的外任生涯是苏轼生命中最安逸平静的时光，可是，危险也在悄悄逼近他。

在苏轼写的谢恩奏章中，有一些对时政进行批评的句子，这引起了新党的忌恨。这些文人官僚又从苏轼以往的诗作中找出了一些自认为是怨谤朝廷的句子，于是以"文字毁谤君相"的罪名,将苏轼逮捕下狱。这就是历史上著名的"乌台诗案"。其实,苏轼的罪名只有一个,用他弟弟苏辙的话来说,就是"独以名太高"。很多人相信干掉了熊猫自己就能成为国宝,可是即便他们把松鼠都杀光了,也无法改变自己的排名。战士终究是战士,而苍蝇始终不过是苍蝇。

让苏轼几乎魂飞魄散的"熏鱼事件"后来证实是一场误会。当时苏迈为了照顾入狱的父亲,盘缠已经花光,只好出去借贷,而把给父亲送饭的任务暂时交给了一位朋友,但是又忘记告诉朋友自己与父亲的暗号。出于对文豪的尊敬,这位朋友竭尽所能为苏轼准备饭菜,却不知这特意放进去的鱼却给苏轼带来了一场虚惊。

宋神宗根本不相信才华盖世的苏轼有造反之心,这多少使那些小人们的诬陷没有达到预想的效果。十一月二十九日,皇帝下诏,将苏轼贬为黄州团练副使,不准擅离该地,不可签署公文。

这一年的除夕,苏轼终于走出待了四个月又二十天的监狱。第二天,元丰三年(1080年),苏轼与苏迈收拾行囊,踏上了前去黄州的旅程。

黄州 巨星与江月一同升起

长江边上,汉口下面约六十里地,有一个穷苦的小镇,叫黄州。

苏轼被贬黄州,与其说是贬官,还不如说是作为罪犯被监管。二月初,苏轼到了黄州。经过了"乌台诗案"的死里逃生,从监牢里出来的苏轼,已经完全不是以前那个意气风发的太守了。初入仕途时,苏轼曾经豪迈地宣称:"有笔头千字,胸中万卷;致君尧舜,此事何难。"(《沁园春·孤馆灯青》)可是,一场莫名其妙的文字狱似乎让他明白,世上的很多事情,并不是由才气决定的,甚至,有些事正是由于才气太高而弄糟的。苏轼说,自己眼见天下无一个不是好人。这种天真和纯净是艺术家最宝贵的品质，对政治家来说，过于奢侈，也过于危险。

苏轼在一个东面的山坡上盖了三间房子，过起了半官半隐的生活，也给自己起了一个号，叫"东坡居士"。

可是，惨痛的记忆如此切近，绝非躬耕垄亩、长啸林间可以消解。苏轼到黄州的时候是二月初，大概，那弯清冷的残月就是在那时，将惨淡而温柔的光辉洒在这个天真可爱的诗人的肩头的吧！那只失群独飞的孤雁就是那时飞过诗人的头顶，低头与诗人对望的吧！

卜算子　黄州定慧院寓居作

缺月挂疏桐，漏断人初静。谁见幽人独往来，缥缈孤鸿影。

惊起却回头，有恨无人省。拣尽寒枝不肯栖，寂寞沙洲冷。

真正的孤独是难以与人言说的。那是一种痛彻心扉但是表面上又淡定从容的镇静，如巨江大河的江面，表面上往往波澜不惊，水面下却有万千气象。学生时代我听柴可夫斯基《第六交响曲》，很奇怪这首听起来平静甚至有些地方似乎还有些愉悦的曲子为什么被人们叫作"悲怆"。后来才明白，让人一眼看出的只是悲哀，而让人无法一眼看穿的，才是悲怆。

缺月清冷，孤桐岑寂，幽人悄然踟蹰，孤鸿无语高飞，谁能参透这孤独的夜，谁能参透这孤独的心？没有大难临头时的哭号，没有絮絮叨叨的诉说，只有沉静又沉寂的月光，清冷地挂在同样沉寂的天空。

古代文人遭遇贬谪之变的有很多，但是大多数人在遭遇之后，选择的是愤懑和牢骚，似乎总是想为自己不公平的待遇找到一个发泄的窗口，这倒是为有些后人寻找前代的黑暗来证明现世的光明提供了很好的素材。而苏轼却不然，他选择了孤独的沉思。

孤独者终究属于孤独，正如智慧者终究属于智慧。

还有谁跟自己一起孤独吗？还有谁在这空无一人的天地间，承受这无言的痛和寂寞？人生的境遇与苦楚，如人饮水，冷暖自知，这是无法与人分享的，更无法与人分担。从汴州到杭州，从杭州到密州，从密州到湖州，命运之神此时跟苏轼开了个不大不小的玩笑，他像被顽童扔掉的一件破旧的玩具一样，"啪"的一声被扔到了黄州，扔到了这清冷的月光和孤寂的梧桐下，扔到了这被月色映得惨白的沙洲上。

好在，还有几个朋友。

苏轼在黄州的时候，结识了潘酒监、郭药师、庞大夫等几个朋友，他的同乡，眉山的巢谷也不远千里前来探问。这位巢谷先生，后来在苏轼被贬海南的时候，更是不辞艰辛，以七十三岁高龄，又出发去探问苏轼，结果行囊被窃，困死在路上。这在古往今来的友谊史上，应该算是最令人景仰和唏嘘的一幕了吧。

可是，朋友散去之后呢？

临江仙

夜饮东坡醒复醉，归来仿佛三更。家童鼻息已雷鸣。敲门都不应，倚杖听江声。

长恨此身非我有，何时忘却营营？夜阑风静縠纹平。小舟从此逝，江海寄余生。

陶渊明曾经感叹"既自以心为形役，奚惆怅而独悲"，苏轼酷爱陶渊明，对这句话应该是十分熟悉的。人在穷途时经常会反问自己，为何要这样东奔西走，人生的真正意义究竟何在？面对人世红尘的熙熙攘攘，自然一如亿万年以来一样的沉默，这种沉默往往让人感到羞愧汗颜。面对这个永恒的维度，任何沉浮胜败都显得那样的滑稽与可笑。出身儒生的苏轼对释、道两家一直颇有心得，这使他既能在进取时充满了"致君尧舜"的豪气，而在低沉时又能用哲学家的眼光来观照人生，观照自然。

诗人似乎明白了什么，原来，世事的无常也许只是一个可笑的梦境，唯有长驻的山水才是伫立的永恒。与其在世间苟且营营，不如驾一叶扁舟，忘情湖海，只有在那里，才能找到自己真正的归宿。

据说，此词写出之后，曾经让郡守虚惊一场。词末的"小舟从此逝，江海寄余生"很容易让人联想到苏轼已经驾小舟而去，或者是投江自尽。而郡守接受朝廷命令，要求对苏轼严加看管，他不见了，自己肯定难辞其咎，于是忙不迭去苏轼家里看个究竟，结果"子瞻鼻鼾如雷，犹未兴也"。郡守并不知道，此时的苏轼，正如蛹化蝶，以痛苦和思索为养料，进行他一生中最重要的一次脱胎换骨。而这次转变，不仅将在中国文学史上塑造出一个崭新的苏轼，更会在以后无限的岁月里泽溉无数的后人，让人们循着他思索的路径去探求生命最本原的秘密。

就在黄州，苏轼的侍妾，也是后来苏轼最著名的红颜知己朝云，为他生下了幼子苏遁，在为孩子"洗三"的时候，苏轼作了一首调侃的诗：

洗儿戏作

人皆养子望聪明，我被聪明误一生。

惟愿孩儿愚且鲁，无灾无难到公卿。

孤独得让人心疼的苏轼正在从悲凉中苏醒，在痛苦的反思之后，一个幽默、善于自嘲、让人喜爱的苏轼开始露出本相。与此同时，梧桐树梢上的那弯缺月正在慢慢变圆，江上的清风开始从远古的洪荒吹拂而来，造物主用山与水细心地疗治了苏轼的创伤之后，又让他与一轮明月、一场暴雨不期而遇，最终完成这场艰难但是伟大的蜕变。

通透　从一笑开始

念奴娇 赤壁怀古

大江东去，浪淘尽、千古风流人物。故垒西边，人道是、三国周郎赤壁。乱石穿空，惊涛拍岸，卷起千堆雪。江山如画，一时多少豪杰！

遥想公瑾当年，小乔初嫁了，雄姿英发。羽扇纶巾，谈笑间、樯橹灰飞烟灭。故国神游，多情应笑我、早生华发。人生如梦，一樽还酹江月。

黄州附近的长江岸边，有一块俯视江面的高崖，叫赤壁矶。有人说，其实应该叫赤鼻矶，以免将其与周瑜火攻曹操的赤壁混淆。这种担心似乎并不是没有理由的，因为至少从苏轼的时代开始，就有人将二者弄混了。到了现代，更有很多学者站出来为苏轼鸣不平，说苏轼没有弄混，因为据他们的考证，这里就是有名的赤壁之战发生的地方。

今人争论这些，多半是与当地的旅游发展有关。据说就连牛郎织女的故里都已经被专家们考证出来了，这不得不让人佩服这些学者们有比胡适先生还严重的"考据癖"。不过，在九百多年前的苏轼眼里，赤壁的真伪并不重要，重要的是，死里逃生、伤痕累累的诗人，迫切需要一个地方，一个能将自己与无尽的时间和空间联系起来的地方。这样，诗人才能将过往的历史斟入酒中，细细品味；才能将自己的生命放在历史的大幕前，用逝去的岁月来寻找自己人生的价值。

于是，上苍给苏轼安排了黄州赤壁，或者说，为赤壁安排了苏轼。因为人与自然总是互相成就的。

宋词史上公认的第一首豪放词是苏轼的《江城子·密州出猎》。那时苏轼虽然避祸外放，但还算是一地的行政长官，虽有民生令诗人蹙额，总的来说心情还是舒放的，因此有"老夫聊发少年狂"之句也属自然。黄州的苏轼，却是在戴罪监管之中。按照常理，这时候写出的诗词都应该是"缺月挂疏桐"这样的凄凉，可是这首词的第一句却如一声发自丛林深处的长啸，越过无尽的空间，穿过漫漫的时间，排空而来，在这江岸之上、惊涛之顶久久回荡。

其实苏轼并非不知道此地可能不是赤壁，因此在上阕还小心翼翼地加了句"人道是"，似乎生怕别人说自己找错了地方，抒错了情。也许，是刚刚过去不久的文字狱让苏轼心有余悸；也许，是学者固有的严谨和细致使苏轼在写诗时也没忘记尊重历史，尊重事实。不过，这时候的苏轼，还是学者，还不是一位诗人。

但是，当深埋于心底的岩浆终于随着惊涛骇浪一起奔突的时候，博学多才的苏轼竟然什么都顾不得了。周瑜在赤壁之战时，与小乔结婚已十余年，早不是什么宴尔新婚、柔情蜜意，但是苏轼却不顾史实将两件相距甚远的事情安排在一起，公然"篡改历史"。为何上阕要专门指出此地"人道是，三国周郎赤壁"，而下阕竟不管不顾，出现这么大的"硬伤"？一些评论家的观点以为这里是苏轼故意为之，甚至给这位才子的任何作品都附会了微言大义。我并不这样认为。也许，苏轼就是搞错了，但是，这里的错，不是因为他的疏忽，而是因为，他已经离开了上阕学者的境界，进入了诗人的境界，那个无拘无束、恣意洒脱的境界。

年少的英雄，如花的美人，惊世的功业，属于前人的幸运，在经过了历史的浓缩之后，集中得刺眼，集中得让后人汗颜。刚从监牢里死里逃生的苏轼，别说和周瑜，就是与一般人庸常的命运都无法相比，哪里能找到这样如巅峰和深渊一样的反差？前人越辉煌，越显出自己的黯淡；前人越美好，越显出自己的坎坷；前人越成功，越显出自己的失败；前人越年少，越显出自己的龙钟。有谁到此，能不一哭？

可是，"多情应笑我"，苏轼竟然笑了！

这一笑，将古往今来所有怀古伤今、临风洒泪的悲凉硬生生止住，仿佛是一个演技高超却喜欢捉弄人的演员，用尽浑身解数将观众弄得汪然出涕时突然停止了表演，带着嘲笑的眼光，故作无辜地看着观众问："你们哭什么呢？"

这是令人匪夷所思的怪招，常人看来，诗人无疑是在自废武功，将自己辛辛苦苦营造起来的诗境用一个字破坏殆尽！这还能叫诗人吗？

苏轼此时已经不是诗人了。就在刚才，他刚由学者转变为诗人；就在我们还没来得及习惯他的角色转换之时，他又从诗人转变成了哲人。

世尊在灵山拈花，众人皆莫名所以，唯有迦叶长老破颜微笑，于是得正法眼藏，传之后世。微笑的菩萨，用这最朴素的表情揭穿了世间无数幸福苦难、甜蜜苦涩、相聚离别的秘密，并将这无法用语言表述的秘密传与后人。如弥勒佛楹联所说，凡事都可付诸一笑。跳出三界之外，人世间的悲欢离合，其实皆可一笑了之。

可是，在危机四伏的凡尘，笑是危险的。对于小人们来说，最痛恨的不是受难者的金刚怒目，而是他们不屑一顾的笑。这笑能剥去小人们身上的衮衮蟒袍，让他们赤裸裸地站在阳光之下，无地自容，然后更恼羞成怒。

那么，就让我们从自嘲开始吧。

一些缺乏自嘲精神的人，甚至连别人笑一下，都会引起他们的无限警惕：是否是在嘲笑我？我的一位朋友说："自嘲是胸怀宽广的人所享有的奢侈品，没有足够自信的人购买不到这个东西。"自嘲是幽默的起点，没有强大的自信和宽广胸怀的人，是不配享有自嘲的。适当的自嘲不仅可以舒缓人生的紧张，还能消解人生的苦难，走入哲学的通透。

在翻阅苏轼的资料时，我发觉一个有趣的现象，苏轼大概是中国古代文人中"笑料"最多的，这些笑料有他捉弄别人的，如以下这两则：

苏轼一次去拜访宰相吕大防，正值吕在午睡。苏轼等候良久他才出来。苏轼指着吕大防客厅水缸里养的一只绿毛乌龟说："你这只乌龟没有什么珍贵的，最珍贵的当属一种六只眼睛的龟。"吕大防惊讶地说："有这样的乌龟吗？不是你杜撰的吧？"苏轼一本正经地说："唐中宗时，有人进献六眼乌龟给皇帝。皇帝问：'这乌龟有什么奇特之处？'进献者回答：'这乌龟有三对眼睛，因此它睡一觉抵别的乌龟睡三觉。'"

一个素不相识的人携自己的诗文去请教苏轼，充满激情地朗诵完之后，满心期待地问苏轼："您觉得我的诗文可以打多少分？"

苏轼回答："百分。"

此人大喜过望："为何？"

苏轼回答："诵读之美七十分，诗文之美三十分。"

而流传于民间的很多苏轼的笑料是关于苏轼与佛印斗嘴的，这些故事大多是以苏轼落败为结局：

> 一天，苏轼和佛印乘船游览瘦西湖，苏轼笑指着河岸上正在啃骨头的狗，吟道："狗啃河上（和尚）骨！"佛印大师突然拿出一把题有东坡居士诗词的扇子，扔到河里，并大声道："水流东坡诗（尸）！"

苏轼斗嘴甚至会败在小沙弥手下：

> 闲来无事，苏轼去金山寺拜访佛印大师，没料到大师不在，一个小沙弥来开门。苏轼傲声问："秃驴何在？！"小沙弥淡定地一指远方，答道："东坡吃草！"

不仅道行高深的佛印大师可以调侃苏轼，一些地位低下的贩夫走卒也能与苏轼开玩笑：

> 苏轼在黄州时爱读杜牧的《阿房宫赋》，常至夜深不寐。当时有两个老兵被派来服侍苏轼，深苦于此。一夜天寒地冻，苏轼还在高声朗读，一个老兵抱怨说："也不知道他读的书有什么好！夜深了也不睡觉！"另外一个人说："也有一句很好的。"抱怨的老兵大怒说："你懂得什么！"另一人回答："就那句'不敢言而敢怒'很好。"

关于苏轼的玩笑，甚至开到了他自己的生死上：

苏轼临终时，子孙在床侧伺候。苏轼问："你们说生好还是死好？"一个儿子回答说："当然是死好。"苏轼问为何，儿子说："你看这么多人死了都没回来，要是死不好，他们肯定早就回来了。"

如我那位朋友所说："自嘲是一面缩小镜，缩小了自己，彼此身上的刺就不容易扎到对方，人际关系回旋的余地也就更大。"有人说，那些苏轼落败的故事肯定是佛印编造出来的，我倒不以为然，一个善于自嘲的人，是不会在乎这些小故事里的成败的。而正因为苏轼的自嘲与幽默，人们也愿意将一些明显看起来是编造的故事附会到他身上，为了加强这些故事的戏剧性，甚至还为苏轼捏造出了一个美丽聪明、时常与苏轼斗智斗勇的妹妹。于是，这个从来便缺乏幽默感的民族，终于有了一个纳斯尔丁·阿凡提式的人物，他属于所有的阶层，如苏轼自己所说："吾上可陪玉皇大帝，下可陪田院乞儿。"这个睿智的学者、诗人、哲学家，用微笑消解了自己生命的苦楚，也一直在为我们消解生命的苦楚。正如林语堂先生所说：

苏东坡是个秉性难改的乐天派，是悲天悯人的道德家，是黎民百姓的好朋友，是散文作家，是新派的画家，是伟大的书法家，是酿酒的实验者，是工程师，是假道学的反对派，是瑜伽术的修炼者，是佛教徒，是士大夫，是皇帝的秘书，是饮酒成癖者，是心肠慈悲的法官，是政治上的坚持己见者，是月下的漫步者，是诗人，是生性诙谐、爱开玩笑的人。可是这些也许还不足以勾绘出苏东坡的全貌。我若说一提到苏东坡，在中国总会引起人亲切敬佩的微笑，也许这话最能概括苏东坡的一切了。

于是，周瑜谈笑间樯橹灰飞烟灭，苏轼微笑间，小人、冤案、坎坷、痛苦皆随风而去。天地通透了，宇宙澄澈了，回首前尘往事，苏轼发现——

也无风雨也无晴

定风波

三月七日沙湖道中遇雨。雨具先去，同行皆狼狈，
余独不觉。已而遂晴，故作此词。

莫听穿林打叶声，何妨吟啸且徐行。竹杖芒鞋轻胜马，谁怕？
一蓑烟雨任平生。

料峭春风吹酒醒，微冷，山头斜照却相迎。回首向来萧瑟处，
归去，也无风雨也无晴。

每次看到这首词的时候，鲍勃·迪伦那苍凉而又温暖的歌声总是会在我的耳边响起：

一个人要走多少路才能被称为大丈夫？

一只白鸽要飞越多少片海洋才能安息在沙滩上？

炮弹要飞多少次才能永远被禁止？

我的朋友，答案在随风飘荡。

答案在随风飘荡。

一座山要生存多少年才能被冲入大海？

人们要等待多久才能获得自由？

一个人要几度回首才能视而不见？

我的朋友，答案在随风飘荡。

答案在随风飘荡。

一个人要仰望多少次才能看见苍穹？

一个人多么善听才能听见他人的呐喊？

多少生命的陨落才知道那已故的众生？

我的朋友，答案在随风飘荡。

答案在随风飘荡

　　　　　　　——*Blowin' in the wind*（《随风飘荡》）

　　男人要走过很多路，才能被称作男人，那么，那些没有把路走完的人呢？也许，有的人中途跌倒，有的人畏惧山高水长，中途退缩。于是，很多男性即使已经成家立业，甚至有了所谓的成就，也仍然不是男人。

　　苏轼应该是一个男人中的男人吧？苏轼可以说是中国所有知识分子的偶像，甚至还是百姓心中的最爱。林语堂先生说，中国百姓在遇到艰难和挫折的时候就会想起苏轼，然后，嘴角就浮现出一丝会心的微笑。中国人崇拜苏轼，应该不仅仅是因为他"上能给玉皇大帝盖瓦，下能给阎王小鬼挖煤"的通达，更重要的是他在历经磨难之后，仍然能保持一种潇洒和豁达、从容与天真。于是，在这个多灾多难的国度，苏轼的经历和潇洒总是能给遭遇同样不幸的人们以安慰和动力，使他们也能够对磨难报以一丝微笑。

　　天才的产生通常都是以天大的磨难为前提的，诸如李白之被逐、杜甫之漂泊；

诸如易安之丧夫、稼轩之失意。当历史终于选定苏轼作为宋词乃至整个中国知识分子艺术的代言人的时候，也就同时选定了他将成为命运波澜的承当者。

这首《定风波·莫听穿林打叶声》作于苏轼被贬的第三年。当诗人经历了人生的风雨之后，再来观照现实中的风雨，他终于明白了，正如我们不能为每一次幸福都准备好心情一样，我们不可能为每一次风雨都准备好雨具。面对波折甚至磨难，勇敢和坚强就是我们的雨具。与其在磨难中自怨自艾，还不如在狼狈和失意中寻找一份淡定和从容，在慌乱和迷茫中保存一份潇洒。因为，正如所有的幸福都不是永恒的，挫折也不可能是永远的。

这种境界并非是庸人的自我安慰，更不是阿Q的精神胜利法，而是一种智者觉解之后的智慧和通达。庄子说，当凤凰飞过树梢的时候，一只正想以腐烂的老鼠为美餐的猫头鹰以为凤凰会来抢自己的食物，其实它哪里知道，"非练实不食，非醴泉不饮"的凤凰眼中的美餐与自己的差异实在太大。当名利和地位在诗人眼里已经成为腐鼠的时候，那么，通常意义上的失意和波折在诗人心中还会有什么影响呢？

庄子又说，有两个世代结有深仇的国家，一个叫触氏，一个叫蛮氏，每次打仗都流血遍野，而这两个国家，一个在蜗牛的左边触角上，一个在蜗牛的右边触角上。英国作家斯威夫特在他著名的小说《小人国》里面说，两个小人国世代不共戴天，经常发生惨烈的战争，而他们的分歧就在于一个国家认为早餐吃煮鸡蛋的时候应该先敲大的一头，而另一个国家认为应该先敲小的一头……

苏轼在他那篇流传千古的《前赤壁赋》中说："盖将自其变者而观之，则天地曾不能以一瞬；自其不变者而观之，则物与我皆无尽也。"这绝不是诗人的自我安慰，因为当他发现，当权者高唱的诸如荣誉、责任、义务之类的高调，去掉了依附在权力上面的光环之后，其实只是触氏、蛮氏的无聊争斗，或者是小人国关于鸡蛋问题的无聊口角的时候，诗人终于领悟到，有些所谓的宏大叙事只是梦游者的呓语，有些所谓的信念只是欺骗者的筹码。于是，世界通透了，澄澈了，诗人变成孩子，天真而单纯，眼中的山仍然是山，水仍然是水，但是却也不是最初的山，最初的水。于是回首向来萧瑟处，也无风雨也无晴。

最后再回到刚才说的那首歌，一个男人，要走过很多路，才能被别人称作男人，于是我想，这样的男人应该是什么样的？应该是包容的、从容的、潇洒的、淡定的，更重要的是，在历经磨难之后，还仍然保存着对自己和人生的一份最可贵的幽默感。

此刻，没有人注意到，江声浩荡，自屋后升起的圆月光辉照耀大地，在大江之上、天幕之下，与圆月一同升起的，是一颗从未有过的巨星。

一肚皮不合时宜

元丰五年（1082 年）三月，苏轼因患病求医，与名医庞安结为好友。两人结伴游览蕲水清泉寺，苏轼写下了著名的《浣溪沙·游蕲水清泉寺》，其中有"谁道人生无再少？门前流水尚能西！休将白发唱黄鸡。"虽遭贬谪之祸，天性豁达乐观的苏轼并不认为这就是自己人生的终结，他相信，只要勇往直前，流水都能向西流去，人生哪里不能回到青年时光呢？

宋神宗元丰七年（1084 年）三月，苏轼命运的拐点出现了。他接到诏令，由黄州团练副使转为汝州团练副使。虽然官阶并无改变，但是汝州离京师较近，生活也较为舒适，这其实是朝廷想要重新任用他的信号。

苏轼从黄州启程前去赴任，到达常州时，突然传来神宗驾崩的消息。当时的皇太子哲宗刚十岁，于是由宣仁太后垂帘听政，旧党领袖司马光被任命为宰相

（门下侍郎），王安石的新党遭到重大打击，因反对王安石而被贬官的苏轼也由此得以骤迁。

苏轼的这次升迁让人眼花缭乱：先是担任登州知府，四个月后又以礼部郎中召还京师，迁起居舍人，次年，迁中书舍人，寻除翰林学士知制诰，即掌管皇帝诏命。

苏轼在短短八个月内被擢升三次，由七品到六品，再跳过五品到达四品，最后到达翰林学士知制诰（三品），这个官职永远是由名气最高的学者担任，往往是担任宰相的前奏。在宋代，最高品衔一品几乎从未颁授过，宰相是二品，此时的苏轼离一人之下万人之上只有一步之遥了。

可是，苏轼却并未能像当权者希望的那样"顺应潮流，响应时变"。

司马光上台之后，对王安石变法的措施主张：无论好坏一律废除，而苏轼在贬谪经历中，看到了新法某些措施给百姓带来的好处，因此主张有选择地"较量利害，参用所长"。王安石因其个性执拗而被称为"拗相公"，而司马光的执拗一点也不亚于王安石。苏轼与司马光私交甚好，但是在与之争辩"免役法"的兴废时，双方意见不一，气得苏轼回家痛骂"司马牛！司马牛！"乃至于司马光"愤然"要驱逐苏轼。以反对变法而被贬谪的苏轼，在新法失败之后，又遭到了自己同党的嫉恨。

苏轼并不明白，在很多人眼里，政治就是一笔笔股票投机交易。与股票唯一的一点不同是，股票投机是低价时买进，高价时抛出，而政治投机则是低价时抛弃，高价时趋附，不折不扣地追涨杀跌。政坛上永远不缺少这种见风使舵、趋炎附势者，新党专权的时候，他们大唱赞歌；旧党执政的时候，他们又马上改头换面。为了博得新主子的喜爱和信任，献媚和告密就是他们最重要的晋身之阶。因此，当苏轼与司马光的矛盾公开化之后，一群"希合光意，以求进用"的投机分子看到了机会，纷纷上疏对苏轼进行诬陷和攻击。苏轼难以在京师立足，无奈之下，多次上疏"补外"。

元祐四年（1089年）三月，苏轼奉命以龙图阁学士担任杭州知府，这是苏轼第二次到杭州任职。对他来说，如同十八年前离开京师到杭州任通判一样，能离开京师那个是非之地是他最大的愿望。

但是与上次不同的是，这次苏轼担任的是杭州的最高行政长官，手中权力更大，因此他有更好的条件为百姓做些实事了。苏轼到任不久，适逢大旱、饥荒、瘟疫并作。苏轼上表朝廷要求减免赋税，又施舍灾民，建造病坊，配置良药，为百姓治病。饥荒过后，苏轼勘查西湖，发现湖中蔓草横生，于是设计开河浚湖，兴修水利。四个月后，工程竣工，但是如何处理堆积如山的蔓草和淤泥？苏轼计上心来，用这些废物建造了一座长堤，从此游人们可漫步长堤，往来南北，堤上遍种花木，这就是有名的"苏堤"。

政治斗争中失势的苏轼在百姓中重新找到了自己的归宿，对自己在政治上的"弱智"，苏轼是十分明白的。据说，有一次苏轼退朝回家，摸着大肚子对侍女们说："你们看我肚子里是什么？"有人说都是文章，有人说都是见识，苏轼都不以为然，只有朝云笑道："学士满肚子都是不合时宜。"苏轼捧腹大笑，为之绝倒。

在这个天真可爱的诗人眼里，真正的时宜只是自己的良心、百姓的冷暖，而不是潮起潮落的权力变更，更不是随着权力变更而改变的自己的操守。于是，苏轼在纷纷扰扰的权力集团之外，独立为一棵树，一棵不随着风向摇摆的树。但是，独立的代价，必定是排挤和陷害。在"乱哄哄你方唱罢我登场"的政坛，他这种坚守无异于自寻死路。

元祐八年（1093年）九月，一直在暗中支持苏轼的太皇太后高氏去世，哲宗亲政，起用章惇为相。章惇在历史上以两点闻名：第一，他是苏轼年轻时的好友；第二，他是宋代历史上有名的奸诈卑鄙小人。因此，他注定成为苏轼后半生的仇敌，并以这种方式把自己钉在历史的耻辱柱上。

日啖荔枝三百颗　不辞长作岭南人

宋哲宗绍圣元年（1094年），苏轼已经五十九岁了。刚刚上台的新党把苏轼过去的诗文翻出来寻章摘句，"乌台诗案"的故伎重演，诬陷苏轼"语涉讥讪""讥斥先朝"，先撤去学士职，贬为英州（今广东英德）知府。苏轼还在上任途中，诏书又多次改变，最后被贬为宁远军节度副使，惠州安置。

惠州地处岭南，在宋代还属于蛮夷之地，未开化之邦。苏轼自认为生还无望，便把家小安顿在阳羡（今江苏宜兴），独自携幼子南下。临行时，家中姬妾纷纷散去，唯有朝云苦苦相随。

朝云是杭州人，原先是苏轼的妻子买来当侍女的，后来被苏轼收为侍妾。在京师的时候，苏轼的第二任妻子王闰之去世了，朝云就成了苏轼的妻子。众所周知，朝云是苏轼最喜爱的知己。面对这个大自己二十六岁，却天真得像个孩子的男人，朝云反倒更像一位大姐姐，甚至像一位母亲，用自己女性温柔的光辉，护佑着苏轼多灾多难的人生。

蝶恋花

花褪残红青杏小，燕子飞时，绿水人家绕。枝上柳绵吹又少，天涯何处无芳草！

墙里秋千墙外道，墙外行人，墙里佳人笑。笑渐不闻声渐悄，多情却被无情恼。

　　《词林纪事》卷五引《林下词谈》说：苏轼被贬到惠州，一天和朝云闲坐，那时刚到秋季，天地萧瑟，苏轼要朝云拿出大酒杯，唱这首《蝶恋花·花褪残红青杏小》。朝云正想唱，却泪满衣襟，苏轼询问原因，朝云说："我感到难受的，是'枝上柳绵吹又少，天涯何处无芳草'这一句。"苏轼笑着说："我正悲秋呢，谁知道你又在伤春了！"于是也就算了。关于"天涯何处无芳草"，似乎可能有多种解释：天涯处处都有芳草，所以大丈夫四海皆可为家；春日已逝，春花凋零，芳草萋萋遍布天涯；芳草即美人，天涯处处皆有。

　　天涯似乎是男人永远的梦，不管是自愿的逃离，还是被迫的放逐，那条地平线都在男人眼中具有无比的诱惑力。于是，同样是流浪，男人是因为诱惑而流浪，女人是因为爱而流浪，准确地说，是跟着自己爱的男人而流浪。于是，我们在历史的幕前，看到的是男人的无尽漂流，却经常忽视了在岁月的幕后，女人在暗自神伤。

　　有时候我也在想：朝云为什么哭？也许，是感伤春天已逝，年华不再？或者，感伤漂沦憔悴，不知路在何方？要不，就是为自己心爱的男人而愤懑，抱不平？《林下词谈》没有给我再多的提示信息，只是给我一种感觉：男人眼中的潇洒，在女人的眼中，却是悲凉甚至危险的。

　　尽管悲凉，尽管危险，朝云却还是无怨无悔地跟着苏东坡远谪天涯，如影随形。苏东坡总是称朝云为"天女维摩"（表示纯洁不染之意）。她就像是佛经中散花的天女，为命途多舛的苏轼撒下漫天的飞花，让这个可爱男人灰色的生命多少有些颜色，有些温度。

　　可是，命运似乎注定了要苏轼承受这种寻常人无法承受的痛苦吧，到惠州不到半年，他人生的最后一抹女性的光辉就黯然消退了。朝云因为水土不服，在惠州去世。临终的时候，她念着《金刚经》上的偈语：

一切有为法，如梦幻泡影，如露亦如电，应作如是观。

按照朝云的遗愿，苏轼将亡妻葬于惠州西湖孤山南麓栖禅寺大圣塔下的松林中，并在墓边建亭，命名为"六如亭"。苏轼为亭子撰写楹联：

不合时宜，惟有朝云能识我；

独弹古调，每逢暮雨倍思卿。

朝云去世以后，苏轼一直鳏居，未再婚娶，并终身不复听《蝶恋花·花褪残红青杏小》词。

朝云的离去，使苏轼陷入更悲凉的孤独，但也许，他也应该为朝云感到庆幸吧！林语堂先生说：

他把她比作天女维摩的敬拜佛祖。她抛却长袖的舞衫，而今专心念经礼佛，不离丹灶。一旦仙丹炼就，她将向他告辞，进入仙山。那时她不会再如巫山神女那样为尘缘所羁绊了。

朝云埋葬三天之后，夜里，狂风暴雨大作。次日清晨，农人看见墓旁有巨人足迹，他们相信，朝云是被佛接往西天乐土去了。她离开了这个混乱污浊的世间，在天上，用悲悯的目光继续注视着这个她深爱的男人，用自己女性的光辉，一如既往地护佑着他。

海明威说，男人可以被消灭，却不会被打败。如果说谪居黄州是苏轼的第一次人生顿悟，这次贬谪惠州便是他达到天地精神境界的第二次人生顿悟了（朱靖华《苏轼论》）。苏轼在惠州时，曾在嘉佑寺暂居，一次在亭子中歇息，苦思良久，突然想到：

此间有什么歇不得处？由是如挂钩之鱼，忽得解脱。若人悟此，虽兵阵相接，鼓声如雷霆，进则死敌，退则死法，当恁么时也不妨熟歇。

　　智慧的圣光照耀着这个远窜天涯的书生，这圣光与他自身的才华融合，形成一道在中国文人身上极少见的光芒，这光芒中闪烁的是达观、开朗、幽默和调侃。苏轼写信给朋友说，假设我就是惠州的一个书生，多次考科举，但是一直没考中，又有什么不可呢？

　　天地通透了，如诗人的心，了无尘滓。南国以其固有的热情和友善接纳了这个困穷中的诗人。苏轼惊奇于"岭南万户皆春色"，更感动于当地人的热情好客，他说，要不了多久，连鸡犬都认识自己了。朝廷的名利之争，仕途的坎坷之苦，甚至人生的丧偶之痛，都被这智慧的豁达和乐观消解了。东坡似乎忘记了自己过去的煊赫一时，忘记了曾经拥有过的高官厚禄。抛却名缰利锁，回归自然的苏轼，欣然吟道：

食荔枝

罗浮山下四时春，卢橘杨梅次第新。

日啖荔枝三百颗，不辞长作岭南人。

　　此时的诗人，已超越政坛的排挤和迫害，到达了与天地比寿、与日月齐光的更高境界。此时，即使遭遇更大的迫害，也不过是为苏轼伟大的人生再加上一个注脚而已，哪怕是把他贬到天涯海角。

问汝平生功业　黄州惠州儋州

对一个远谪蛮荒、历尽艰辛的人来说，苦中作乐是他唯一的选择。但是，这种可怜的"乐"往往也会成为小人们的在背芒刺，欲除之而后快。苏轼在惠州时，一天在病中写了一首小诗：

纵　笔

白发萧散满霜风，小阁藤床寄病容。

报道先生春睡美，道人轻打五更钟。

这首诗传到京城，章惇看到之后，冷笑着说："苏子尚尔快活邪？"于是将苏轼贬谪到了当时的版图和小人们的想象力能够达到的最远的地方：儋州。

儋州位于现在海南西北角，比起惠州，这里更是蛮荒之地，"非人所居"。据说，章惇把苏轼流放到这里竟然是一个残忍的儿戏，陆游《老学庵笔记》说："苏子瞻儋州，子由雷州，刘莘老新州，皆戏取其字偏之旁也。"拿大臣们名字的偏旁作为决定贬所的依据，这无论如何也是一种创举。其欲置苏轼于死地之心昭然若揭。

苏轼也认为自己此行必死，起程之时，"子孙恸哭于江边，已为死别"（《到昌化军谢表》）。在苏轼离开雷州时，雷州太守久仰苏轼大名，送来酒食，为苏轼饯别，次年，太守即遭弹劾丢官。到儋州之后，县令张中仰慕苏轼，让他住在官舍，结果也遭弹劾被撤职。苏轼也被从官舍中逐出，被迫栖身于城南污池畔的桄榔林下。在当地学子和百姓的帮助下，苏轼盖了几间茅屋，命名为"桄榔庵"。这一年，苏轼已是六十三岁的老人了。

不知道将苏轼贬到儋州之后，章惇、吕惠卿之流是怎样弹冠相庆、自以为得计的。我们现在只知道，经过了世事接二连三折磨的诗人，已经超越了这滚滚红尘，在天地境界里自由翱翔了。

苏轼在《在儋耳书》中这样写道：我刚到海南的时候，环视天水之际，凄然神伤，对自己说："我什么时候才能走出这个岛呢？"但是又想到，天地就是在水中的，九州就是在大海中的，中国也在这个海中，那么，所有的陆地不都是岛吗？

此时诗人已经如庄子笔下的大鹏，扶摇直上九万里，在无垠的空间和时间里俯视芸芸众生，豁然开朗，神与天通。个人的得失、人世的忧虑，怎能不显得如此渺小，如此可笑？

苏轼讲了一个故事：

覆盆水于地，芥浮于水，蚁附于芥，茫然不知所济。

少焉水涸，蚁即径去，见其类，出涕曰："几不复与子相见，岂知俯仰之间，有方轨八达之路乎？"念此可以一笑。

桄榔庵落成之后，苏轼写了一篇《桄榔庵铭》，大意说：天下九州就像一个居室，只要形神俱往，哪里都是我的居处。我苏东坡坚强地安居在这大屋的四个角落里，以不变应万变，观照着我心灵的自由。

《本事词》里记载了这样一个故事，王定国被贬遇赦，从岭南回来。苏轼去拜访，宾主宴饮。王定国的家妓柔奴侍宴。苏轼问柔奴："岭南的生活想必十分艰苦吧？"柔奴回答："此心安处，便是吾乡。"苏轼大为赞赏，为赋《定风波》云：

常羡人间琢玉郎，天教分付点酥娘。自作清歌传皓齿，风起，雪飞炎海变清凉。

万里归来颜愈少，微笑，笑时犹带岭梅香。试问岭南应不好？却道，此心安处是吾乡。

好一个"微笑"！好一个"此心安处是吾乡"！这潇洒而狂傲的微笑将皇帝的昏庸、宵小们的谗言、仕途的曲折、人世的苦痛一股脑儿抛到脑后，心灵和生命的力量茁壮生发，人格之翼排云而上，如秋日之鹤，诗情直上碧霄。

苏轼在年轻时曾写道：

人生到处知何似？应似飞鸿踏雪泥。

泥上偶然留指爪，鸿飞那复计东西。

老僧已死成新塔，坏壁无由见旧题。

往日崎岖还记否？路长人困蹇驴嘶。

——《和子由渑池怀旧》

苏轼终于舍弃了尘世的桎梏，获得了心灵精神的完全自由。在海南，他与当地黎族人交上了朋友，他描写自己寻访黎族朋友时的情形："东行策杖寻黎老，打狗惊鸡似病疯。"（《访黎子云》）六十多岁的老人，跟孩子们也是亲密无间："寂寂东坡一病翁，白须萧散满霜风。小儿娱喜朱颜在，一笑那知是酒红。"

（《纵笔》）

苏轼一次在路上碰见了一位老婆婆，问曰："世事如何？"婆婆回答说："世事只如春梦耳。"东坡又问："何如？"婆婆回答说："翰林昔日富贵，一场春梦耳？"东坡大笑曰："然。"于是把老婆婆称为"春梦婆"。

苦难在这位伟大的诗人面前黯然失色，苏轼没有逆来顺受，也不是随遇而安，而是用超然的态度，将自己的精神提升到天地之上、云霄之间，苦难只能使他更加豁达乐观。即便被贬到天涯海角，诗人居然还能引以为自豪："九死南荒吾不恨，兹游奇绝冠平生！"

元符三年（1100 年），六十五岁的苏轼获赦北还，结束了七年的岭南生涯。次年五月，苏轼为自己的画像题了一首诗：

自题金山画像

心似已灰之木，身如不系之舟。

问汝平生功业，黄州惠州儋州。

用被贬的三个地名概括自己的"平生功业"，很难说这是示威还是自嘲，但是有一点是可以肯定的，就是苏轼没有被打倒，没有被击败。从海南回来的苏轼一路上受到了意料之外的欢迎，很多地方的官员百姓听说苏轼回来了，自发到路边等待，欲一睹诗人风采。到常州附近时，成千上万人在运河边争先恐后地等待苏轼。苏轼开玩笑说："这样要把我看杀！"

就在这一年的七月二十八日，饱受鞍马劳顿之苦的苏轼在常州与世长辞，吴越之民，无论士庶，相与哭于市，四方无论贤愚皆为之出涕。

请允许我用林语堂先生《苏东坡传》的最后一段话作为这章的结尾吧：

在读《苏东坡传》时，我们一直在追随观察一个具有伟大思想、伟大心灵的伟人生活，这种思想与心灵，不过在这个人间世上偶然呈形，昙花一现而已。苏东坡已死，他的名字只是一个记忆。但是他留给我们的，是他那心灵的喜悦，是他那思想的快乐，这才是万古不朽的。

江湖夜雨十年灯——黄庭坚

熙宁四年（1071年），因为反对王安石变法，苏轼请求辞去京职，担任杭州通判。当时，朝中还有一些大臣因为同样的原因，或离职，或离朝，如李公择、孙莘老等。苏轼在杭州以及后来到密州任太守时，经常跟他们交往。一次，苏轼在孙莘老的家里看到了一个后辈的诗文，"耸然异之，以为非今世之人也"。孙莘老说："这个人现在知道的人还很少，大人可以替他扬名。"苏轼笑着说："此人如精金美玉，不需要攀附名人，自然会有人来攀附他，即使不想出名都办不到，何用我替他扬名！"

这个人叫黄庭坚。

桃李春风一杯酒

黄庭坚（1045—1105），字鲁直，自号山谷道人，洪州分宁（今江西修水县）人。

史书上说，黄庭坚自幼聪明好学，读书几遍之后就能背诵。一次他的舅舅李常来访，随意取书架上的书问他，黄庭坚都能成诵，李常十分惊奇，认为他是一日千里之才。黄庭坚七岁能诗，是名副其实的神童，据说，这首《牧童诗》就是他七岁时写的：

骑牛远远过前村，短笛横吹隔陇闻。

多少长安名利客，机关用尽不如君。

　　骆宾王七岁写《咏鹅诗》，黄庭坚七岁写《牧童诗》，两个相去数百年的文人似乎都有同样的神童经历。但是，骆宾王的《咏鹅诗》天真烂漫，童趣十足，黄庭坚的《牧童诗》却显得老气横秋，甚至有一种看破红尘的颓废，似乎这个七岁的小孩此时已经预见到了自己一生将要遭受的波折和痛苦，让人不免有些惊讶。

　　治平四年（1067 年），二十三岁的黄庭坚高中进士，被授为叶县县尉，后来又担任北京（今河北大名）国子监教授、吉州太和知县等职。步入官场之后的黄庭坚，诗名渐渐远播，前文提到的李公择和孙莘老，分别是黄庭坚的舅父和岳父，也在不遗余力地把黄庭坚推荐给当时的文坛高人。也就在这时，苏轼知道了他的名字。但是对这位当时公认的文坛盟主，黄庭坚则既有景仰，也有一些胆怯。他后来在《上苏子瞻书道》中说：我年少，出身低微，又缺乏能力，没有什么可以能侍奉先生的。我曾经在众人广座之中看见过先生，但是始终没有勇气上前见您。

　　但是，在元丰元年（1078 年），黄庭坚终于和苏轼走到一起了。黄庭坚上书苏轼并写了《古诗二首上苏子瞻》，苏轼也回信并和诗。之后，两人书信密切，酬答往复不断，黄庭坚也自投苏轼门下，执弟子礼，并与张耒、秦观、晁补之一起被称为"苏门四学士"。这一年，苏轼四十二岁，黄庭坚三十三岁。

　　虽以学生自居，但是黄庭坚在诗、词、书法等方面却不让其师。黄庭坚诗歌、书法成就尤高，在诗歌方面，他是江西诗派的创始人，与苏轼并称为"苏黄"；他书法造诣极深，至今有墨迹传世。而在词上，黄庭坚与秦观齐名，他最为人赞赏的，应该是这首《清平乐·春归何处》吧。

清平乐

春归何处？寂寞无行路。若有人知春去处，唤取归来同住。

春无踪迹谁知？除非问取黄鹂。百啭无人能解，因风飞过蔷薇。

伤春似乎是中国文人最喜爱的主题之一，从孟浩然的《春晓》到苏轼的《蝶恋花·花褪残红青杏小》，表现的莫不是诗人对春日已去、落红无数的惋叹。可是，如黄庭坚这首《清平乐·春归何处》这样写得趣味横生的伤春之作却是少见。

《山海经》中传说，上古有夸父逐日，而诗人却是在逐春。不同的是，太阳东升西落，夸父可以仰头朝着那个不变的方向执着地追下去；可是春天消失得却无迹可寻，如一个可爱而调皮的少女，"爱而不见"，让寻找她的小伙子"搔首踟蹰"。

也许，有人会知道春天的去向？诗人寻觅无果之后，突发奇想。如果你看到了她，请带话给她，让她回来吧，永远不要离开。

春天在诗人眼里，已经不是一个轮回的季节，她似乎是诗人的情人，或者是诗人的亲人，不愿她离开片刻，即使她还会再次回来。

可是，这世间的人似乎都和诗人一样，无法知道春的去向。大自然的秘密，也许只有大自然的精灵们才能知道吧？那长着羽翼的精灵，在花丛中翩翩飞舞的精灵，能告诉我春的去向吗？

黄鹂——这造物的使者，自然的精灵，很愿意告诉诗人关于春的秘密，可惜，她的语言无人能懂。人不管如何想融入自然甚至化入自然，终究是白费力气，我们早已离自然越来越远。我们无法读懂花的语言，无法读懂树的叹息，无法读懂兽的呼喊，当然也无法听懂黄鹂泄露的天机。

黄鹂也累了，不耐烦了。跟这些毫无悟性的愚蠢的人类的确没有什么好说的。它飞走了，飞过一片蔷薇花。诗人终于明白：春天的确走了，因为蔷薇花的夏日已经来临。

古人曾说，好的诗歌应该"哀而不伤，乐而不淫"，不管这样的说法我们是否能接受，但是这首《清平乐·春归何处》应该是个中典范。用夸父逐日的精神来追逐春天，却没有夸父那样悲壮的结局。春日已去，留下的只是淡淡的忧伤，如清静的水面泛起的一圈圈涟漪，静静荡漾到池边，在没人注意到的那个早晨悄悄消失。

这首《清平乐·春归何处》写出之后，立即受到好评。当时的词人王观，就化用黄庭坚词的意境写了一首《卜算子·送鲍浩然之浙东》：

卜算子 送鲍浩然之浙东

水是眼波横，山是眉峰聚。欲问行人去那边？眉眼盈盈处。

才始送春归，又送君归去。若到江南赶上春，千万和春住。

美丽的情怀，总是人类共有的，而诗人们，用他们的生花之笔为我们描画出了这美好的情怀。这情怀透过千百年岁月的风霜，透过无数次季节轮回，抵达我们心灵最柔软的地方。于是，我们能够与人类最美好的情感一起呼吸，一起微笑。

江湖夜雨十年灯

苏轼第一次看到黄庭坚的诗文就对他的作品给予了高度评价，但是苏轼也说："从诗文来看，这个人个性太强，以后恐怕不会得到当政者的赏识任用。"苏轼的判断一点不错，黄庭坚进入仕途之后，一直沉沦下僚，直到哲宗即位的时候，才担任校书郎、《神宗实录》检讨官，仕途上似乎出现了一些曙光。但是，正是这个官职，让黄庭坚在五十多岁之后，饱经坎坷。

《神宗实录》完成之后，黄庭坚先任起居舍人，后来担任宣州知府，后改鄂州。此时，司马光已经去职，章惇、蔡卞等新党上台。他们说《神宗实录》多处不实，把参与修史的史官全部招来，安置在京城附近以备盘问。章惇、蔡卞及其党羽从实录中摘出了一千多条来，但是经过审查，大多指摘没有事实依据。最后剩下的只有三十二条。当小人们审问黄庭坚的时候，黄庭坚都是照实回答，无所顾忌，时人称其胆气豪壮。

事实上，《神宗实录》不实只是一个借口，黄庭坚被陷害真正的原因其实就是他跟苏轼关系过于密切。章惇等人上台之后，不仅不遗余力地陷害苏轼，对与苏轼有关的秦观、张耒、黄庭坚等人也视为眼中钉、肉中刺。《神宗实录》案审理结束之后，黄庭坚被扣上一个"诽谤先皇"的帽子，被贬为涪州别驾、黔州安置。但是，黄庭坚孤傲刚直的性格并没有因为这次贬谪而改变，他的孤芳自赏又使他得罪了不少人，其中就有李清照的公公赵挺之。赵挺之后来做了宰相，便指使心腹揭发黄庭坚的《荆南承天院记》里有幸灾乐祸的内容，黄庭坚再一次被除名，送到宜州管制。

接二连三的撤职、贬谪，让诗人更加了解了官场的险恶、人心之惟危。他在诗中写道：

喜太守毕朝散致政

功名富贵两蜗角，险阻艰难一酒杯。

百体观来身是幻，万夫争处首先回。

诗人已经下定决心，要在千军万马争抢着过这功名利禄的独木桥时，自己独自回头。富贵于我，已如浮云。也许正因为有这样的通达，才使他不管在怎样的困厄之中，都能保持那一份难得的潇洒和乐观吧。

定风波 次高左藏使君韵

万里黔中一漏天，屋居终日似乘船。及至重阳天也霁，催醉，鬼门关外蜀江前。

莫笑老翁犹气岸，君看，几人黄菊上华颠？戏马台南追两谢，驰射，风流犹拍古人肩。

这首词是诗人因为《神宗实录》案，被贬为黔州安置时所作。黔州安置事实上就是戴罪被监管在这里，与坐牢几乎无异。黔中多雨，天似乎是被捅漏了，被困在屋内无法外出的诗人，感觉自己就像坐在波涛汹涌的大江中的一条小船上，随时都有船只倾覆的可能。

可是，人生的困境不可能永远延续，因此，这雨也不可能永远不停，到重阳的时候，天终于放晴了。虽然诗人身处"鬼门关"外，面对的正是曾出现在诗圣杜甫面前的滚滚长江，但是，却没有杜甫"艰难苦恨繁霜鬓"的悲凉，而是急不可耐地要酒——拟把疏狂图一醉吧！

黄庭坚的老师、好友苏轼在密州出猎的时候，高唱"老夫聊发少年狂"，而黄庭坚在被监管黔州，更是梗着脖子倔强地自称"老翁犹气岸"！其"狂性"不减苏东坡。重阳之日到来，年少的人们头上都插着菊花，已经老迈的诗人却也要赶这个时髦，把黄菊插在自己的白发上，仿佛忘记了自己的年龄。不仅如此，诗人还要模仿晋朝的谢瞻、谢灵运戏马台驰射赋诗之行，如廉颇老迈犹披甲上马。

年华的老去，仕途的风雨，自然的阴晦，被这豪迈豁达之气冲击得荡然无存。率性潇洒的黄庭坚，风流不让古人！

黄庭坚曾经题自画像说：

似僧有发，似俗无尘，作梦中梦，见身外身。

笃信佛教、精通禅理的他，此时已经跳到了世事的功名沉浮之外，了无挂碍了。

崇宁四年（1105 年）九月三十日，一次痛饮之后，黄庭坚在宜州城头一座风雨飘摇的戍楼上告别人世。斯人已去，那些九百多年前的朝廷党争、恩恩怨怨也离我们越来越远。但是，那个如他的名字一样刚强倔强的诗人的形象，却一直留存在他的诗词中，在我们也遭遇人生苦痛失意的时候，渐渐走近我们，用他的豪迈和豁达，温暖我们凄冷的人生。

乱随流水到天涯——秦观

常人总觉得乐观比悲观好。事实上，在艺术家的世界里，也许答案是恰恰相反的。因为悲观的人经常能更清楚地看到命运背后的凄凉与无奈，看到前路的迷茫与黯淡。他们直面惨淡的人生与残酷的真相，字句间都浸染着泪水和苍凉。他们不会用廉价的心灵鸡汤来宽慰自己，敷衍读者。他们是报告噩耗的信使，也是穿透谜底的光。

我站在三楼一个窗口，朝外望。楼下的草坪上有一棵银杏树。这是一个初冬的早晨，小寒刚过去不久，银杏树的叶子全部变成灿烂的金黄，很多已经落了下来，落在树下的桂花树的枝叶上，落在树下的草坪上。围着树干，金黄的落叶深深浅浅地铺了一圈。天色还未亮，桂树和草坪都是一律的深蓝色，阴阴的，几乎看不出轮廓。灿烂的金黄铺在这深蓝色的底子上，显得很热闹，但这热闹中，似乎又有些凄凉；这灿烂中，也满含着忧伤。

我突然想到，1100 年的那天，秦观在他生命的最后一刻，背后靠着的，是否也是和今天这棵树一样的银杏树，或者，至少也是这样热闹中带着凄凉、灿烂中满含忧伤的一棵树。

初次与秦观结缘，应该是在二十年前我上高中时。一本薄薄的竖行本《淮海词笺注》是我的导游，把我引入了这个哀伤的词人的世界。也就在那时候，我知道，秦观字少游，号淮海居士，是苏轼的好友，也是"苏门四学士"之一。后来看《宋史》，知道他"少豪隽，慷慨溢于文词"。苏轼任徐州太守的时候见到他，认为他有屈原、宋玉一样的才华。可是，才华与仕途的顺利似乎从来就不是成正比的，秦观最初的两次科举都未高中。也许，这也与他的另一个爱好有关。史书说他为人志大而气盛，见解独到，喜欢读兵书。也许，这个柔弱的书生竟有一颗强悍的心脏，因此时时刻刻做着投笔从戎、驰骋疆场的美梦吧。可是，在重文轻武的宋朝，梦想在疆场上建功立业的秦观显得比他的老师更不合时宜。无奈之下，他只得听从苏轼的建议第三次参加科举，终于登第，被授予定海主簿，这一年是元丰八年（1085 年），秦观三十六岁。

苏轼第一次看见秦观的诗文，就对其才华赞不绝口，并把秦观推荐给王安石。王安石说：秦观的诗"清新妩丽，鲍、谢似之"，还说："公奇秦君，口之而不置；我得其诗，手之而不释。"有这两位当时的文坛和政坛领袖的称许，秦观的文名迅速传遍海内。虽然他当时只是担任一个定海主簿，后转蔡州教授，但是人们已经把他和当时最著名的词人之一黄庭坚并提，并根据他们的排行称为"秦七黄九"；苏轼更是认为秦观的才华不在柳永之下，还分别摘取他们词作中的名句，戏称他们为"山抹微云秦学士，露花倒影柳屯田"。

清代词论家冯煦说，秦观的词，"其淡语皆有味，浅语皆有致"；李调元在《雨村词话》更是说："首首珠玑，为宋一代词人之冠。"秦观词中的许多名句，即使已历经近千年风霜，仍如温润剔透的美玉，令人玩赏不忍离去。

山抹微云，天连衰草，画角声断谯门。暂停征棹，聊共引离尊。

——《满庭芳》

漠漠轻寒上小楼，晓阴无赖似穷秋。

——《浣溪沙》

星分斗牛，疆连淮海，扬州万井提封。花发路香，莺啼人起，珠帘十里东风。

——《望海潮》

倚危亭，恨如芳草，萋萋刬尽还生。

——《八六子》

日边清梦断，镜里朱颜改。春去也，飞红万点愁如海。

——《千秋岁》

当然，少游最著名的，应该还是那首流传千古的《鹊桥仙·纤云弄巧》吧。

爱情是否与永恒有关

鹊桥仙

纤云弄巧，飞星传恨，银汉迢迢暗度。金风玉露一相逢，便胜却人间无数。

柔情似水，佳期如梦，忍顾鹊桥归路。两情若是久长时，又岂在朝朝暮暮。

"迢迢牵牛星，皎皎河汉女。纤纤擢素手，札札弄机杼。"（《古诗十九首》）这两颗离地球数亿光年的恒星，离中国人却是最近的。也许，牛郎织女坚贞得令人浩叹的爱情和他们过于稀缺的相会形成了巨大的反差，于是，人们的惋惜、钦佩、向往、思索便由此而生了。对于自以为拥有了甜蜜和永恒的爱情的人来说，牛郎织女似乎是应该被自己嘲笑的，唐玄宗和杨贵妃就"当时七夕笑牵牛"（李商隐《马嵬》）。而更多的人，还是为他们惋叹：为什么这样动人的爱情却得到这样的安排？欧阳修《渔家傲·七夕》说："一别经年今始见。新欢往恨知何限。天上佳期贪眷恋。良宵短。人间不合催银箭。"

可是，爱情真的与永恒有关吗？

一切的秘密都在七夕那晚浩瀚的天河两边埋伏。河汉清且浅，相去复几许。要渡过这天河，本来似乎不是什么难事，但是，心里的那条天河，又何止千万里之迢迢！暗暗地过去，因为属于心灵的故事从来都不会那么张扬，总是在一颦一笑之间，一举手一投足之时，一切已从前生开始注定。这前缘不属于人世，而属于前世那无数次的回眸，属于前世那块顽石与那棵小草的约定。那么，即使相见短促，其实都已跨越了无数时空，还有什么耳鬓厮磨，能与这眼神刹那的交会相提并论呢？

相见时难别亦难，东方已破晓，一场美梦，已被东风吹散。恨不能忘记来路，醉入这阑珊星光，隐入这熹微晨雾。

一切的泪水与哀愁，都与离别有关。可是，爱情真的与永恒有关吗？

有多少年少时的激情与梦幻被时间的砂轮打磨得麻木，最后终于残缺不全？有多少如胶似漆的爱侣在岁月的长河里分别被冲到两岸，于是永远只能在岸边守望，永远无法再靠近？当爱情已经不再，爱情是否还能称之为爱情？如果爱情已经不是爱情，靠着惯性又能留住多少个春天？

两情若是久长时，又岂在朝朝暮暮，可是，任何久长不都是朝朝暮暮的累积吗？如果没有瞬间，又哪里会有永恒？

也许，天地间，还有另一种久长，它无关乎时间的匆促，也无关乎空间的逼仄，它在乎的是纯度而非长度，因为有了这个，它就可以超越现世的空间直抵无数的来世。因此，它可以离经叛道，可以惊世骇俗，于是，注定要承受指责和非议，牛郎织女的故事，其实就是这样一个离经叛道故事的原型。当真挚和依恋无法阻挡权势和习俗的时候，这样的故事注定就会是一个悲剧。从焦仲卿、刘兰芝到梁山伯、祝英台，从陆游、唐琬到罗密欧、朱丽叶，莫不是如此。相比之下，牛郎织女的结局也许还是最美好、最有人情味的了。

突然想到了《廊桥遗梦》，一次偶然的邂逅，一场转瞬即逝的激情，却一直深深地刻在男女主人公内心最隐秘的地方。在这凡俗得麻木的人世中，他们分别扮演着自己应该扮演的角色，但是在夜深人静之时，却把这段往事悄悄翻出，晾晒在如水的月光下，那是自己最珍贵的财富，只能与一个人共享。

让人无奈的是，这些灿烂都是如此的短暂，如此的仓促。也许，人类本不该如此贪婪，拥有了这如玉般的温润清纯就不该再去奢求它还能天长地久。或者，时间根本就是缱绻与柔情的天敌，任何爱情的火焰都会被时间的凉水慢慢浸灭，最后变成一堆死灰。

如果时间会成为爱情的杀手，那么舍弃时间，追求一份拥有最高纯度的爱，也许也不失为一种选择。人生，也许应该经历这一场熊熊烈火，让炽烈的火焰燃烧出生命稀缺的激情。其实，任何东西即使如天长，如地久，也终有消亡的一天。我们的生命太渺小、太仓促，永恒不过是一个遥不可及的梦，永远无法得到。

乱随流水到天涯

11世纪的苏轼像一块磁石，将当时最有名的文士牢牢吸引在自己身边，这其中最出名的当然是以秦观为首的"苏门四学士"。元祐元年（1086年），苏轼以"贤良方正"的名义向朝廷推荐秦观，秦观被任命为太常博士，兼国史馆编修官，和黄庭坚一起预修《神宗实录》。这应该是秦观仕途最顺利的一段时间，可是当苏轼倒霉的时候，秦观当然也成为小人们报复的对象。

绍圣元年（1094 年），哲宗亲政，章惇等新党重新被起用，苏轼及门下都以元祐党人罪名被贬，秦观被贬为杭州通判，不久，又因为御史刘振弹劾他增损《神宗实录》，再贬到处州（今浙江丽水）去监酒税。至此当权者仍未罢手，还安排心腹随时随地地挑拣秦观的过失，"承风望指，候伺过失"。三年后，又找了个借口，削去秦观的官职，把他贬到了郴州。

踏莎行　郴州旅舍

雾失楼台，月迷津渡，桃源望断无寻处。可堪孤馆闭春寒，杜鹃声里斜阳暮。

驿寄梅花，鱼传尺素，砌成此恨无重数。郴江幸自绕郴山，为谁流下潇湘去？

在郴州的一个旅舍里，日暮途穷的词人写下了这首《踏莎行·郴州旅舍》。龙应台说："重读秦观的《踏莎行》，简直就是典型的忧郁患者日志：'雾失楼台，月迷津渡，桃源望断无寻处。可堪孤馆闭春寒，杜鹃声里斜阳暮。'"

此时的秦观，如何能不忧郁？对他来说，人生也许就是这场永无停息之时的大雾。雾里看花也许是审美的一种境界，但是，当自己的未来在雾中越来越迷茫，越来越远离，最后终于无可挽回地失去的时候，没有人会觉得这会有多少诗意。月下的渡口也是那样的迷茫和不可捉摸，不知道前进一步，等待自己的会是期待的彼岸，还是无尽的深渊。春寒料峭，在孤寂的客栈里面，子规在啼叫："不如归去，不如归去！"可是，回望来路，归去，谈何容易！

三国时，陆凯遇到即将出发的驿使，于是顺手折下一枝梅花，托他带给自己的好友范晔，并写下了这首著名的《赠范晔》：

折花逢驿使，寄与陇头人。江南无所有，聊寄一枝春。

这就是著名的"驿寄梅花"典故，和汉乐府《饮马长城窟行》里的"客从远方来，遗我双鲤鱼"都被后人用来指代远方的来信。秦观遭贬谪时，朋友并没有忘记他，可是，当自己在江湖飘零憔悴的时候，朋友的关怀也许只会提醒他自己处境的尴尬和艰难，还不如就这样糊里糊涂地浪迹天涯吧！白居易被贬两年，一直"恬然自安"，直到遇见身世相似的琵琶女，"是夕始觉有迁谪意"，原因也就在此。进亦忧，退亦忧，他知道，快乐早已远去，永不再来。

前人对词最后两句"郴江幸自绕郴山，为谁流下潇湘去？"一直评价甚高。叶嘉莹先生说："头三句开头的象征，跟后二句的结尾，有类似《天问》的深悲沉恨的问语，写的这样的沉痛，这是他过人的成就，是词里的一个进展。"（叶嘉莹《唐宋词十七讲》）还有人说它是"故作痴语"。可是，如果是"故作"的话，请问什么"故"能够这样直抵人的内心，又游离出人的身体，化为这似癫似傻、如痴似狂的"痴语"呢？陈廷焯在《白雨斋词话》中一语道破天机："他人之词，词才也；少游，词心也。得之于内，不可以传。"

心太痴，情太痴，不会在人生的卖场上随行就市，与世容与，于是，人痴了；人痴了，所以，口中吐出的，不是锦绣莲花，而是疯言乱语。

与秦观不同，苏轼与黄庭坚在面对贬谪时选择了更加积极的态度，正如刘禹锡选择了跟柳宗元不同的态度一样。苏黄的乐观固然令人钦佩，但也不必因此与秦观的悲观一较高下。事实上，自己的个性决定了道路的选择，更关键的是，不论是采用悲剧还是喜剧的生活态度，都应认真而严肃地面对生活。宗白华先生说：

　　生活严肃的人，怀抱着理想，不愿自欺欺人，在人生里面体验到不可解救的矛盾，永难调和的冲突。然而愈矛盾则体验愈深，生命的境界愈丰满浓郁，在生活悲壮的冲突里显露出人生与世界的"深度"。

　　……在悲剧中，我们发现了超越生命的价值的真实性，因为人类曾愿牺牲生命、血肉及幸福，以证明它们的真实存在。果然，在这种牺牲中人类自己的价值升高了，在这种悲剧的毁灭中人生显露出"意义"了。

　　肯定矛盾，殉于矛盾，以战胜矛盾，在虚空毁灭中寻求生命的意义，获得生命的价值，这是悲剧的人生态度！

　　　　　　　　　　　　　　——《悲剧的与幽默的人生态度》

　　可是，郴州也没有秦观的落脚之地。第二年，他就被逐到雷州（今广东雷县）。在这里，他感到自己将不久于人世，为自己作了挽词，打算埋骨遐荒了。可是，命运之神又跟他开了个不大不小的玩笑，他竟然在最后的岁月迎来了东山再起的一天。徽宗即位之后，迁臣内移，秦观也得到赦免，恢复了他宣德郎的职位，他终于可以离开贬所，回到朝廷了。

　　刚过五十但是却已老态龙钟的秦观一路迤逦回京，到达滕州（今广西藤县）。在这里，他游览了当地的光华寺，他跟朋友说，几年前，他在梦中作了一首词，调寄"好事近"：

好事近_{梦中作}

春路雨添花，花动一山春色。行到小溪深处，有黄鹂千百。

飞云当面舞龙蛇，天矫转空碧。醉卧古藤阴下，了不知南北。

秦观说，自己累了，于是，他靠在一棵树下休息。秦观说，我渴了，让家人给他打点水来。很快，家人把水端来了，叫醒了靠在树下的秦观。秦观睁开眼，看着水，笑了一下。然后，这笑容永远留在了他的脸上。秦观含笑而逝，时年五十一岁。秦观的死讯传来，苏轼长叹："少游已矣！虽千万人何赎！"

…………

这一天，一位姓谭的太守在合江亭大宴宾客，命令歌妓们唱《临江仙》，其中一个歌妓只唱两句："微波澄不动，冷浸一天星。"宾客十分赞赏，问她为什么不唱全篇，歌妓说："妾身家住河岸边，这几天，经常听见邻舟一男子斜倚帆樯唱这首词，声调十分凄苦，但是我记性太差，只记得这两句。船今天还没走，愿带大家一起去听。"第二天晚上，大家一起来到岸边，果然听见一条船上一个男子在唱这首词。歌妓中有一个叫赵琼的，听着听着垂泪说："这一定是秦少游的词。"太守派人询问，原来，这正是秦观的灵舟。

临江仙

千里潇湘挼蓝浦，兰桡昔日曾经。月高风定露华清。微波澄不动，冷浸一天星。

独倚危樯情悄悄，遥闻妃瑟泠泠。新声含尽古今情。曲终人不见，江上数峰青。

曲终了，人散了，那棵少游在生命最后一刻曾经依靠过的树，是否还枝繁叶茂？或者，和那个曾经依靠过他的人一样，早已化为尘土。窗外草地上的那棵树，它也会让谁在疲惫的时候倚靠一下吗？

最后的武士——贺铸

　　人总是从属于时代的，生不逢时大概是人生最大也是最难改变的悲剧。有些人就是这样，从表面上看，他似乎也能"小红低唱我吹箫"，莺莺燕燕地低吟浅笑，但是夜深人静之时，他总会抽出挂在墙上的宝剑，映一剑月光，梦想慷慨激昂、豪情万丈的日子。

　　贺铸如果生活在别的朝代，肯定不会是现在我们看到的这个模样。他最大的悲剧，就是生活在了宋代。

　　贺铸（1052—1125），卫州（今河南卫辉市）人。和很多草根出身的词人不同，贺铸煊赫的家世令人注目：他家远祖本居山阴，是唐朝著名诗人贺知章的后裔，他还是宋太祖贺皇后的族孙，他的妻子也是宋宗室之女。虽说到贺铸的时代，家族早已不如以前那样兴旺，但是毕竟余绪犹在，因此，贺铸也得以接受良好的教育。他年少读书，博学强记，很早就显露出文学天赋，但是，他又不是个纯粹的文人。

　　贺铸的友人程俱在为他作的墓志铭中说贺铸"仪观甚伟，如羽人侠客"，这话可能一半是对的，一半是错的。据史载贺铸身长七尺，可是据陆游《老学庵笔记》记载，贺铸状貌奇丑，面色青黑，当时人称为"贺鬼头"。程俱说他"仪观甚伟"，有可能是为死者讳。但是贺铸性格里面有浓厚的豪侠之风，却是不容置疑的。也许是出生于武将之家的原因，贺铸很少有当时文人常见的阴柔气息，而是"任侠喜武，喜谈当世事"。贺铸的性格也绝不像一般文人那样温文尔雅，甚至小心翼翼，而是敢说敢言，面对问题，"可否不少假借，虽贵要权倾一时，小不中意，极口诋之无遗辞"（《宋史·贺铸传》）。在已经被宋词的香风软化得骨酥肉麻、面色苍白的文人中间，他是一个绝对的异类。

可是，贺铸却生错了时代。北宋朝廷凭借割地赔款的屈辱政策换得了一百多年的安全和发展，在这一百多年里，国家文化发达，经济繁盛，整个社会笼罩在一片盛世的祥和春光之下。但是，这"盛世"背后，隐藏的却是深深的危机：

> 北宋无力收回汉唐原有的广大草原国土。大宋大宋，实际上它的疆土连汉唐时期的一半还不到。它的北面是包括华北北部和蒙古草原的幅员万里的契丹辽国，它的西面是剽悍的党项西夏和羌族吐蕃，它的西南面是白族的大理国。这种局面导致了严重后果。
>
> ——姜戎《狼图腾》

可是，即使面对着亡国灭种的危险，北宋末年的统治者们似乎仍然没有大厦将倾的危机感，仍然沿袭宋初制定的重文轻武的政策。在这种情况下，将门出身、渴望建功立业的贺铸遭遇仕途的坎坷也就是意料之中的事了。

贺铸十七岁时赴汴京，曾任右班殿直，监军器库门，后出监临城县酒税，这些都是地位卑下的武职。北宋武官本来地位就不高，贺铸可以说是遭遇双重的歧视，一直不得志。在徐州的时候，他就自称"四年冷笑老东徐"，心中抑郁可见一斑。

借古人之酒　浇我心中块垒

行路难（小梅花）

　　缚虎手，悬河口，车如鸡栖马如狗。白纶巾，扑黄尘，不知我辈可是蓬蒿人？衰兰送客咸阳道，天若有情天亦老。作雷颠，不论钱，谁问旗亭美酒斗十千？

　　酌大斗，更为寿，青鬓长青古无有。笑嫣然，舞翩然，当垆秦女十五语如弦。遗音能记秋风曲，事去千年犹恨促。揽流光，系扶桑，争奈愁来一日却为长。

　　晚唐李商隐曾有绰号"獭祭鱼"，因为据说他写诗喜欢使用典故，每次创作时，参考书堆满了书桌。文人用典，大抵是这样寻章摘句，语不惊人死不休的。可是"武夫"出身的贺铸用典，却是这样说的："吾笔端驱使李商隐、温庭筠，常奔命不暇。"明明是借用前人典故，却说"驱使"，还令其"奔命不暇"，贺铸的豪侠性格使他即使在写诗的时候似乎都有大将之风。这首《小梅花》最大的特点，就是整首词基本上是引用或者化用前人典故诗句而成篇，独树一帜。

　　集句诗很容易受前人局限而落入窠臼，但是这首词却是语意连贯，一气呵成，不仅没有拘束之感，而且自有一番"豪纵高举之气"（赵闻礼）。词的上阕用典分别出自《诗经·郑风·大叔于田》、《世说新语·赏誉》、《后汉书·陈蕃传》、李白《南陵别儿童入京》、李贺《金铜仙人辞汉歌》、曹植《名都篇》，虽是使用前人语句，但是诗人内心郁愤之气的抒发却并没有受此影响，仍然是一泻而出，澎湃不绝。

文武双全的贺铸在一个错误的时间，生活在了一个错误的国度，由此而付出了一生的代价，这种愤懑，哪里是几句诗句所能抒发的呢？

纵使你武能缚虎、文若悬河，又能如何？官卑职小的贺铸驾着小车瘦马，在红尘中沉沦。李白曾仰天大笑出门去，高唱"我辈岂是蓬蒿人"，而此时的贺铸似乎不得不承认，自己已经注定要沉沦下僚，了此一生了。时间和空间的双重错位使诗人对仕途失去了最后一点信心。那么，就让我们举起酒杯，和无数与我们拥有同样命运的古人一起，径须沽取对君酌，与尔同销万古愁吧！

反正，人生总难免老去，不管你是达官贵人，还是贩夫走卒，对生命，我们不能拥有同样的过程，但是至少能拥有同样的结局，这多少也算是个安慰。娇美的妙龄歌女殷勤劝酒，舞姿翩跹，可是，你为什么唱起了汉武帝那首《秋风辞》："欢乐极兮哀情多，少壮几时兮奈老何！"生命的短促、功业的无常，似乎真的是人类共同的悲凉和伤痛。从上一次叹息，到今天的纵饮，千年的时光，似乎也只是转瞬之间！诗人醉眼蒙眬，歪歪倒倒地站起，想爬上树梢，系住西斜的残阳，让年华不再老去。一阵凉风吹来，诗人突然酒醒：带着这样的郁愤，一天都觉得太长，时光如果真的从此停滞，如何才能排解这无边的悲凉？

戛然而止。

似乎诗人在这猛然的自问中定格，时间的确就在这一刻停止了。无数的古人，从诗句中走出来，和诗人一起，凝视这西斜的残阳，心中怀着同样的哀伤，从遥远的远古走来，走到诗人的身旁，和诗人并肩站在一起。在无尽的未来，还会有更多的人加入这个行列。在历尽了世事的悲凉和坎坷之后，能够与有过同样的悲凉与坎坷的人们站在一起，这也是所有的失意者唯一的安慰。

忧愁的重量

青玉案

凌波不过横塘路，但目送、芳尘去。锦瑟华年谁与度？月桥花院，琐窗朱户，只有春知处。

飞云冉冉蘅皋暮，彩笔新题断肠句。若问闲情都几许？一川烟草，满城风絮，梅子黄时雨！

当"心"上压着一个"秋"的时候，"愁"就来临了。

也许是因为秋风的萧瑟，或者是因为秋景的凄凉，或者是纷飞的落叶勾起了人的无限愁思，古诗中的愁很多似乎都是在秋天发生的。所以冉云飞先生笑称"秋天是用来出气的"。不过，在不同的诗人眼中，一般的愁，却也有着不同的模样。

在李白眼里，愁就是那无法用宝剑斩断的江水，也是杯中那永远冲不去、洗不净的暗色。"举杯消愁愁更愁，抽刀断水水更流。"（李白《宣州谢朓楼饯别校书叔云》）才华盖世的诗仙怎么也不明白，为什么这装点了盛唐气象的诗篇就不能为自己铺平登上高山的道路，铲除无处不在的阻碍？

在李商隐眼中，愁大概就是那场似乎永远也下不完的雨，和雨中客舍那盏微茫的孤灯吧？"滞雨长安夜，残灯独客愁。"（李商隐《滞雨》）漂泊在外的李义山累了，倦了，灯芯上跳跃的，大概是家乡的山水和亲人的笑脸吧。

在苏轼眼中，愁大概就是那阵若有若无的青雾。朝云已经去世多时，但是东坡眼中，却始终留存着她如天女维摩一般高洁脱俗的身影，"玉骨那愁瘴雾，冰肌自有仙风"（苏轼《西江月》）。苏轼的愁，是无法抑制的思念，是夜深人静时的悲怆低首。

远窜天涯的秦观，他的愁是红色的，如杜鹃啼出的血。"飞红万点愁如海。"（秦观《千秋岁》）朋友孔毅甫听了这首词后对亲近的人说："少游将不久于人世了。这样的愁，生命脆弱的脊背怎能承受！"

贺铸的愁，在秋天来临之前来临了。

有人说，贺铸的愁是被那个女子引发的。那天，她娉娉婷婷地走过那条湖边的小路。诗人无法赶上她，只能呆呆地望着她的背影，渐渐远去。她经过的小径上，如散花一般，散下了一路的愁绪。诗人跟随她的足迹，将愁绪的花瓣捡拾起来，编成词的花环，等待她下次的路过。李清照所说的"一种相思，两处闲愁"，大概就是这样如花的愁。

有人说，贺铸的愁绪是被自己的身世引发的。有什么哀愁能抵得上这生命与时代的错位？一身武艺无法施展，满腹文采只能用来赏花吟月，忍看年华老去却一事无成。那偶遇的女子，其实是诗人心中永远的梦想的化身，与屈原笔下的香草美人一样，寄托的不是爱情，而是诗人对理想中的那个我的期待。多年以后，跟贺铸有着极其相似生命感悟的辛弃疾在他的《摸鱼儿》中写道："闲愁最苦。休去倚危栏，斜阳正在、烟柳断肠处。"

也许，探究诗人愁的原因根本就没有任何意义，每个人的忧愁都只能属于自己，别人无法复制，也就没必要猜测，不管这种愁是自君别后的忧伤，还是壮志难酬的悲凉。每个人忧伤的内容可以是不同的，但是忧愁的感觉却经常是一样的。那种极封闭又极空旷、极平静又极躁动、极空虚又极沉重的感觉，就是忧愁的感觉。一川烟草，满城风絮，迷茫的双眼似乎在期待，但是又不知道自己到底在期待什么。淅淅沥沥的雨从容不迫地敲打着庭院里的芭蕉，也敲打在诗人的心上。

据说，此词一出，人们都对最后一句赞不绝口，贺铸也得到了一个雅号："贺梅子。"不过，我想，贺铸自己也许并不喜欢这个称号。贺铸一直到死都念念不忘的，是在沙场建功立业的渴望，是年少时那段慷慨激昂、豪情万丈的日子。对一个渴望在沙场上建功立业的武士来说，由吟风弄月而来的声名，反而是对他最大的侮辱。

格式化后的生命是否还是生命

六州歌头

少年侠气，交结五都雄。肝胆洞，毛发耸。立谈中，死生同。一诺千金重。推翘勇，矜豪纵。轻盖拥，联飞鞚，斗城东。轰饮酒垆，春色浮寒瓮，吸海垂虹。间呼鹰嗾犬，白羽摘雕弓，狡穴俄空。乐匆匆。

似黄粱梦。辞丹凤，明月共，漾孤篷。官冗从，怀倥偬，落尘笼。簿书丛，鹖弁如云众，供粗用，忽奇功。笳鼓动，渔阳弄，思悲翁。不请长缨，系取天骄种，剑吼西风。恨登山临水，手寄七弦桐，目送归鸿。

好友千山兄的 BBS 签名是托尔斯泰的一句话："习惯正一天天地把我们的生命变成某种定型的化石，我们的心灵正在失去自由，成为平静而没有激情的时间之流的奴隶。"

每次看到这句话的时候，我心中总是涌起一股莫名的伤感：是否我自己也早已成为习惯的奴隶，逐渐失去了曾经有过的激情和幻想。曾经为之激动的某些东西，现在已经成了早已废弃的儿时的玩具，被遗忘在某个布满灰尘的角落。化石上的惨白代替了生命的绿色，化石上深深的刻痕代替了生命之叶上纤细的叶脉。而我们总是每天早上起来，认认真真地戴上面具，庄严隆重地出门，迎接一场又一场好戏的上演。

年少的轻狂是一场必然失败的战役，一代代的人不知疲倦地投入这个血腥的战场，被击败，被打垮，然后躲到角落里偷看那些胜利者，像他们一样，逐渐磨掉自己身上的棱角，掩饰起自己的感情，戴上各式各样的假面，顺从体制的安排，听任上苍的调遣。而我们，管这个，叫成熟，其实，这也是习惯。

贺铸自踏入官场，就担任位低事烦的武官，一直郁郁不得志。后来，在李清臣、苏轼的推荐下，改为文职，但也一直是位卑职小。重和元年（1118年），以太祖贺后族孙恩，迁为朝奉郎（正六品），赐五品服。班超曾因厌恶文职官员的琐碎与繁苛，愤然投笔从戎，贺铸却是被迫离开自己心仪的武职，陷身于刀笔吏庸常而无趣的生涯之中。

但是诗人心中永远留存着那份怀念，怀念那段年少轻狂的日子。豪侠是属于少年的，肝胆相照，生死与共，快意恩仇，纵论天下事。每个人都有驰骋疆场、建功立业的梦，即使不能出将入相，也愿意马革裹尸。他们纵酒驰马，呼鹰唤犬，在猎场上一较高低，在高歌中满载而归。

可是，现在这一切只如一场旧梦。干云的豪气已然散去，如今的诗人，在无聊而烦琐的公务中消磨自己的生命。虽然心中还怀着那个戎马倥偬的旧梦，可是沉醉在盛世大梦里的北宋，从天子到公卿都没有意识到，一场巨大灾难即将来临，更无人居安思危。诗人想主动请缨，抵御外寇，却无人理会。西风中，匣中宝剑发出长啸，诗人却只能登上高山，手挥七弦，用纯粹的文人的方式来抒发一个武士的悲凉。

　　宣和七年（1125 年），七十三岁的贺铸在常州一个僧舍里去世，结束了自己蹭蹬坎坷的一生。就在这一年，金灭辽。贺铸是幸运的，因为，他不必看到金灭辽之后立刻进攻北宋。北宋拥有当时世界上最多的人口、最繁华的都市、最灿烂的文化、最先进的科技、最有威力的火器，可是，却没有几个称得上有肝胆的武士。仅仅两年之后，汴京城被攻破，宋徽宗、宋钦宗被掳到北方，北宋灭亡。

书生杀敌空白首
废池乔木厌言兵

南宋词

惨不忍睹的胜利

1125 年，以首都汴梁为中心，整个北宋帝国都沉浸在一片狂欢之中。大宋王朝从建立以来就与之争战不休的死对头——辽国灭亡了。在后晋时被石敬瑭割让给辽国的燕京及其六州也回到了大宋的怀抱。在军事和外交上尝尽了屈辱的北宋帝国，似乎一夜之间成了这块土地上最强大的国家，收复燕京的"功臣"童贯被封为郡王，其他有功大臣都被加官晋爵。朝廷为出征将士立了"复燕云碑"，以示表彰和纪念。整个帝国都在这突如其来的喜讯下，开始做起了国富兵强的大国之梦。

这场狂欢的源头，应该追溯到十四年前，即 1111 年。这一年北宋政府派使节祝贺辽国皇帝耶律延禧的生日，副大使童贯在卢沟桥接见了一位神秘的客人。这个人叫马植，是辽国商人。他向童贯提出了收复燕云十六州的秘密计划，即联合辽国东北边陲的女真部落，对辽国进行夹攻，燕云十六州唾手可得。

童贯将马植带回北宋，引荐给宋徽宗，徽宗十分高兴，从那时候开始就陆续派遣使节前往女真部落联络。宣和二年（1120 年），北宋与金订立"海上之盟"，双方约定，长城以南的燕云地区由宋军负责攻取，长城以北的地区由金军负责攻取，夹攻胜利之后，燕云之地归属北宋，北宋则把此前每年送给辽国的岁币送给金朝。

可是，北宋的大臣们对自己军队的实力估计得过于乐观了。

1122 年，金军攻占辽中京、西京，辽军被金兵打得大败，亡国已成定局。次年，北宋命种师道、辛兴宗率兵分东西两路进兵，在如狼似虎的金兵面前孱弱得如绵羊一般的辽军，在宋军面前又变成了凶猛的豺狼。北宋两支军队均被辽兵打得大败，狼狈逃回。不久，童贯、蔡攸又率兵攻击辽国，但是这次仍然避免不了失败的命运。宋将刘延庆远远望见辽军营帐中火起，以为辽兵来攻，匆忙烧营逃跑，辽军追击，宋军一路上死伤无数。

这年年底，金兵由居庸关进军，攻克燕京。金军以宋军未能按时攻下辽国城池为由，拒绝交付燕云十六州。经过双方讨价还价，最后金朝答应将燕京及其所属的六州二十四县交给宋朝，并要求宋朝不仅每年把交给辽国的岁币交给自己，还要把这些地方的赋税如数交给金朝，宋朝还要每年交一百万贯作为六州的"代税钱"，这样金朝才答应撤军。这些条件，宋朝全盘接受。于是，燕京终于在这次悲惨的"胜利"之后，"光荣"地回到了大宋帝国的怀抱。

但是，这场"胜利"背后的屈辱已经被童贯等人粉饰过去了，宋徽宗赵佶更不会去追究这幕后的交易。对他来说，这场从天而降的胜利让自己变成了雄才大略的汉武帝，而童贯、蔡攸就是自己的卫青、霍去病。对外一直饱尝屈辱的北宋终于扫去了孱弱的阴霾，似乎已经看到了强国的曙光。

1793 年，英国特使马戛尔尼勋爵曾说：大清帝国好像一艘破烂不堪的头等战舰。它之所以在过去一百五十年中没有沉没，仅仅是因为它的体积和外表。但是一旦一个没有才干的人在甲板上指挥，就不会再有纪律和安全了。

这段 18 世纪末用来形容大清帝国的话放在 12 世纪初的北宋王朝竟然也是惊人的恰当。宋徽宗是历史上有名的风流天子、画家皇帝，但是他绝对不是那个有才干的船长。而且此时北宋已积弊一百余年，即使真有位雄才大略的君主，要挽回颓势恐怕都力不从心，更何况是这样一位懦弱无能的昏君！

对金国来说，灭辽战争使他们更清楚地看到了大宋的衰弱与无能，谙熟丛林法则的金军是怎么也不愿失去打击这个衰弱的巨人的机会的。宣和七年（1125年）二月，辽国皇帝耶律延禧在应州被金军俘虏。同年十月，金太宗两路发兵，一路由完颜宗翰（粘罕）率领，进取太原；一路由完颜宗望（斡离不）率领，进攻燕京。北宋王朝危在旦夕。

流水落花春去也　天上人间

金军两路兵马原约定在开封府下会师。但是西路军在太原遭到宋朝军民阻击，长期未能攻下。东路军顺利到达燕山府，宋朝守将郭药师投降，金兵长驱直入，渡过黄河，直逼开封。

宋徽宗赵佶听到消息后悲号道："想不到女真竟敢如此！"从龙床上一头栽倒在地上。这个多才多艺的皇帝根本不敢承担起抗敌的大任，慌不迭把帝位传给太子赵桓，自己当太上皇，带着一些官僚逃往江南。这种鸵鸟钻沙的伎俩竟然被天子当成撒手锏，北宋怎能不亡！

赵桓即位，是为宋钦宗。此时金军已经兵临城下，并提出割地赔款等议和条件，钦宗只好接受。为了满足金人的要求，朝廷派人搜刮民间金银，分批缴纳给金军。

迫于形势，宋钦宗起用主战派李纲部署京城防御，金兵的多次进攻被击退。此时各地勤王部队也陆续集结在汴梁附近，完颜宗望见取胜无望，带兵向北撤退。

金兵撤退后，逃难的徽宗也从江南返回，大宋朝廷又恢复了文恬武嬉的旧观。

谁知仅仅在几个月之后，金军又分兵两路进攻北宋，数十万宋军惊恐逃散。十一月，两路军队在开封会师。此时的钦宗不是积极组织军队抵御，而是听信一个叫郭京的无赖的鬼话。郭京号称自己会"六甲法"，只要挑选七千七百七十九个男子，经过咒语训练后即可使他们刀枪不入。到了"施法"那天，郭京命令守城军队撤退，大开城门，命"神兵"出击，结果可以预料，"神兵"被歼灭。金兵趁城上无人防守，猛烈攻击。开封，这个12世纪世界上最富庶繁华、最坚不可摧的城市陷落。

靖康二年（1127年）三月，金兵俘获徽宗、钦宗，将他们连同大宋皇族三千余人掳走，北宋灭亡。

俘虏们到达金国后，金朝举行了献俘仪式，命令徽、钦二帝和北宋宗室都穿上金人百姓的服装，身披羊裘，袒露上体，到阿骨打庙行"牵羊礼"。徽宗的皇后朱氏受不了这奇耻大辱，当夜自尽。

宋徽宗赵佶后来被送到五国城（今黑龙江依兰）的一栋破烂房屋里居住。一百多年前那个南唐皇帝的命运在赵佶身上被复制了。在北上的途中，他写道："杳杳神州路八千，宗祊隔绝如千年。"故土渐去渐远，终于不可得见，从皇帝到囚徒的命运，徽宗此刻的心情是悔恨，还是悲凉？也许二者兼而有之吧。回望那个自己曾经占据着的故都："帝城春色谁为主，遥指乡关涕泪涟。"日暮途穷，乡关何处！

燕山亭_{北行见杏花}

　　裁剪冰绡，轻叠数重，淡着胭脂匀注。新样靓妆，艳溢香融，羞杀蕊珠宫女。易得凋零，更多少无情风雨。愁苦。问院落凄凉，几番春暮。

凭寄离恨重重，这双燕，何曾会人言语。天遥地远，万水千山，知他故宫何处。怎不思量，除梦里有时曾去。无据。和梦也新来不做。

最美的东西，往往消逝得最快。那朵曾经在汴梁怒放的杏花，哪能经历北国凌厉的凄风苦雨！那曾令如花美女羞愧的容颜，一旦经历无情风雨，便零落成泥碾作尘，连香味都不会留下一点。国破家亡的囚徒皇帝，就是自己眼中的那朵杏花吧。

南望故土，万水千山，百余年来家国，数千里地山河，全部都沦亡于敌手，归乡已经成为一个遥远的梦。和李煜一样，赵佶有时候也会做回家的梦，可是梦醒之后，五更天的彻骨寒冷更无情地提醒他现在的悲惨身份。这样的梦，也许不做更好吧！

据说，这是赵佶的绝笔词。在离开汴京八年后，绍兴五年（1135年），赵佶死在五国城一所破房子的土炕上。当钦宗赵桓发现他的时候，尸体已经僵硬。

徽宗死后，钦宗又活了二十一年。据《大宋宣和遗事》说：绍兴二十六年（1156年）六月，金主完颜亮命令钦宗出赛马球，钦宗身体衰弱，患有风疾，又不擅马术，在比赛中从马上摔下，被乱马铁蹄践踏而死，时年五十七岁。

兴百姓苦　亡百姓苦

金兵攻陷汴京后，大肆烧杀掳掠，奸淫妇女，无恶不作。金兵北归时，除了带走徽、钦二帝及宗室三千余人外，还有大量其他俘虏。据《宋俘记》记载，俘虏总数为一万四千名。这些俘虏分七批被押至北方，第一批有男丁两千两百余人，妇女三千四百余人，三月二十七日启程，四月二十七日抵达燕山。俘虏们一路上颠簸劳顿，备受凌辱，妇女活着到达燕京的只剩下一千余人，一个月内，死亡过半。俘虏们到达燕山后，男丁为奴，女性则被赏赐给金军官兵或卖入娼寮，有的甚至被完颜宗翰拿去与西夏换马，十个人换一匹马。祸之惨毒，唯有"人间地狱"一语差可形容。

蒋兴祖的女儿，就在这俘虏中间。

《宋史·忠义传》卷四五二记载：蒋兴祖是常州宜兴人，金兵入侵时，他担任开封阳武县县令。敌军压境，有人劝他逃走，他说："吾世受国恩，当死于是。"与妻子儿女坚留不去。金军百骑来攻，被他率领军民击退。第二天，敌人大部队进攻，城破，蒋兴祖战死，时年四十二岁，妻子与长子相继死去，年方十四岁的女儿被金军掳到北方。

《本事词》记载，蒋兴祖女儿被掳到雄州驿站的时候，在驿站墙壁上题下了这首词：

> 朝云横度，辘辘车声如水去。
>
> 白草黄沙，月照孤村三两家。
>
> 飞鸿过也，万结愁肠无昼夜。
>
> 渐近燕山，回首乡关归路难。

一个王朝的覆灭，往往是建立在如山的尸骨和震天的哀号上的，胜利者马边悬男头，马后载妇女，失败者呻吟辗转沟壑，天高地迥，号呼靡及。车辚辚，马萧萧，车马声，掩盖不住一路的哭喊和悲泣。家乡渐远，车外的白草黄沙告诉这些无助的俘虏，她们已经到了北国。一路上，车轮每碾过一圈，都碾在囚犯们的心上，马蹄每踏过一步，都将她们的梦踏得粉碎。

一百多年前，后蜀的花蕊夫人被北宋掳走的时候，在驿站墙壁上题下了这样的断肠句："初离蜀道心将碎，离恨绵绵。春日如年。马上时时闻杜鹃。"两百年后，历史再度重演，但是，其惨绝人寰的程度，有过之而无不及。

蒋兴祖的女儿后来再也没有消息。也许，在经过雄州后，她就备受凌辱而死；也许，她为了抵抗凌辱而被金兵杀害。所有的揣测中，她饱经凌辱而苟且活下来，居然是最好的结果。

《本事词》里还记载了另一个催人泪下的故事：

郑意娘，是北宋官员杨思厚的妻子。金兵南侵盱眙时，她被金将掳掠，因为反抗金将凌辱，她惨遭杀害。死后，她的魂灵不散，经常出游。后来杨思厚奉命出使金国，来到亡妻埋葬的地方，与她的魂灵相见，悲戚孤苦的亡灵给自己的丈夫留下了一首《好事近》：

好事近

往事与谁论，无语暗弹泪血。何处最堪怜肠断，是黄昏时节。

倚楼凝望又徘徊，谁解此情切。何计可同归雁，趁江南春色。

古人说："生人作死别，恨恨那可论！"遭遇这惊天之变而阴阳殊途的夫妻，此刻的相见，又怎一个"恨"字了得！千里孤坟，无处话凄凉。可是即使已经魂断异乡，那个半夜哀哭的女子还是念念不忘前世的那个江南，春天又快来了吗？那漂泊异地的无数亡灵，还有回家的机会吗？

北国有很大的风，有漫天的雪，但是，有些哭声，永远不会被风吹散，有些泪水，永远不会被雪掩盖。

书生杀敌空白首

金兵攻破汴京的时候，钦宗赵桓的弟弟康王赵构正在黄河以北集结勤王军队，因此幸运地没有成为俘虏。北宋灭亡之后，赵构在应天府（今河南商丘）登基，南宋建立。金兵对这个新建立的政权发动了第三次攻击，赵构一度被驱赶至海上。南宋后来定都临安（今杭州）。中国历史上最著名的一个苟且偷生的朝代从此登上了历史舞台。

如汤因比所说，北宋用重文轻武的方法消除了五代时期的军阀分裂，但是也付出了惨痛的代价，他们在面对北方蛮族的侵略时屡战屡败，终于导致了北宋的灭亡。而南宋似乎并没有汲取北宋的教训，反而在这条道路上越走越远。

马可·波罗曾这样描述当时的情况：

> 不过这片土地上的人民……绝非勇武的斗士。他们贪恋女色，除此之外别无兴趣。皇帝本人更是甚上加甚，除赈济穷人之外，他满脑子都是女人。他的国土上并无战马，人民也从不习武，从不服任何形式的兵役。而他们（指南宋百姓——作者注）的领地原本是很强固的，所有的城池都围着很深的护城河，河宽在强弩的射程之外。因此，设若此处的人们为赳赳武夫，这个国家原是不会沦陷的。
>
> ——（法）谢和耐（Jacques Gernet）
>
> 《蒙元入侵前夜的中国日常生活》

一边是半壁江山沦敌手，一边却是直把杭州作汴州，西湖边的醉生梦死不但不能让人忘却二帝被俘惨死的靖康之耻，更不能阻挡金军南侵的铁蹄。

南宋建立之初，宋金便签订了绍兴和议，这个合约正式规定南宋向金称臣，南宋每年向金纳贡。1164 年，又签订隆兴和议，南宋对金不再称臣，改称叔侄关系；之后在嘉定和议上，又改称伯侄关系，加之割地赔款，丧权辱国，一败涂地。

边塞意味着大漠孤烟、金戈铁马、夜雪弓刀。而此时的南宋，连有没有边境都很难说，因为严格意义上，它已经成为金国的附属国了。

这就注定了南宋词有一个很沉重而悲凉的主题：爱国。

他们爱的是一个已经失去了的天堂——北宋，也爱着一个定都在天堂（杭州），其实却是地狱的国度——南宋。南宋的爱国词人们爱国爱得辛苦，更爱得辛酸。因为他们所有的爱国情怀都逃不开靖康的奇耻大辱，逃不开海陵王血腥的南侵，更逃不开一个接一个丧权辱国的和议与南宋朝廷偏安苟活的猥琐。

曾经在江北领导义军抗金的传奇人物辛弃疾回到南宋后被长期闲置，无奈之下，"却将万字平戎策，换得东家种树书"；整天借酒避世，"近来始觉古人书，信着全无是处"；夜阑酒酣，挑灯看剑，"了却君王天下事，赢得生前身后名"；猛然惊醒，"可怜白发生"。

长寿的词人陆游用他漫长的人生体验到的却是漫长的苦涩。年轻时一心报国却壮志难酬，晚年华发苍颜，孤村僵卧，涕泗交流，"此生谁料，心在天山，身老沧洲"！

岳飞曾领军多次大破金军，高喊"直捣黄龙府"，誓言"待从头收拾旧山河，朝天阙"，但是他也在夜深人静时哀叹"知音少，弦断有谁听"。也许那时候他就已经感到了危机的步步逼近。

此外，张孝祥悲叹"洙泗上，弦歌地，亦膻腥"，最大的作用不过是在席上让大家感动一下，之后各回各家各找各妈，于时局毫无补益；陈亮豪迈地宣言"且复穹庐拜，会向藁街逢！"不过是一场纸上杀敌的黑色幽默；相比之下，张元幹悲叹"天意从来高难问，况人情老易悲难诉"倒算是说了些实话，因为他也知道，笔下的慷慨，已经无法挽回王朝败亡的步伐。

有人说安史之乱后，唐朝元气大伤，中唐的词人因此气骨中衰。而宋朝经北宋靖康之耻后，偏安临安的南宋则完全被打断了脊梁，再也找不回汉唐的豪迈、盛世的强音。

帘卷黄花人空瘦——李清照

多年以后，李清照都清晰地记得，宋高宗建炎三年（1129年）六月十三日，她在池阳与赵明诚分别时的情景。那时候，赵明诚奉旨去湖州赴任，临别时，他"葛衣岸巾，精神如虎，目光烂烂射人"。虽然当时她就有了隐隐约约的不祥的预感，但她还是怎么也想不到，就在一个月后，她就收到了精神如虎的丈夫病重的消息。两个月后，也就是八月十八日，世界上最关爱她的人弃她而去，只留下她在这个兵荒马乱的尘世中苟活。

眼波才动被人猜

宋神宗元丰七年（1084年），苏轼送长子苏迈到饶州德兴县（今江西德兴市）担任县尉，经过鄱阳湖湖口，写下了著名的《石钟山记》。就在这一年，他远在山东济南的学生李格非喜得娇女，起名为李清照。李格非进士出身，是北宋著名的学者和散文家，好学不倦。晁无咎曾说李格非每天"则坐堂中，扫地置笔砚，呻吟策牍，为文章日数十篇不休"（《有竹堂记》）。李格非妻子也是名门闺秀，擅长文学。书香门第，家学渊源，这无疑给李清照的成长准备了良好的土壤；仕宦之家又无疑培养了李清照开阔的眼界和高贵的气质，而这种大家闺秀的眼界和气质，更是那些小家碧玉永远无望企及的。聪颖的天资加上家庭的熏陶，使李清照的成长化为了宋词成长的一个部分，而她的名字也注定被写入中国文学史。

岁月在镇静而从容地轮换，李家的这个小女孩，已经长成亭亭玉立的少女了。闲适慵懒的生活给了她创作的闲暇，这个敏锐的女孩每年悄悄地观察着"江梅已过柳生绵，黄昏疏雨湿秋千"（《浣溪沙》），在春花秋日中打发着略显无聊的时间。情窦初开的女孩，已经有了一些莫名其妙的忧伤、无从诉说的郁闷、隐隐约约的惆怅和期待了。

点绛唇

蹴罢秋千，起来慵整纤纤手。露浓花瘦，薄汗轻衣透。

见客入来，袜刬金钗溜。和羞走。倚门回首，却把青梅嗅。

活泼可爱的少女刚荡完秋千，纤手如玉，娇面如花。薄薄的一层细汗沁出，沾湿了贴身的衣服。突然有外客到来，女孩娇羞躲避，连鞋子都顾不得穿上，头上的金钗也失落了。可是，调皮的少女却无法抑制自己的好奇心，忍不住要回头看看来客到底是谁：是仙风道骨的老者，还是英俊潇洒的少年？倚门回首，却又怕被人耻笑，于是"欲盖弥彰"地装作嗅青梅。李白《长干行》有"郎骑竹马来，绕床弄青梅"的句子，从此，"青梅竹马"成为一个甜蜜而幸福的典故。女孩这掩饰的动作，却正好暴露了内心的小秘密。

由于体裁特点，宋词"男子作闺音"几乎是公认的传统，但是，属于女孩的隐秘心思，站在男人的角度是很难真正理解的。著名学者唐圭璋先生就认为：清照是名门闺秀，少有诗名，亦不至不穿鞋而行走。含羞迎笑，倚门回首，颇似市井妇女之行径。而一些学者也认为此词"词意浅显，不类清照手笔"（徐永端《易安词简论》）。不过，要求一个待字闺中的少女老成持重，似乎过于可笑，而要天真烂漫的少女文字深刻凝重，似乎也太过于苛求了。少女之美不仅在年龄和外表，更在于水一般的明澈和清净，没有矫饰和没有伪装的天真。这样"浅显"的词，恰恰是给过于老成干枯的词坛蒙上了一点水汽，使这种本属于心灵的文字回复原有的光亮和润泽。

也许是因为这种"浅近"，因此，少女的秘密，其实根本无秘密可言，少女的躲藏，在成年人看来，是显得可爱而且可笑的。

浣溪沙

绣面芙蓉一笑开，斜飞宝鸭衬香腮。眼波才动被人猜。

一面风情深有韵，半笺娇恨寄幽怀。月移花影约重来。

歌德曾说："哪个少男不钟情？哪个少女不怀春？"少男少女的秘密，是每个人的必经之路。当沉思中的少女无缘无故地失笑，或者当她刚刚还巧笑倩兮，转眼又托腮沉思，其实那眼波是否移动都无关紧要了，怀春的少女的心事，已经清楚地写在脸上、写在眉尖、写在一举手一投足之中。

心事重重的女孩把秘密全部写在彩色的信笺上，那是一种转瞬即逝的激动和欣喜，即使是深闺高院，也锁不住的青春的躁动和希冀。这个官宦之家的女孩，甚至也希望，在某个月圆之夜，在花影之中，去等待那个尚是朦胧的身影，和自己一起，讲述一个亘古未变的故事。

只是李清照当时未必知道，她的大名已经飞出了深深的闺阁，传到了这个城市很多人的耳中，更想不到，她的名字会让一个人寝食难安，坐卧不宁。

这个人就是赵明诚。

一种相思　两处闲愁

12 世纪的某一天，北宋宰相、时任吏部侍郎赵挺之的儿子赵明诚对父亲说："父亲，昨夜我做了一个梦，梦见我在朗诵一首诗，但是醒来的时候只记得三句了。"

赵挺之问："哪三句？"

赵明诚说："'言与司合，安上已脱，芝芙草拔'，孩儿不知道是什么意思。"

赵挺之大笑："言与司合在一起就是'词'字，安字把上面去掉是'女'字，芝芙二字将上面的草字头去掉就是'之夫'两个字，这个梦是说你应该娶一个词女当妻子。"

可是，谁是词女呢？纵观当时，只有一个女子享有词女之名并且还待字闺中，这个词女就是李格非的女儿李清照。

我一直认为，这个故事的可靠性值得怀疑。并非说这个故事不真实，而是觉得赵明诚告诉他父亲自己做这个梦其实纯属瞎掰。作为一个坚定的唯物论者，我对此事只有一个合乎常理的解释，那就是：赵明诚肯定早已对李清照"垂涎三尺"，于是故意编了这个梦来哄骗他老爸，挟天意以令家长，达到自己不可告人的目的。

但是必须承认，在向来缺乏浪漫色彩的中国爱情史上，这个故事无疑是其中最具亮色的一笔。更关键的是，这个才子才女的故事搅乱了传统的才子佳人的固定程式，女性因为才华而被男子倾慕，这即使是在现代，也是令人惊讶的，何况是在理学正"蓬勃发展"的宋代。

这一年，赵明诚二十一岁，还是个太学生。李清照十八岁。

李清照的人生之舟告别了少女的渡口之后，又来到了更甜蜜的爱情的港湾。

娇憨的少女成了美丽的新娘，她临水照花，对镜描眉，买来一朵尚带露珠的鲜花，插上鬓角，对着夫婿撒娇，"怕郎猜道，奴面不如花面好。云鬓斜簪，徒要教郎比并看"（《减字木兰花·卖花担上》）。

更重要的是，两人有着共同的情趣爱好——金石。李清照后来回忆，赵明诚还是太学生的时候，每次放假回家，先当掉衣服换点钱，然后到相国寺买碑文和水果点心。回家后夫妻赏字品果，虽然寒素，但是却其乐无穷。后来赵明诚当官有了俸禄，两人节衣缩食，"便有饭蔬衣练，穷遐方绝域，尽天下古文奇字之志"（《〈金石录〉后序》）。家里的金石碑刻日益堆积，落落大满。

每次饭后，夫妻俩便煮茶，指着堆积的古书，赌哪件事在哪本书、哪一页甚至哪一行。李清照天性强记，胜时居多，每次胜利之后，却总是掩饰不住自己的得意，于是端茶大笑，以至于茶被泼洒在衣服上，结果谁也喝不成。多年之后，李清照回忆起当时的情景，不禁喟叹："甘心老是乡矣！"（《〈金石录〉后序》）

在这样的甜蜜之中，即使是偶尔的苦涩，想必也是甜味的吧。

醉花阴

薄雾浓云愁永昼，瑞脑销金兽。佳节又重阳，玉枕纱厨，半夜凉初透。

东篱把酒黄昏后，有暗香盈袖。莫道不销魂，帘卷西风，人比黄花瘦。

暂时的小别，恰恰是使爱情更醇厚的调味品。哪怕这分别耽误了重阳佳节，哪怕那个人不知什么时候才能回来，但是，独坐帘下的少妇明白，这种等待是确定能有答案的。风乍起，黄花暗香浮动，才情与爱情交相漫溢的少妇写下淡淡的愁绪和思念，等待丈夫回来的时候，恶作剧地跟丈夫比赛。她也许知道，丈夫会三天三夜废寝忘食，写出五十首《醉花阴》来跟自己较量，也许还会请他们的好朋友陆德夫来当裁判，也许她早已胸有成竹，陆德夫一定会说："还是'莫道不销魂，帘卷西风，人比黄花瘦'这三句是绝佳的。"她有这个把握，因为这几句，是凝结了才女所有的机巧和灵气，融合了少妇含着淡淡苦涩的幸福，还有那份对丈夫无法替代的爱。所以清代王士禄也曾调侃说：赵明诚为了胜过李清照而损失了三天的睡眠和饭食，"岂不痴绝！"试想：以旷世之才气写沁入骨髓之相思，还有什么文章，能胜过它呢？

一剪梅

红藕香残玉簟秋。轻解罗裳，独上兰舟。云中谁寄锦书来？雁字回时，月满西楼。

花自飘零水自流。一种相思，两处闲愁。此情无计可消除，才下眉头，却上心头。

菡萏香销，翠叶凋残，秋天总是让思念从渐起的西风中浮起，从缤纷的落叶中扬起，从渐渐的凉意中升起。女人终日在凝望着门前流水，无心梳妆，多少事，欲说还休。仰头北雁南飞，雁字如人，是否有一只，能够给自己带来远方那个人的消息？武陵人远，烟锁悲秋，月上柳梢，泻满西楼。

秋天的思念，是那种不定的心情，霎儿晴，霎儿雨，霎儿风，只有门前流水，一如往日的从容镇静，负载着女人的思念，直到天涯，直到他的身边。从今又添一段新愁。唯一值得安慰的是，远方的他，此时一定也有相同的思念吧。思念春日原上的阳光，思念归来堂上泼洒的茶水，思念夜里烛光下纤手理开卷轴、脉脉的眼神、微微的笑意。想到这里，女人轻轻地笑了。一直紧锁的愁眉终于悄悄展开，一直徘徊的愁绪终于散去，可是，离开了眉心的愁，却又悄悄种植到了女人的心中，怎可消除啊！

就在李清照沉浸在这种羡煞旁人的幸福中的时候，谁都不知道，谁都不知道，一场巨大的风暴，正在步步逼近。她念念不忘的溪亭日暮将被无情地击得粉碎，那窗边的绿肥红瘦将被狂风吹落满地，她与挚爱的丈夫的琴瑟合鸣将成为绝响。

剧　变

1129 年的李清照怎么也想不到，自己那精神如虎、目光烂烂射人的丈夫，怎么就在两个月之后，突然离开了自己。

1127 年，金兵的铁蹄踏破了汴梁的城墙，徽、钦二帝被掳，北宋灭亡。和中原很多家庭一样，赵明诚和李清照也踏上了流亡的道路。可是，夫妻俩多年来搜集的金石古器此时却成了沉重的累赘，因为赵明诚有公务在身，这个累赘就落在李清照一个人的肩膀上。

在《〈金石录〉后序》中，李清照详细回忆了她保护着这些古物南迁的辛酸经历：

> 乃先去书之重大印本者，又去画之多幅者，又去古器之无款识者；后又去书之监本者，画之平常者，器之重大者。凡屡减去，尚载书十五车。

剩下的金石古物尚有十余间屋，都储存在青州家里。是年十二月，金兵攻陷青州，十余间屋子的古物毁于一旦。

在池阳，李清照与丈夫见面之后又分别，临行时，赵明诚嘱咐：如果事出紧迫，先丢弃辎重，再丢弃衣被，再丢弃书册卷轴，再丢弃古玩，只有那些宗器，一定要随身携带，与之共存亡。

李清照说，那时候，她就已经有了不祥的预感，而一个月后就传来了丈夫病重的消息，两个月后，赵明诚去世。

失去了丈夫的李清照还无暇哭泣，因为她身上还担负着保护金石古物的重任，那不仅是撰写《金石录》必需的材料，更是她与赵明诚仅剩的一点联系，每一件东西上面都有一个故事，每一张碑刻上面都浸润了那段刻骨铭心的爱情。那是她一生中最美的记忆，也是她人生中最幸福的那段岁月的见证。

安葬了丈夫之后，李清照也大病一场，几乎撒手而去。痊愈之后，李清照听说一个亲戚在洪州，于是将大部分古物遣人暂寄到那里。谁知十二月洪州又被金兵攻陷，这些古物又散为云烟，李清照手中留下的，只有数箱卷轴和一些石刻副本，以及夏商周的青铜器了。

不久，官军来收降叛乱士兵，又趁火打劫，抢走了李清照的一些古物。到了会稽，李清照住在民居，一天夜里，墙壁被挖了个大洞，偷走了五箱古物。李清照悲恸不已，设重赏收赎，当一个邻居拿出十八个卷轴求赏时，李清照这才知道贼人就在附近。可是，其余的再也没有出现过。不久，这批失窃的物品便被一个吴姓官员贱价"收购"。

经过了这一路上无休止的劫难，这个失去了国又失去了家的女人，终于将与丈夫最后的一点联系也失去了。李清照无比沉痛地说，最后，自己手中只有一两部残缺的书和几种一般的字帖了。

添字丑奴儿

窗前谁种芭蕉树？阴满中庭。阴满中庭。叶叶心心，舒卷有余情。

伤心枕上三更雨，点滴霖霪。点滴霖霪。愁损北人，不惯起来听。

这不是一首词，而是一个遭遇了天坼地陷之后目光无神的祥林嫂似的人的喃喃自语。国破家亡，丈夫弃世，万里奔逃，一路上饱尝痛苦，李清照终于来到了温州，暂时在这异乡住下了。两百年之后的文天祥曾说："痛定思痛，痛何如哉！"李清照在这暂时的安静中，所有的疼痛都慢慢浮上了心头，化为窗前那几株芭蕉，将天空遮蔽成阴霾，将眼光凝固在悲凉之前。

温庭筠词云："梧桐树，三更雨，不道离情正苦。一叶叶，一声声，空阶滴到明。"但是，人生中很多离别是可以期待相见的，李清照的离别，却是永诀，不论是与故国，还是与故乡，还是与挚爱的丈夫。

这样的霖雨，似乎总是在悲凉中从天上如约而降。诗人知道，自己已经成了"北人"了，家园已成丘墟，夫君已为尘土，孤独的女人，从此要一个人面对这世间的风风雨雨，面对这注定无休止的沸沸扬扬。

宋高宗绍兴二年（1132 年），疲于奔命的高宗赵构终于到了临安，李清照随即也到了这里，在这年夏天，李清照再嫁张汝舟。

李清照为什么改嫁，众说不一，甚至很多学者干脆否认此事，其原因无非是觉得词女改嫁，破坏了他们心中的大好形象而已。而一个孤苦无依的妇人在这乱世怎么活下去，似乎并不是他们要考虑的问题。"饿死事小，失节事大"，这古训至今还留存于很多人的脑袋中。而李清照改嫁遇人不淑更是让有些人有了幸灾乐祸的理由。

　　婚后的李清照才发觉，张汝舟竟是个无赖小人，最初的甜言蜜语过后，便对她冷言相侵，甚至拳脚相加。无奈之下，李清照只能选择与张汝舟分手。在理学昌盛的南宋，字典里是没有"离婚"这个词的。但是张汝舟一次得意忘形之下，将自己科举考试作弊过关的事情拿来向李清照夸耀，于是李清照告发张汝舟犯欺君之罪。

　　张汝舟罪行核实之后，被判处流放。而按照南宋法律，妻子告发丈夫，不管事情是否属实，都必须坐牢两年，于是李清照也深陷囹圄。多亏朋友相救，她在狱中只待了九天便出狱了。

物是人非事事休　欲语泪先流

武陵春

风住尘香花已尽，日晚倦梳头。物是人非事事休，欲语泪先流。

闻说双溪春尚好，也拟泛轻舟。只恐双溪舴艋舟，载不动许多愁。

　　真正的悲苦，往往是不动声色的。

　　家国丧尽，丈夫弃世，再嫁被骗，命运之神如此残酷地将所有的悲凉加在李清照的身上，即使这是为了造就这位最伟大的女词人，也是过于残酷的。一夜西风紧，花落知多少。零落成泥碾作尘，只有香如故。暮色渐起，女人无心梳头，因为梳妆还能给谁看呢？在似乎不变的事物面前，生命的脆弱和无常被无情地凸显出来，如一枚钢钉，无情地刺入人心深处，怎么也无法拔出。"物是人非事事休，欲语泪先流"，要历经多少生活的伤痛和苦难，才能感受这悲怆，品出这无奈和苦楚？如花的春天，从来没有像现在这样，显得如此的残忍和凄凉。女人经常站在窗口，看着落日西斜，暮云合璧，却无法停止询问那个相同的问题："人在何处？"曾经的恩爱已成一抔黄土，记载着甜蜜过去的信物也在奔逃中丧失殆尽。这剧变过于突然，也过于猛烈，使女人从幸福的巅峰突然跌到了悲惨的谷底，从温柔多情的少妇一下子变成了风鬟霜鬓的老人。

女人经常想起年轻的时候在家乡度过的那些美好的岁月。"中州盛日，闺门多暇，记得偏重三五。铺翠冠儿，捻金雪柳，簇带争济楚。"可是现在，即使是元宵佳节，即使是朋友相招，女人也无心赏玩，只好谢绝了朋友的邀请，"不如向、帘儿底下，听人笑语"（《永遇乐》）。

年老的女人，大概从此过上了深居简出的生活，无心游玩，不管是观灯还是到双溪赏春。在她还是少妇时，那愁是幽幽的，甚至是带有一丝甜蜜的，眉头心上，轻轻萦绕，如璎珞，如花环，将思念中的女子打扮得更加楚楚动人。而现在的愁却是那样沉重，沉重得令人窒息，沉重得任何东西都无法承载，除了女人无尽的泪。

我想，我必须请求原谅，因为我实在无法再来读李清照的《声声慢》。因为那种刺骨的寒冷和悲凉不是用笔，而是用泪和血写就的，而装模作样地吟哦这些血泪交织的词句，是残忍的；那种天塌地陷和沧海桑田的感觉，是无法复制的，在这种入骨的悲凉面前，任何同情都是虚伪的，任何感动都是矫饰可笑的。

不过，似乎已经有人"笑"在了我的前面。

李清照因告发张汝舟而入狱，出狱之后，她在写给友人的信中回顾了这段屈辱心酸的历史："忍以桑榆之晚景，配兹驵侩之下材。"而就是这一句，引来了无数男人的嘲笑：

"传者无不笑之。（《苕溪渔隐丛话》）

"见者笑之。(《香台集·下卷》)

"传者笑之。"(《坚瓠集》)

明代张綖还道貌岸然地引用叶文庄的话说:"李公不幸而有此女,赵公不幸而有此妇。"(《草堂诗余别录》)

我经常在想,这些群聚围观热闹的男人们到底在笑什么。

是笑一个孤苦无依的女人为了生存下去被逼无奈作出的选择,还是笑一个过于单纯善良的女人看不穿男人说的谎话?是笑这个不"守节"的女人终于得到了应有的"惩罚",还是女人的遭遇见证了自己卫道的英明?

没有人理会巧言令色的张汝舟是否有过错,更没有人理会自己是否有资格嘲笑这个千古一遇的女词人。其实在她面前,南宋的大多数男人都早已失去了做男人的资格,从他们跟着赵构仓皇逃往临安的那一刻起,从他们倚靠着这个残破的朝廷苟且偷生的那一刻起。

刺破青天的金声玉振

夏日绝句

生当作人杰,死亦为鬼雄。

至今思项羽,不肯过江东。

关于这首诗所指,有两种说法。

第一种是说这首诗是李清照斥责丈夫赵明诚的。1128 年,赵明诚被任命为京城建康知府。上任后不久,一天深夜,城里发生叛乱。赵明诚不但没有率领士兵平定叛乱,反而缒城而下,仓皇逃走。事后,赵明诚被撤职,家族为之蒙羞。夫妇俩之后沿长江而上，路过乌江项羽自刎处时，李清照写下了这首诗。

第二种说法是说这首诗是讽刺当时偏安江南、不思北伐的南宋朝廷。

其实不管是哪一种说法，有一点是共同的：这是一首足以让男人蒙羞的诗。

《史记·项羽本纪》记载：项羽兵败逃到乌江，乌江亭长欲助其逃亡，项羽笑曰："天之亡我，我何渡为！且籍与江东子弟八千人渡江而西，今无一人还，纵江东父老怜而王我，我何面目见之？纵彼不言，籍何不愧于心乎？"力战，自刎于乌江江畔。

《荷马史诗·奥德赛》曾经记载，英雄阿喀琉斯在特洛伊战争中阵亡之后，魂灵到了地狱。奥德修斯在那里遇见了他，这个人世间的英雄，在鬼魂里面，依旧是王者。这依靠的显然不是肉体的存在，而是精神的不朽。东西方的价值观在这里汇聚了。在李清照的诗中，项羽是一个人世间的豪杰，即使肉体被消灭成为鬼魂，他都依然保存着那份昂扬的豪气，成为鬼中之雄。活，活得痛快淋漓；死，死得可歌可泣。

而这种豪气和精神，在当时的男人身上，却变成了稀有物品。

宋高宗赵构在金兵的追赶下亡命狂奔，为了减少拖累，甚至抛弃了跟随自己的大臣，驾船逃到海上。南宋建立之后，皇帝、大臣偏安一隅，不思进取，反而在这江南烟雨中醉生梦死，直把杭州作汴州。

南宋军旗上绘有双环，取名为"二胜环"，寓"二圣还"之意。大臣杨存中用美玉雕成二胜环挂在帽子后面献给高宗。高宗非常高兴，对身旁伶人说："这个叫二胜环。"伶人讽刺说："二圣还挂在脑后了。"高宗脸色大变（王曙《宋词的故事》）。

面对这些昂昂乎庙堂之器的七尺男儿，女词人发出了愤怒的指斥：

南渡衣冠少王导，北来消息欠刘琨！（《俟句》）

可是，没有人听到这个愤怒的女人的呼喊。男人们只关心谁与谁的感情纠葛，谁和谁的飞短流长，谁和谁的家长里短。在西湖边的暖风里吟诗作对，在南朝留下的四百八十寺中重温江南温柔乡的旧梦。谁也不知道，这个女人，此时却在做另外一个梦。

渔家傲

天接云涛连晓雾，星河欲转千帆舞。仿佛梦魂归帝所。闻天语，殷勤问我归何处？

我报路长嗟日暮，学诗谩有惊人句。九万里风鹏正举。风休住，蓬舟吹取三山去！

对于离尘世太高的人来说，天就是海；对于离尘世太远的人来说，海就是天。

云海翻滚，晓雾苍茫，千帆竞渡。女人在这世间无法寻求到知音，于是如屈原一样，叩响了天庭的大门。天是宽厚的，也是慈祥的，失去了家园和丈夫的女人，终于在天庭找到了真正的男人。

女人累了，因为她已经走了太多的路，经过了太多的坎坷和曲折。在这个女子无才才是德的时代，她显得太另类，太不合时宜。但是她坚信：自己不属于人间，必属于仙界；不属于当下，必属于未来；不属于瞬间，必属于永恒。这自信足以让当时所有的男子失色。它来自女人开阔的胸襟，来自对苦难的咀嚼、对悲怆的反刍。鲛人的泪珠，最终成了珍珠，于是超越时间，成为不朽。

庄子说，北冥有鱼，其名为鲲，化而为鸟，其名为鹏。鹏水击三千里，抟扶摇直上九万里。如藐姑射的仙人一样，苏世独立，卓尔不群。女人相信，那才是属于自己的地方；女人相信，借着大鹏腾飞时的风，自己能够到那个地方，远离尘嚣，远离苦难，回到自己来的地方——三山——属于诗人的地方。

绍兴二十五年（1155 年）四月十日，七十二岁的女人离开了这个苦难的尘世。我相信，她实现了自己的愿望，顺利抵达了三山，实现了不朽。套用陀思妥耶夫斯基的一句话：她无愧于自己遭受的苦难。她经过了苦难的洗礼，如凤凰浴火，告别了旧的生命，完成了痛苦但是伟大的涅槃。从那时开始，她的名字成为一个符号，她的生平成为一个传说，她的文字，负载着她，成为不朽。

万里江山知何处——张元幹

对于南宋的爱国词人们来说，他们的整个生命就是一个目睹自己奉为神圣的国家逐渐走向灭亡的过程，伴随着这过程的，是无力回天的悲怆和哀痛。这个过程持续了一百五十多年，这种悲怆和哀痛的时间却远远超出了一百五十年，并通过他们的诗歌一直流传到后世。

靖康元年（1126 年）十月，刚刚灭掉辽国的金朝两路发兵，大举入侵中原，东路军长驱直入，进逼汴京。宋徽宗赵佶忙不迭把皇位传给太子赵桓，是为钦宗，而自己逃往江南。很快，金军兵临城下。迫于形势，钦宗起用主战派李纲（字伯纪）部署京城防御。在李纲的带领下，北宋军民众志成城，多次击退金军进攻，金军统帅完颜宗望见取胜无望，带兵撤退。

金兵撤退之后，北宋君臣又恢复了文恬武嬉的旧观。曾经在汴京保卫战中立下汗马功劳的李纲也被扣上了"专注战议，丧师废财"的罪名，被贬到洪州（今江西南昌）。

宋高宗绍兴八年（1138 年），秦桧第二次入相。上台之后，秦桧就力主和议，派遣王伦出使金国。李纲闻讯之后，上书反对议和，结果再次被贬，罢回福建长乐。

李纲离开的时候，很多人来送行，其中就有他以前的僚属张元幹。

张元幹（1091—约 1170），字仲宗，号芦川居士，长乐（今福建）人。靖康元年（1126 年），李纲主持汴京保卫战的时候，他曾是李纲的僚属，积极抗金。李纲被罢免之后，他也受到牵连南下。此时，李纲因反对议和再次被贬，多年跟随李纲的张元幹终于无法抑制心中的怒火，这怒火把十多年前的呐喊声和武器的撞击声凝固在一起，在这个别离的时刻，再次还原，变成一声低沉但有力的怒吼，穿透天空的阴霾。

贺新郎 寄李伯纪丞相

曳杖危楼去。斗垂天，沧波万顷，月流烟渚。扫尽浮云风不定，未放扁舟夜渡。宿雁落、寒芦深处。怅望关河空吊影，正人间鼻息鸣鼍鼓。谁伴我，醉中舞。

十年一梦扬州路，倚高寒、愁生故国，气吞骄虏。要斩楼兰三尺剑，遗恨琵琶旧语。谩暗涩铜华尘土。唤取谪仙平章看，过苕溪尚许垂纶否？风浩荡，欲飞举。

拖着手杖，词人独自登上江边的高楼。星垂平野阔，月涌大江流。风萧萧，扫荡浮云，夜空澄澈，江面无人，雁落苇丛，一切显得那样安详，那样平静。只有词人一人，独自站在这高楼之上，极目远望，远望视线之外的边关，还有边关之外久陷敌手的山河。夜深了，人们都已入睡，鼾声大作，如雷鸣如鼓声。在这如水的月色之下，词人感受到了诗仙李白曾经感受过的寂寞和凄凉。李白曾经举杯邀明月，对影成三人，但是，张元幹此时却没有李白那样的潇洒，也许是因为悲凉太沉重，已经压得词人无法仰头长啸——自己钦佩敬重的李纲竟遭受如此待遇，怎能不让人心寒？而李纲走后，谁还能与词人一起共商抗敌大计呢？

就在十一年前的建炎元年（1127 年），高宗即位，不久南下，以扬州为行都。

很快金兵再次南犯，高宗与大臣又仓皇逃跑，曾经留下过杜牧"十年一觉扬州梦"的江南名城，霎时成为一片废墟。残破的城垣尚未重建，百姓的哭号尚未停息，朝廷竟然又要与仇敌议和，屈膝投降。词人独倚高楼，怒发冲冠。词人想不通，为什么朝廷就不能任用傅介子那样的勇士，振作图强。《汉书·傅介子传》记载：楼兰王曾杀害汉朝使者，汉代朝廷后派傅介子出使楼兰。傅介子诈称携带宝物，让楼兰王随其入帐观看，壮士二人从后刺杀楼兰王。可是，当今的南宋朝廷却一味求和，希望凭借和亲一类的办法求得苟安。杜甫在《咏怀古迹》中评论王昭君和亲时曾说："千载琵琶作胡语，分明怨恨曲中论！"可是，南宋君臣们哪里会理会这怨恨！不管这怨恨来自被侵占的河山，还是被奴役的百姓，甚至被俘虏的两个皇帝。

罢了！罢了！纵是豪气干云，纵是才华盖世，也架不住年华老去，也架不住年华与宝剑一样，被锈蚀得千疮百孔。世事如此不堪，人生如此苍凉，还不如退隐乡间，垂钓水畔，求得个潇洒自在。

可是，词人不甘心，正如他知道，自己仰慕钦佩的李纲也绝对不会甘心。大风起兮云飞扬，真正的壮志总是因为历经千回百折才显出其伟大，真正的男人总是因其踏破千山万水才显出其坚强。即使前途渺茫，即使坎坷遍布，也要等待那场一定会刮起的大风，鼓起巨大的羽翼，水击三千里，抟扶摇直上九万里！

在黑暗的年代里，遭遇挫折是一种荣耀，正如范仲淹多次被贬，朋友还称赞他"此行犹光（光荣——笔者注）"一样。周必大在《跋张仲宗送胡邦衡词》中说："送客贬新州而以贺新为题，其意若曰失位不足吊，得名为可贺也。"可是，值得称赞的失意者太多，恰恰也是世道的悲哀。南宋朝廷的苟安政策让词人愤懑莫名："两宫何处？塞垣只隔长江，唾壶空击悲歌缺。万里想龙沙，泣孤臣吴越。"（《石州慢》）继李纲之后，南宋朝廷正直的主战大臣相继遭到迫害，更是让词人越来越感到由脊背升起的凉意。

绍兴八年（1138年），宋高宗又派王伦出使金国和谈，枢密院编修官胡铨冒死上书，反对议和，请求斩秦桧、王伦、孙近三奸臣以谢天下，朝野大震。秦桧等大怒，将胡铨贬官，送新州编管，并迫害有关人员，朝野人人自危。而侠肝义胆的张元幹置这一切于不顾，毅然为之送行，又为宋词留下了一首掷地有声的名篇：

贺新郎 送胡邦衡待制

梦绕神州路。怅秋风，连营画角，故宫离黍。底事昆仑倾砥柱，九地黄流乱注？聚万落千村狐兔。天意从来高难问，况人情，老易悲难诉！更南浦，送君去。

凉生岸柳催残暑。耿斜河、疏星淡月，断云微度。万里江山知何处？回首对床夜语。雁不到、书成谁与？目尽青天怀今古，肯儿曹恩怨相尔汝？举大白，听《金缕》。

即使远在江南，词人也从来没有忘记沦落敌手的神州故土！多少次梦魂依旧，回到故土。江南小朝廷营帐相连，戍角不断，似乎军容如此严整，可是，却没有人关心北方沦陷的故土。周平王东迁之后，有人来到以前的都城，看见昔日繁华的宫殿已被夷为平地，种上了庄稼，心里十分悲凉，于是吟唱道：

彼黍离离，

彼稷之苗。

行迈靡靡，

中心摇摇。

知我者，谓我心忧；

不知我者，谓我何求。

——《诗经·王风·黍离》

可是现在，哪怕只是发出这一声悲叹，都会遭到残酷的打击和迫害，又怎能不让人寒心？词人仰头向着苍天，发出了不休的质问：为什么？为什么黄河的砥柱会突然崩溃，河流泛滥，生灵涂炭？为什么曾经涌现过尧舜禹汤，曾经出现过李白、杜甫的文明大地现在变成一片废墟，让狐兔盘踞？天一如既往地沉默，那是一种轻蔑而不屑的沉默，仿佛这世上的生灵都与他毫不相干。天意不可测，而人世只能这样继续悲凉下去。站在岸边，目送友人的船渐渐远去，悲凉弥漫了整个天地。

伫立江边，柳枝随风拂起，凉意渐生，这凉意不见得来自身外，而是自词人内心升起的。远谪的友人，对这种寒意感受应该更深吧。自君别后，相隔万里，何时才能相对促膝，纵论天下事？也许只能回首，对着孤寂的床吐露一腔心事了。古人说，大雁南飞，最南只到衡阳，而你被贬的新州，离衡阳还相隔千里，即使写信，也无法送到你的手中。词人的眼光穿透了茫茫的江天，词人的心胸超越了古往今来的时间与空间，他站立在悲凉时代那悲凉的船头，准备在为友人送别的歌声中，敲响时代的丧钟。

还我河山——岳飞

很多年前，我看了电影《聂耳》，其中有一个镜头令我久久无法忘怀：当"九一八"事变的消息传来时，聂耳等几个进步学生悲愤难平，黑沉沉的夜里，桌上点着一盏昏暗的油灯。青年们表情凝重地站起来，不约而同地唱起了岳飞的《满江红》。几百年来，每当中华民族到了最危险的时候，很多人就是高唱着这首词走上捐躯报国之路的。多年后我明白，这就是民族精神，这就是中华民族历尽艰难却生生不息的秘密，正如鲁迅先生所说："历史上都写着中国的灵魂，指示着将来的命运。"

朱仙镇

岳家军进驻朱仙镇的时候，金将完颜宗弼（金兀术）在此与岳家军对垒。岳飞派遣猛将率兵奋击敌军，金军大败，金兀术逃回了汴京，并且准备全线撤兵。其实，金兀术的胆早在郾城之战中就已经被吓破了。

绍兴十年（1140年），金兀术探知岳飞只有少量部队驻扎郾城，便亲率精锐骑兵一万五千人直逼郾城，企图一举消灭岳家军。这次战役，金军使用了其最具威力的重甲骑兵"铁浮图"，并以精锐骑兵为左右翼，号称"拐子马"，期望一战而胜。岳飞遣旗下背嵬军和游奕军迎战，并派步兵持麻札刀、大斧，上砍敌兵，下砍马足，金军损失惨重，大败而逃。金兀术哀叹："自海上起兵，皆以此胜，今已矣！"而这次在朱仙镇的战役，岳家军仅派遣五百人就击败了金兀术的十万大军。金军哀叹："撼山易，撼岳家军难！"

此时汴京城里的金军已经看到了灭亡的黑翼在自己的头顶上掠过。在此之前的绍兴五年（1135 年），岳飞就预先派遣梁兴等人深入敌后，招纳豪杰，预备在时机到来时，能以之作为内应。此时，原来啸聚山林的韦铨、孙谋等拥兵抗金，等待官军到来。义军首领李通、胡清、李宝、李兴、张恩、孙琪等率众归降岳家军。义军主动为岳家军通风报信，因此，金军的一切行动以及山川险要之处，岳飞均了如指掌。河南、山西的义军都约定日期同时起兵，响应官军，所举义旗上面都书"岳"字。百姓箪食壶浆，争相迎接岳家军。河北以南，金军的号令已经毫无作用。甚至金兀术想征兵抵抗岳家军，河北都没有一人应征。金兀术哀叹说："自我起北方以来，未有如今日之挫衄。"金军将官很多也纷纷投降岳家军，金军统制王镇、统领崔庆等都率部来降。一些暂时没有投降的金将，也秘密接受了岳飞的招降，准备克日起兵反金，金将军韩常准备率五万人投降。金军统帅乌陵思谋向来以残忍狡诈闻名，此时竟也无法统御部属，只好对部下无奈地说："大家不要轻举妄动，等岳家军来了，你们投降就是了。"

岳家军官兵都已经看到了胜利的曙光，戒酒已久的岳飞也不禁高兴地说："直抵黄龙府，与诸君痛饮尔！"

感觉大势已去的金兀术准备撤兵。正准备走的时候，一个书生在马前叩首说："太子不用走，岳少保马上要退兵了。"金兀术说："岳飞用五百骑兵就击破我十万雄师，京城的百姓也日夜盼望他到来，汴京怎么能坚守？"书生说："权臣在朝中，而大将在外立功的事情，自古就没有发生过。岳少保自身都难保了，怎么可能成功？"金兀术大悟，于是留了下来。

《宋史》上没有说这个书生叫什么名字，但他对中国官场的熟谙却是令人吃惊的,这种熟谙使他的话成了一个悲凉的预言,后来发生的事情,竟丝毫不出他的预料。而此时,岳飞已经接到了退兵的诏书。

功败垂成

这一晚,岳飞无法入睡。

小重山

昨夜寒蛩不住鸣。惊回千里梦,已三更。起来独自绕阶行,人悄悄,帘外月胧明。

白首为功名。旧山松竹老,阻归程。欲将心事付瑶琴,知音少,弦断有谁听?

夜风袭来,吹得军帐里那面"精忠岳飞"的战旗猎猎作响,这是绍兴三年(1133年)九月,岳飞第二次朝见宋高宗的时候,高宗亲笔书写的。皇帝要岳飞把它做成战旗,在用兵行军的时候作为大纛①。岳飞想起高宗亲自嘉勉自己的话:"有臣如此,顾复何忧,进止之机,朕不中制(从中牵制——笔者注)。"高宗还招来内阁大臣,当众说:"中兴之事,一以委卿!"岳飞怎么也想不明白,曾经对自己如此看重,并承诺绝对不干扰牵制自己行动的皇帝,怎么突然之间,就变了脸色,乃至于一天之内,下十二道金牌逼迫自己班师呢?岳飞在此前的奏章中报告皇帝:"金人锐气沮丧,尽弃辎重,疾走渡河,豪杰向风,士卒用命,时不再

---

① 纛:读 dào,古代军队里的大旗。

来，机难轻失。"即使是对军事一无所知的人，也能看出这是千载难逢的大好时机。洗雪靖康之耻，恢复被占河山，正在此时。而就在这胜利的曙光已经显现的时刻，怎么能退兵？

岳飞不甘心。

1126 年冬，也就是"靖康之变"的前一年，当岳飞第三次投军，终于归入刘浩军中的时候，年方二十三岁。从那时候起，他和战友们出生入死，奋勇杀敌，建功无数，从一个从八品的秉义郎，成了一个令金人闻风丧胆的名将。从他从戎那一天起，洗雪国耻、驱除敌寇就是他心中最高的梦想。面对金人的凶残和百姓的流离，他曾长叹："兵安在，膏锋锷。民安在，填沟壑。叹江山如故，千村寥落。"（岳飞《满江红·登黄鹤楼有感》）更期望能"请缨提锐旅，一鞭直渡清河洛"（岳飞《满江红·登黄鹤楼有感》）。在他亲提锐旅渡过长江时，他曾效仿祖逖中流发誓："飞不擒贼，不涉此江！"

现在，他终于站在了胜利的边缘，可是为了能够站在这里，他和他的将士们付出了多大的代价啊！在小商河一战中，猛将杨再兴率三百骑兵与敌主力猝然相遇，杨再兴率部与敌人死战，消灭包括万夫长、千夫长在内的敌高级军官百余人，毙敌上千人。敌人箭如飞蝗，杨再兴身上每中一箭，就折断箭杆，继续作战，最后马陷泥中，被乱箭射死，三百将士全部阵亡。后来张宪军找到杨再兴的遗体，火化后，熔化的铁箭头竟有二升有余！颖昌之战中，二十二岁的岳云率领八百士兵，与金军主力左右拐子马苦战十余回合，身上百余处受伤。岳家军杀得"人为血人，马为血马"，可是没有一个退缩，使敌人肝胆俱碎，仓皇败逃。

这些可爱的将士们，跟着自己，吃了多少苦，受了多少委屈！岳云曾经多次率先登上敌城楼，居功至高，但是岳飞却从未将其名字上报请功，连名将张浚也说：岳侯躲避荣耀到这个地步，廉洁倒是廉洁了，可是却不公正了。（岳侯避宠荣，廉则廉矣，未得为公也！）岳飞则认为：父亲教育儿子，怎能让他急功近利呢？
（父之教子，岂可责以近功？）而更重要的是，岳飞明白，在这个国度，最锋利
的箭往往不是来自敌营，而是来自背后。

在当世名将中，岳飞的年纪最轻、资历最浅，战功却最引人注目。他自己相
信"文官不爱钱，武将不惜死"，天下方能太平，自己也身先士卒，严于律己。
但是他更明白，要在这个人心惟危的朝廷做点事，是不能只依靠自己一人的。岳
飞并不是一介莽夫，在平定杨幺之乱后，他为了搞好关系，主动向张浚、韩世忠
赠送缴获的楼船。在襄阳六郡之战中，岳家军已经取得了胜利，刘光世的部队才
赶到，但是岳飞却上表请求先奖赏刘光世部队。为了不让同僚难堪，宁愿自己的
士兵受屈。这样的将士，自己被迫带着他们无功而返，怎能甘心！

岳飞更不忍心。每次调集军粮的时候，他总是长叹："江南民力凋敝，已经到
了极点了！"可是，为了北伐大业，又不得不硬着心肠征集军粮。而北方国土上
的父老乡亲，更是望眼欲穿，盼着朝廷的军队能回来，赶走敌寇。当撤军的消息
传出时，老百姓痛哭流涕，纷纷说：将军军队来时，我们戴香盆、运粮草等待将军，
现在您走了，金兵回来，我们还怎么活命！岳飞也泣不成声，只好取出诏书给百
姓们看：我不能擅自留下啊！

其实，逼迫岳飞退兵最关键的因素倒不见得是那十二道金牌，而是秦桧的毒
计。在十二道金牌颁下之前，秦桧就知道岳飞肯定不愿退兵，于是事先命令张浚、
杨沂中等友军撤退，岳家军由以前全线出击的主力，一夜之间变成了悬师深入的
孤军。釜底抽薪之后，秦桧再要求岳飞撤军，此时岳飞已经没有了选择。

夜已经很深了，岳飞还是无法入睡，三十功名，八千里路，随着这十二道金
牌，化为乌有，散作云烟，再也无法挽回。

朱仙镇到汴京的距离只有四十五里，四十五里，一个轻骑兵不须两个时辰就

可以跑完。可是，岳飞的军队在胜利触手可及的时候，班师南归了。

从此，他们的足迹再也没有到过这里。岳飞骑在马上，望着近在咫尺的故都，长叹一声："十年之功，毁于一旦！"

满江红

岳飞班师之后，北方大片刚刚恢复的故土，马上又重新落入敌手。心灰意冷的岳飞多次上表请求解除兵权，都没有得到皇帝的允许。而此时，一个巨大的阴谋，正在悄悄地酝酿。

秦桧入相之后，不以恢复中原为己任，却一心求和。高宗赵构更是以偏安江南、做金国的藩属为满足，根本不想雪靖康之耻，恢复中原。当金人入侵的时候，君臣慌不迭求良将御敌，当情况缓和时，则又安于现状，不肯再兴兵北伐。而且秦桧与岳飞的矛盾，在秦桧入相时就产生了。

绍兴八年（1138 年），金国遣使求和，愿归还侵宋的河南土地，岳飞说："金人不可信，和好不可待。"还说秦桧作为宰相，不能正确为国谋划，会成为后人的笑柄。秦桧十分恼怒。

岳飞一次读秦桧的奏章，当他读到"德无常师，主善为师"的时候十分愤怒，说："君臣大伦，根于天性，大臣怎么能这样当面欺骗皇帝！"

岳飞撤军之后，秦桧又多次向金国请和，金兀术给秦桧写信说：你朝夕求和，而岳飞却在河北用兵，只有把岳飞杀了，才能讲和。秦桧认为岳飞不死，始终是和议最大的障碍，甚至会危及自己，于是下决心杀害岳飞。

但是，杀害岳飞最关键的人物，还是坐在江南金銮殿上的高宗赵构。《宋史·岳飞传》说："高宗忍自弃其中原，故忍杀飞。"而在这一对君臣的谋划下，岳飞的千古奇冤已成定局。

绍兴十一年（1141 年），岳飞父子及部将张宪被捕下狱。韩世忠痛恨秦桧专权，诘问他岳飞何罪之有，秦桧竟说"莫须有"（也许有）。

当年十一月，宋金签订和议，南宋在战争大胜之后，正式向金朝称臣，每年纳贡银二十五万两，绢二十五万匹，并以淮水为界，将淮水以北的土地都划归金朝。这就是臭名昭著的"绍兴和议"。

和议签订后，绍兴十一年十二月二十九日，岳飞父子和张宪被害。临死前，岳飞留八字："天日昭昭，天日昭昭。"当时汉人洪皓在金国，偷偷以蜡书上奏高宗说：金国人害怕的只有岳飞一人，到了把他叫作父亲的程度。当岳飞死讯传来时，金人喜不自胜，酌酒相贺。岳飞被害时，年仅三十九岁。

《宋史·岳飞传》说：从西汉至今，像韩信、彭越、周勃、灌婴那样的将军，各个朝代都有。但是要寻找像岳飞那样文武双全、仁智并施的人才，却是很困难的。史书说关羽精通《春秋左氏传》，可是他没有文章流传。而岳飞北伐，军队到朱仙镇，皇帝下诏班师，岳飞自己写奏章、答诏书，忠义之言，流出肺腑，有诸葛孔明之风。（"西汉而下，若韩、彭、绛、灌之为将，代不乏人。求其文武全器、仁智并施如宋岳飞者，一代岂多见哉。史称关云长通《春秋左氏》学，然未尝见其文章。飞北伐，军至汴梁之朱仙镇，有诏班师，飞自为表答诏，忠义之言，流出肺腑，真有诸葛孔明之风……"）南朝宋武帝杀死自己的名将谭道济。临刑的时候，谭愤然说："自坏汝万里长城！"岳飞的冤狱，与谭道济何其相似！

岳飞的死，对南宋朝廷来说，是巨大的耻辱，对中华民族来说，却留下了巨大的精神财富，因为，中华民族不能没有精忠报国、矢志不渝的精神。岳飞以自己的生命为献祭，让无数国人从那个黑暗的年代以后，开始明白和了解这一种精神，而岳飞这个名字从此也就成了一个象征，一个矢志报国、殒身不恤的象征。

从那时至今的数百年里，每当外敌入侵、国难当头的时候，很多人都会不由自主地想起这个名字，想起这位文武双全的元帅写下的那首激励过无数爱国志士的《满江红·写怀》，很多的人，就是高歌着这首《满江红·写怀》，踏上保家卫国、为国捐躯的征程。

满江红 写怀

怒发冲冠，凭栏处、潇潇雨歇。抬望眼，仰天长啸，壮怀激烈。
三十功名尘与土，八千里路云和月。莫等闲、白了少年头，空悲切。

靖康耻，犹未雪。臣子恨，何时灭！驾长车，踏破贺兰山缺。
壮志饥餐胡虏肉，笑谈渴饮匈奴血。待从头收拾旧山河，朝天阙！

铸字为箭——张孝祥

　　除了辛弃疾之外，暖风熏得游人醉的南宋词坛实在很难找出几个还有男儿气的词人，张孝祥算是其中的一个。可惜没有强大国力的支撑，他们的呼号很大程度上不过是为自己强大精神，雄壮变成了悲壮，说得不好听一点，其实就是悲怆。

六州歌头

　　长淮望断，关塞莽然平。征尘暗，霜风劲，悄边声。黯销凝。追想当年事，殆天数，非人力；洙泗上，弦歌地，亦膻腥。隔水毡乡，落日牛羊下，区脱纵横。看名王宵猎，骑火一川明，笳鼓悲鸣，遣人惊。

　　念腰间箭，匣中剑，空埃蠹，竟何成！时易失，心徒壮，岁将零。渺神京。干羽方怀远，静烽燧，且休兵。冠盖使，纷驰骛，若为情！闻道中原遗老，常南望、翠葆霓旌。使行人到此，忠愤气填膺，有泪如倾。

　　张孝祥留下来的传世之作并不多，在《词林纪事》里也只有他一首词，就是这首《六州歌头·长淮望断》。六州歌头词牌原来是鼓吹曲，实际上就是挽歌，但是在南宋的时候，一些"好事者"以此词牌写国仇家恨，或者写豪放派的宏大叙事，在当时就引起了轰动。比较有名的一个是贺铸的《六州歌头·少年侠气》，还有一首就是张孝祥的"长淮望断"了。

　　国家不幸诗家幸，这似乎是古往今来从未改变过的规律：没有楚国国力的江河日下，也就没有屈原的"虽九死其犹未悔"；没有"安史之乱"的社会动荡和百姓生活的颠沛，也就不可能有杜甫的"无边落木萧萧下，不尽长江滚滚来"；没有南宋的苟安一隅、不思进取，当然也就没有稼轩（辛弃疾）的"可怜白发生"，没有放翁（陆游）的"铁马冰河"，也就不会有张孝祥的"长淮望断"。

　　张孝祥出生时北宋已灭亡，受家庭的影响，绍兴二十四年（1154 年）中进士后，即投入力主抗金的官员的阵营，屡屡上书言事，从为岳飞辩诬到献策抗金，从改革政治到整顿经济，几乎涉及当时所有最敏感的问题。因此，虽然他年纪很轻，影响却很大。

　　宋高宗绍兴十一年（1141 年），南宋与金签订和议，两国以淮河为分界。对南宋的皇帝和一帮朝臣来说，和议使他们终于获得了苟延残喘的机会。面对凶残的金兵，他们根本没有想到抵抗外侮、收复失地，而只是在江南的熏风中、台城的烟柳中，做着角落中的美梦。

　　此时，词人就站在作为界河的淮河边上。南宋这边的边塞，荒草丛生，已经与戍楼一样高了。曾经的战事似乎已经远去，边境上是死一般的沉寂。可是，留存在记忆深处的耻辱却不会因为时间而磨灭。就在不到四十年前（此词作于1164 年），金兵的铁蹄踏破了汴京的城墙，徽宗、钦宗被金人俘虏，山河破碎风飘絮，生灵涂炭，流离失所。遥想洙水和泗水流经的地方，曾经是孔子聚徒讲学的地方，曾经是华夏文明之光的源头，可是现在已经沦入敌手，满地膻腥！

　　淮河这边是一片死寂，遥望对岸，金人占据的大片河山，牛羊遍地，堡垒遍地。金国的将领率众出猎，骑兵的火把照亮了整条淮河，笳鼓动地，戒备森严。敌人兵备如此充实，己方边关竟如此荒凉萧条，怎能不让词人触目惊心！

　　腰间悬挂的弓箭和匣中的宝剑都白白地落满灰尘，为蠹虫所蛀，和词人一样，它们空有壮志，却无法报国。时间在从容而无情地流逝，再大的雄心，再豪迈的壮志，都在这岁月的流逝中被渐渐蚕食，渐趋于无。站在淮河边上，词人遥望被敌人占领的故都，可是自己的朝廷却天天高喊着"以德服人"，要"舞干戚""怀远人"。任何明眼人都明白，这不过是变相的求和投降罢了。那些高车驷马、衣冠整齐、来往于宋金两国的宋朝使者，似乎并不知道自己执行的只是卑躬屈膝、丧权辱国的使命，竟然没有感到一丝的难为情！可是在被敌人占据的中原，那些在铁蹄下呻吟的父老乡亲，对着南方，已经望穿了双眼，却一直没有看到王师北定中原！他们哪里知道，在永无休止的西湖歌舞中，自己的皇帝和重臣们正沉醉在那无边的风月之中，哪里有闲心来管什么故国，什么故都，什么遗老！

站在淮河边上，站在这条屈辱的界河上，狂风吹起词人的须发，如愤怒一般偾张，词人却泪流满面。

这首词是张孝祥在建康留守席上的一篇作品。按照常理，席上多为应景之作，聊聊风月，唱和应酬一下，也就算了，可是张孝祥应酬的，却是如刀剑般锋利的句子，每句三字，就像是三角形的箭头，无情地穿透饱经风霜的身体，倒刺上挂着破碎的皮肉，带出喷涌的鲜血。当时的抗金主将、宰相张浚在听了这首词之后，竟然顾不得身份，变色痛哭离席！

《历代诗余卷》说张孝祥才华出众，"笔酣兴健，顷刻即成，却无一字无来处"，看来颇有才子之风。《词林纪事》里说，张孝祥父辈与秦桧有仇，但是他是皇帝钦点的状元，所以秦桧也没有办法。在他中状元之后，秦桧跟他例行谈话，问他："你的书法和诗是向谁学的？"张孝祥回答："我书法是学颜真卿，诗是学杜甫。"秦桧知道他话中有刺（颜真卿爱国，杜甫忧国），只好悻悻地说："天下好事都让你占完了。"其实，张孝祥占有的，应该只是那份拳拳的爱国之心罢了。他登第之后，第一件事就是为岳飞叫屈，被秦桧指使党羽诬告其谋反，于是将其父子投入监狱，直到秦桧死后他才获释出狱。也许是因为牢狱之害，张孝祥只活了三十九岁，就撒手人寰。

数百年后，从尘封发黄的书页中再翻检出这些永不磨灭的句子，感受到的是男人的热血、喷薄的激情，和永远不会迟钝的箭头：

念腰间箭，匣中剑，空埃蠹，竟何成！

时易失，心徒壮，岁将零，渺神京。

亘古男儿一放翁——陆游

　　1125 年，辽国在金和北宋的夹击之下灭亡，整个大宋帝国沉浸在雪耻的狂喜和骄傲中，没有人想到，仅仅两年之后，北宋就被自己的"战友"——金所灭。就在这一年，贺铸去世，他是幸运的，没有亲眼看到自己国家的灭亡。也就在这一年，陆游出生了。相比于贺铸，陆游显然是不幸的，因为他失去的那个帝国，将成为一道深得无法愈合的伤口，在他漫长的生命中一直贯穿他的身体。陆游又显然是幸运的，因为这伤口越深，越使他远离那个偏安小朝廷下的文人的苟且和狭隘，成为一个真正的诗人，一个真正的男人，一个真正的人。

红酥手　黄滕酒

　　宋徽宗宣和七年（1125 年）十月十七日，陆游诞生在父亲陆宰调任京西路转运副使离职赴任的船上。在他出生的前一天晚上，母亲梦见了著名词人秦观，父亲说："秦观字少游，这孩子就叫陆游吧。"后来，陆游的字叫务观，有以秦观为师的意思。

　　陆游的高祖陆轸曾在朝为官，祖父陆佃曾是王安石的学生，担任过尚书右丞，父亲也做过朝请大夫、直秘阁，负责管理皇家图书馆。生长在这样的书香门第、官宦之家，陆游从小就得到了很好的教育。从陆游的名与字中，更可以看出家族对这个孩子的期许。

绍兴十四年（1144年），二十岁的陆游与表妹唐琬结为夫妻，他们的婚姻只维持了两年，唐琬就被迫离开了陆游。关于唐琬被休的原因，历来有多种解释：有人认为，陆游多次考进士未中，因此陆游母亲迁怒于唐琬，认为是她耽误了儿子的大好前程。也有人认为是因为唐琬与陆游结婚之后一直没有生育，可是从唐琬与陆游结婚到她被逐，前后不到两年时间，如果陆游母亲真是为此而驱逐唐琬，那这婆婆性子也未免太急了些。还有些人认为是陆游、唐琬新婚宴尔，如胶似漆，陆母怕因此妨碍陆游考取功名，于是下决心驱逐了她。这个理由相比于前两者，似乎更能站得住脚。

不过，关心唐琬被逐的真正原因，似乎并没有多大意义。悲剧的源头，有时候并不在行动，也不在性格，只在命运。不承认在人的眼界之上有一双操控一切的看不见的手，就无法抵达悲剧的真相。因此，人类应该更关注的是在遭遇悲剧之后的行动，而不必去喋喋不休地追问悲剧的原因，更不要野心勃勃地企图去预防所有悲剧的发生。

这也是后人们对沈园念念不忘的原因。

十一年后，陆游在绍兴城里的沈园与唐琬不期而遇。此时的陆游，早已娶王氏女为妻，并且已经有了三个孩子，而唐琬也改嫁赵士程。物是人非，往事一言难尽。唐琬派仆人给陆游送来酒菜，可是酒入愁肠，只能化为泪，浸透了往事，浸渍了现实，将未来也化作一片酸楚。

钗头凤

红酥手，黄縢酒，满城春色宫墙柳。东风恶，欢情薄。一怀愁绪，几年离索。错，错，错。

春如旧，人空瘦。泪痕红浥鲛绡透。桃花落，闲池阁。山盟虽在，锦书难托。莫，莫，莫！

可是，即使已知是错，又能奈命运何？即使已不堪回首，可谁又能挽回时间的狂澜，将一切重新来过？

唐琬看到这首词之后，心碎欲绝，也和了一首《钗头凤》：

钗头凤

世情薄，人情恶，雨送黄昏花易落。晓风干，泪痕残。欲笺心事，独语斜阑。难，难，难！

人成各，今非昨，病魂常似秋千索。角声寒，夜阑珊。怕人寻问，咽泪装欢。瞒，瞒，瞒！

此后，唐琬郁郁成疾，不久就撒手人寰。

斯人已去，但是那个熟悉的身影却一直留存在陆游的心底，飘忽在陆游的眼中。在他生命中后来的岁月里，他曾多次想起沈园，想起那次的邂逅，想起那段短得难以回忆的幸福。

开禧元年（1205 年），陆游已经八十一岁了，这天，他又梦见了沈园，梦醒之后，他这样写道：

路近城南已怕行，沈家园里更伤情。

就在他去世前一年，陆游又来到了沈园。数十年的风雨并没有让这段刻骨铭心的感情有丝毫的淡漠，反而在诗人的生命里镌刻下了不可磨灭的印记。耄耋之年的老人回想起年轻时的这段恋情，写下了《春游》一诗。

沈家园里花如锦，

半是当年识放翁。

也信美人终作土，

不堪幽梦太匆匆。

相比于残酷的现实，人的生命和肉体的确太脆弱，好在，人还有一样东西，可以超越这残酷的时间与空间，这就是爱。

位卑未敢忘忧国

尽管没有考上进士，但由于陆游是官宦之后，所以按照惯例还是被荫补为登仕郎。绍兴二十三年（1153年），陆游来到都城临安，参加锁厅试。宋代规定，凡是现任官员及恩荫子弟参加的科举考试，称为锁厅试。这一年的主考官是两浙转运使陈阜卿。当时，秦桧的孙子秦埙也参加了这次考试。其实，秦埙当时已经官居右文殿修撰，官位比主考官还高，但是秦桧希望孙子能够取得状元，以利于今后的高升，因此，试前他就嘱咐陈阜卿将秦埙取为第一名。

可是，在审阅试卷的时候，陈阜卿对陆游的文笔赞不绝口，竟然不顾秦桧的事先招呼，把陆游录为第一名。秦桧知道之后十分震怒，想要降罪于陈。次年，礼部会试时，秦桧竟将省试成绩第一的陆游刷去，让秦埙得到了状元，于是陆游又一次名落孙山。

秦桧陷害陆游，不仅是因为陈阜卿没有照顾自己的孙子而让陆游成为第一，还因为陆游在试卷中慷慨激昂地高呼坚决抗金、收复故土，而这恰恰戳中了秦桧等主和派的痛处。因此，只要秦桧当政，陆游就永无出头之日。

幸运的是，四年后，秦桧死了，此时的南宋朝廷，主战派逐渐得势，形势似乎有所好转。孝宗即位后，特赐陆游进士出身。陆游先后担任过夔州通判、嘉州通判等职，淳熙二年（1175年），范成大镇蜀，年近五十的陆游受邀到其幕中任参议官。一直盼望能够"上马击狂胡，下马草军书"的陆游，此刻终于穿上了戎装，得偿所愿了。

可是，陆游低估了南宋朝廷的腐朽和黑暗，在金兵扬言将率兵南下攻打南宋时，迫于形势，高宗也曾力主抗敌，可是当金兵北撤，攻势暂时停止时，南宋朝廷又把杭州作汴州了。

北方在异族铁蹄下呻吟的土地和人民让诗人总是夜不能寐，而朝廷的昏庸无能更是让诗人拔剑击柱，四顾茫然。诗人高声提醒"遗民泪尽胡尘里，南望王师又一年！"（《秋夜将晓出篱门迎凉有感》）可是，身居高位的庙堂诸公耳中此时只有歌女的吟唱，只有丝竹的婉转，他的呼号，没有人听到，也没有人想听。诗人愤然痛斥："朱门沉沉按歌舞，厩马肥死弓断弦。"（《关山月》）诗人终于明白，此时的朝廷，其昏庸无能与无耻，已经超出自己想象，"公卿有党排宗泽，帷幄无人用岳飞"（《夜读范至能揽辔录言中原父老见使者多挥涕感其事作绝句》）。于是，诗人只好把自己的复国大志寄托于梦中，"夜阑卧听风吹雨，铁马冰河入梦来"（《十一月四日风雨大作》）。在梦中，诗人才能毫无顾忌地抒发自己的一腔爱国之情："我亦思报国，梦绕古战场。"（《鹅湖夜坐书怀》）甚至在梦中看到宋军终于取得了胜利："三更抚枕忽大叫，梦中夺得松亭关。"（《楼上醉书》）可是，梦醒之后，面对的仍然是残破的国家，是被异族侵占的大好河山。诗人不由

得仰天长叹："楚虽三户能亡秦，岂有堂堂中国空无人！"（《金错刀行》）

可是，做梦也是不允许的。

在歌功颂德声中，陆游的呼号太煞风景，在大好形势下，陆游的警醒也太刺耳。官员们都明白这样一个潜规则：肉食者已谋之，又何间焉？可是，陆游却不识时务地高喊："位卑未敢忘忧国，事定犹须待阖棺。"可是他不知道，在专制社会，国只是某姓的家而已，国事也只是某姓的家事，而别人的家事，外人是不能干涉的，哪怕山河破碎，哪怕洪水滔天。自己的呼号在这升平的歌舞中显得太异类，太不合时宜。在范成大幕中的时候，陆游就被讥为"颓放"，遭到排挤，可是他并未因此而收敛，反而干脆自号"放翁"。面对时人的不理解，陆游只好安慰自己："浮沉不是忘经世，后有仁人识此心。"（《书叹》）

虽九死其犹未悔

诉衷情

当年万里觅封侯，匹马戍梁州。关河梦断何处，尘暗旧貂裘。

胡未灭，鬓先秋，泪空流。此生谁料，心在天山，身老沧洲。

陆游曾说自己"壮岁从戎，曾是气吞残虏"（《谢池春》），那时候的陆游，内心充满了报国的渴望、复国的信心。可是，当曾经的梦烟消云散之后，诗人不禁自嘲："早岁那知世事艰，中原北望气如山。"（《书愤》）而现在，诗人只能面对着曾经穿戴过的，已经蒙上厚厚一层灰尘的盔甲，回想当日的辉煌和豪壮。

岁月的流逝，提醒诗人梦想正在毫不留情地一步步走向幻灭，纵使心比天高，但是天意从来高难问，况人情易老悲难诉！僵卧孤村，即使是夜间的风雨，也让诗人联想到踏过冰河的铁骑。可是，梦醒之后，自然的风雨却化作内心的秋风秋雨，风流都被雨打风吹去。

心还在大漠，还系着孤烟，还会随着梦中弓弦的破空之声而悸动，可是，渐渐老去的身体却在沧州，慢慢地沉沦，沉入这无尽的红尘。

时间依然流逝，街市依然太平，谁会在乎一个日渐衰弱的老人从喉底发出的那声呼喊呢？诗人的赤诚被讥为"颓放"，诗人的呼喊被视为谵语，无人在乎，于是一种悲凉，合着这孤独从诗人内心升起。

卜算子 咏梅

驿外断桥边，寂寞开无主。已是黄昏独自愁，更着风和雨。

无意苦争春，一任群芳妒。零落成泥碾作尘，只有香如故。

　　大凡伟大的人，总有一种甘与周遭为敌的勇气，有一种宁为玉碎、不为瓦全的一意孤行。陆游活了八十五岁，漫长的一生，照理说有很多的时间供他检讨前半生的"过失"，调整自己的人生态度，以期能与周围的这个社会更好地和谐相处。可是他没有。

　　在人类的众多品行中，越是高不可攀的，越意味着保有这品行的人会付出更惨重的代价。如高洁，如执着，如遗世独立。

　　弱者总以周围为自己的标尺，不断修正自己，将自己隐入这红尘，在与周围的一致中获得安全感；强者的标尺只在内心，于是，他成为一个异类，被讥讽，被排挤，被打击，可是，他却执迷不悟，就像那枝坚信自己能唤回春天的梅花。

　　它不是不知道，即使自己唤回了春天，那些未曾经历风雪的花儿们便会一拥而上，抢夺这春色，抢夺一个靠近阳光的位置，无人会关心它曾经的付出、曾经的坚守。可是，它仍然这样付出，这样坚守。世俗的得失它已经置之度外，对它来说，曾经在这冰天雪地中默默呼唤，直到春天返回，这就是一切。它的价值不在于幸福和获得，而在于宗教式的牺牲和苦难。

　　也许，这就是陆游钟情于梅花的原因。他一生写了上百首咏梅诗，还写了四首咏梅词。诗人咏叹的不是梅花，而是梅花中的自己，他说："何方可化身千亿，一树梅花一放翁。"（《梅花绝句》）即使现实仍然如此残酷，即使幻梦终归于破灭，即使香消玉殒，也无怨无悔。这种从屈原传下来的"虽九死其犹未悔"的力量，一直在支持着诗人的坚定，支持着诗人的执着，支持着他在日渐老去之时，仍然与年轻时一样，保留着那个永远的梦。甚至，用这梦的锥子刺破自己生命的布囊，用它的闪闪寒光，照亮以后无数黑暗的日子。

示 儿

死去元知万事空，但悲不见九州同。

王师北定中原日，家祭无忘告乃翁。

　　诗人要走了，离开这个他爱过恨过、笑过哭过的世界。他苦难的一生即将画上句号，但是，他的苦难却穿过时空，成为永恒。让我们以罗曼·罗兰《贝多芬传》里一段不朽的名言为他送行吧！

　　　　悲惨的命运，把他们的灵魂在肉体与精神的苦难中磨折，在贫穷与疾病的铁砧上锻炼；或是，目击同胞受着无名的羞辱与劫难，而生活为之戕害，内心为之碎裂，他们永远过着磨难的日子；他们固然由于毅力而成为伟大，可是也由于灾患而成为伟大。……在这些神圣的心灵中，有一股清明的力和强烈的慈爱，像激流一般飞涌出来。甚至毋须探询他们的作品或倾听他们的声音，就在他们的眼里、他们的行述里，即可看到生命从没像处于患难时的那么伟大、那么丰满、那么幸福。

与巨人比肩——刘过

世界的历史像一个幻灯。

它在现代的黑暗背景上，放映出明朗的片子，

说明那些造福人类的善人和天才的殉道者

在怎样走着荆棘路。

——安徒生《光荣的荆棘路》

沁园春

寄辛承旨。时承旨招，不赴。

斗酒彘肩，风雨渡江，岂不快哉！被香山居士，约林和靖，与坡仙老，驾勒吾回。坡谓西湖，正如西子，浓抹淡妆临镜台。二公者，皆掉头不顾，只管衔杯。

白云天竺飞来，图画里、峥嵘楼观开。爱东西双涧，纵横水绕；两峰南北，高下云堆。逋曰不然，暗香浮动，争似孤山先探梅。须晴去，访稼轩未晚，且此徘徊。

不管是论才能还是文采，刘过在南宋士人中绝不能进入第一流的行列。这也许是他一直漂沦江湖，为别人当幕僚宾客的原因之一。

刘过（1154—1206），字改之，自号龙洲道人。早年就以诗词闻名，但是他

屡试不第，一生布衣。据史载，刘过曾经与辛弃疾交往甚密。《词林纪事》引《江湖记闻》说：刘过性格豪爽好施，做过辛弃疾门客。有一次母亲生病，刘过想回家探望，但是苦于没有盘费。当晚两人在一家酒楼喝酒，遇到一个小官僚不认识辛弃疾，自恃财大气粗，命人把他们赶走，两人大笑而归。辛弃疾回去之后说有机密文书要那个官吏处理，后者因醉酒多次传唤未到，辛弃疾就说要将他充军。那个官吏慌了手脚，请了很多人说情都没奏效，于是拿出五千缗给刘过母亲做寿。可是辛弃疾还是不同意，要他加倍。无奈之下，那个肠子都悔青了的小官只好拿出一万缗。辛弃疾给刘过买了艘船，把一万缗交给他，说："别再像以前那样一下子就花光了。"

那一万缗刘过是不是一下子就花光了我们并不知道，但是他与辛弃疾过从甚密是无疑的。这首词的序也说，此词是刘过未能赴辛弃疾所召宴会所作。但是，此词的奇崛之处就在于，词人将同一个地点——杭州，但是不在同一个时间的几个名人强拉在了一起，与自己推杯换盏，指点山水，歌吟赠答，不亦乐乎。其想象之奇妙，令人叫绝。

香山居士白居易曾在杭州为官，在这人间天堂，他写下了大量美丽的诗篇，直到多年以后，他还自问："能不忆江南？"在他的《寄韬光禅师》中，曾有这样的名句："一山门作两山门，两寺原从一寺分。东涧水流西涧水，南山云起北山云。"

苏轼曾先后在杭州任通判和太守，他对西湖的歌咏"欲把西湖比西子，淡妆浓抹总相宜"，已经成为人们一到西湖就会想起的诗句。

林逋是杭州著名隐士，他结庐孤山，梅妻鹤子，卓尔不群，"疏影横斜水清浅，暗香浮动月黄昏"这样的淡泊与宁静，是无数士人梦寐以求的境界。

而此时，这三位文豪，竟然走出了时间的藩篱，与词人同舟共饮，这种现实中绝不可能出现的情况，在词人的作品中出现了。也许，刘过也是在委婉地暗示辛弃疾，对方的才华不亚于香山、东坡和林和靖，这也算是一个巧妙的奉承吧。难怪，辛弃疾看到这首词之后大喜，马上再派人请刘过前来共饮。

不过也有人对这首词颇有微词。据岳飞之孙岳珂在《桯史》中的记载，他与刘过饮酒，刘过席间谈到此词，十分得意。岳珂笑言："你这首词倒是不错，只可惜没有良药来医治你白日见鬼的毛病。"座中轰然一笑。岳珂此言即使是玩笑，也是开得不大高明的。诗歌本自于心，无关外物，精骛八极，心游万仞，思维的自由是诗歌自由的前提，若弃绝想象，诗歌也就被套上了绞索。而且岳珂还漏掉了词中另一个"鬼"：樊哙。

《史记·项羽本纪》记载，项羽请刘邦赴鸿门宴，席间项庄舞剑，意在沛公，情势万分危机之时，樊哙带剑拥盾闯帐。项羽十分欣赏他的勇气，赐之卮酒，樊哙一饮而尽。项羽又命赐之彘肩（猪腿），手下给樊哙拿来一个生的彘肩，樊哙"覆其盾于地，拔剑切而啖之"。词的首句"斗酒彘肩，风雨渡江"即指此事。而这里的樊哙，其实就是指词人自己。

谁能与巨人比肩？谁能与伟人共饮？长期漂沦的刘过不是不知道，自己位卑名微，难望古人项背。但是，他胸中有着带剑拥盾、单人闯帐、破釜沉舟、风雨渡江的豪气，这豪气，难道比不上白居易的才华、苏轼的潇洒、林逋的恬淡？而这豪气，恰恰又是喜爱"醉里挑灯看剑，梦回吹角连营"的辛弃疾胸中激荡之物。英雄方能惜英雄，此种情怀，当然不足与外人道。

但是英雄注定也是孤独的。

白居易之坎坷，苏轼之沉浮，林逋之孤独，都用同一种方式在诠释着英雄必然的命运。造物主将最优秀的人各啬地洒在无限的时空中，因此，英雄在稀有的同时也必须承受当下时空的寂寞，因为他们的价值不是交与当时，而是交给历史来衡量的。而在当世承受的孤独的人，必然会到历史中去寻找与自己同声同气的人。

岳珂也曾经批评辛弃疾的词用典过多，有掉书袋的嫌疑。我倒是以为，辛词用典，也是在遭遇到现世的孤独之后，被迫到历史中去寻找知音罢了。当他面对无限江山时，自然想到曾"坐断东南战未休"的孙权；想驰骋疆场的时候，自然希望自己有一匹日行千里的的卢马；而功业未就、年华老去的时候，怎能不想到曾遭遇同样命运的廉颇？如果说孤独是英雄不可避免的命运，那么英雄之所以能够成为英雄，是因为他们还有那盏前人点亮的明灯，照亮这条光荣的荆棘路，使自己能奋然前行。刘过在给辛弃疾的另一首《沁园春》中曾说："古岂无人，可以似吾？"这句话不仅是在称赞辛弃疾，其实也是自己命运的写照。因为同样的孤独，刘过也品尝过。

刘过好谈盛衰治乱之变，曾上书宰相，力主北伐，但是一直未被采纳，于是浪迹江湖，与辛弃疾、陆游、陈亮等人交往。男儿的一腔热血，与朝廷的苟且偷安形成了巨大的落差。随着世事渐长，激情变成激愤，激愤变成悲愤，最终变成了悲凉。就在西湖边，刘过曾经拜谒岳飞庙，在这里，他写下了《六州歌头·题岳鄂王庙》，他悲愤地呼号："中兴诸将，谁是万人英？身草莽，人虽死，气填膺。"他控诉朝廷"狡兔依然在，良犬先烹"。可是自己却一介布衣，"弹铗西来路。记匆匆、经行十日，几番风雨"（《贺新郎》），豪气干云，却无处可施。"腰下光芒三尺剑，时解挑灯夜语。谁更识、此时情绪？"（《贺新郎》）时间催促着年华老去，也催促着这个没落的帝国继续走向没落。当词人如二十年前一样站在黄鹤楼上的时候，却黯然吟道："旧江山、浑是新愁。欲买桂花同载酒，终不是，少年游。"（《唐多令》）

我突然想到，如果白居易、苏轼、林逋真的在刘过的安排下，跨越时空，与辛弃疾会面了，他们会怎样？我想，他们大概都做过类似的梦，当在现世孤独到绝望的时候，当在造物主为自己限制的这个框架中处处碰壁的时候，当在这个悲苦的世间承受苦难的时候。正是这绝望与苦难，跨越了时空，将历史上所有的受难者都聚集在了一起，于是，一些无名之辈也有机会与巨人比肩。此时我似乎有些明白陀思妥耶夫斯基那句话了："我唯一担心的是，我能否配得上自己所受的苦难。"

弹铗低吟　击筑悲歌——陈亮

12世纪的一天，辛弃疾正靠在自家楼上，等一个朋友的初次来访。不久，他看见那人骑着马来到门前。辛弃疾门前有一座小桥，客人想纵马过桥，可是马怎么也不肯上桥，一连三次，马都往后退缩。客人大怒，下马拔剑斩下马头，步行走进辛弃疾的院门。辛弃疾大惊，急忙命人下去迎接，此后，两人成为至交。

这个人叫陈亮。

囹圄不断的多舛命运

陈亮（1143—1194），字同甫，原名汝能，后改名亮，婺州永康（今属浙江）人。《宋史》卷四百三十六《陈亮传》说他"生而目光有芒"，长大之后，"为人才气超迈，喜谈兵，论议风生，下笔数千言立就"，很得当时郡守周葵的赏识，认为他是国士之才。后来周葵当了宰相，极力向各级官员推荐陈亮，陈亮也得以结交各地官员。

隆兴二年（1164年），金兵大规模南下，迫近长江，南宋被迫与金签订和约，史称"隆兴和议"。这个和议对南宋是一个不平等的屈辱和议，但是朝廷的主和派却庆幸又有了享乐江南的喘息之机。陈亮愤然上《中兴五论》，请求北伐，但是却没有得到回音。于是他退隐归家，专心著书。

十多年后，淳熙五年（1178年），不甘寂寞的陈亮再次向皇帝上疏，极论北伐以恢复山河之事，怒斥朝廷主和派忘记靖康之耻，认贼作父，侍奉仇敌，偏安江南，粉饰太平，罪不容诛。（忍耻事仇，饰太平于一隅以为欺，其罪可胜诛哉！）这篇奏章被全文收入《宋史》本传。宋孝宗看到这篇奏章之后赫然震动，想召陈亮上殿，破格录用。可是一班主和的大臣顾左右而言他，处处设置障碍。只有少保曾觌知道之后，想事先见一下陈亮，了解情况。曾觌好逢迎巴结，陈亮一向不屑其为人。听说他来访，陈亮竟翻墙逃跑，曾觌十分难堪。于是几乎所有大臣都极力说陈亮的坏话。十天之后，陈亮又连上两封奏章，继续鼓吹北伐中原。宋孝宗颇受打动，想授予他官职，陈亮大笑说："吾欲为社稷开数百年之基，宁用以博一官乎！"然后渡江回家。

虽然没有功成，但是退隐乡间，陈亮大概认为自己的行为是颇为潇洒的。他低估了自己接连的几篇奏章给朝廷的震动，更没有意识到，得罪那些畏战偷安的官僚的后果的严重性。

归隐乡野的陈亮天天与村中的狂士饮酒，大醉之后说了一些犯上的话。在平时，这些话都不会有人在意，但是有一个士子一直嫉恨陈亮，于是把他告到刑部。主审的侍郎何澹曾经是陈亮的主考官，黜落过陈亮，陈亮跟他有过争执，何澹一直记恨在心，趁机把陈亮关入大理寺，严刑拷打，陈亮被打得体无完肤，何澹再给他定了个"大逆不轨"的罪行，想置之于死地。孝宗知道之后，说："一个读书人酒醉之后说点大话，何罪之有！"何澹气得把刑部的奏章扔到地上。陈亮终于死里逃生。可是，这仅仅是陈亮牢狱之灾的开始。

不久之后，陈亮的家仆杀人，被杀的人曾经侮辱过陈亮的父亲，于是其家人怀疑是陈亮主使，又把陈亮和他父亲关入监狱，想置之于死地。幸好宰相知道皇帝比较看重陈亮，又有辛弃疾、罗点等大臣极力营救，陈亮才再次得以免除祸患。

陈亮的牢狱之灾最离奇的是第三次。陈亮一次与乡人宴饮，主人将胡椒放在陈亮的菜里。南宋时，胡椒还是十分奢侈的调味品，一般人无缘品尝，乡人这样做，其实是以最高礼节招待陈亮。可是宴会散后，与陈亮坐在一起的客人暴死，死者家人认为陈亮的菜中有"异味"，怀疑是他下毒，于是陈亮又一次被扔进监狱。此时孝宗已经逊位，即位的是光宗赵惇。刑部官员特别叮嘱选酷吏审问陈亮，大家都认为陈亮此次必死。大理少卿郑汝谐看了陈亮的案卷之后大惊说："这是天下奇才啊！无罪而被国家杀戮，向上损害天和，向下也会伤及国脉！"于是向光宗力谏，陈亮终于第三次被人从死亡线上拉了回来。

《宋史》说："（陈）亮自以豪侠屡遭大狱。"这话其实只说对了一半。陈亮性格的豪侠粗犷使他得罪了不少人，这固然是他屡次入狱的原因之一，但是更本质的原因，是他大声疾呼的北伐主张触动了不少苟且偷安的大臣们的利益。而他在奏章里对主和大臣的痛斥更是让他们咬牙切齿，后者怎么能不欲将其置之死地而后快呢？

绍熙四年（1193 年），刚出牢狱的陈亮第二次应礼部考试，名列第三。皇帝看到陈亮的试卷后，十分满意，擢为第一。待到拆开封套，才知道作者就是多年来名闻天下的陈亮，皇帝十分高兴："朕看中的人果然没错！"

五十岁的陈亮终于高中状元。回家乡的时候，他的弟弟陈充来迎接他，兄弟相对而泣。陈亮说："等我富贵了，我一定提拔你，以后死的时候，我们就可以穿着官服到地下见先人了。"

陈亮五十岁及第之后，签授建康军判官厅公事。而陈亮未到任便去世，时为绍熙五年（1194 年），终年五十一岁。

衰世中的悲歌

刘熙载《艺概》云："陈同甫与稼轩为友，其人才相若，词亦相似。"陈亮与辛弃疾相交甚厚，词风受其影响很深，例如辛词多喜用典，这在陈亮词中也多有体现。陈亮曾有《贺新郎·寄辛幼安和见怀韵》《贺新郎·酬辛幼安再用韵见寄》《贺新郎·怀辛幼安用前韵》等多首词写给辛弃疾，而辛弃疾著名的《破阵子·醉里挑灯看剑》也是写给陈亮的。但是相比之下，辛弃疾在晚年饱经仕途挫折，因此豪放之下也有沉雄和悲凉，而陈亮虽以才能论，不能与辛弃疾比肩，但其慷慨激昂之气却一直贯串始终。

很多宋词选中有陈亮的《水调歌头·送章德茂大卿使虏》，一些学者对之评价颇高。

水调歌头 送章德茂大卿使虏

不见南师久，漫说北群空。当场只手，毕竟还我万夫雄。自笑堂堂汉使，得似洋洋河水，依旧只流东？且复穹庐拜，会向藁街逢！

尧之都，舜之壤，禹之封。于中应有，一个半个耻臣戎！万里腥膻如许，千古英灵安在，磅礴几时通？胡运何须问，赫日自当中！

隆兴和议规定：南宋对金不再称臣，改称"叔侄关系"；维持绍兴和议规定的疆界；宋每年给金的岁贡改称岁币；宋割让商州、秦州予金。每年元旦和双方皇帝生辰，宋、金都按例互派使节祝贺。但是，金的使节到宋，宋待之如上宾，宋使节到金却多受凌辱歧视。淳熙十二年（1185 年）十二月，宋孝宗命章森前往金朝贺金世宗完颜雍生辰。陈亮为之送行，于是作此词。

国弱如斯，国耻如斯，已经不是哪个人凭只手之力能改变的。尽管陈亮感情澎湃，一泻千里，但是无奈之下，也只能以豪迈大言来安慰彼此而已。"且复穹庐拜，会向藁街逢"一句，引用了一个典故：《汉书》记载，汉将陈汤曾斩匈奴郅支单于首,悬之藁街。陈亮意思是说,现在暂且向胡人朝拜,终有一天,会将敌酋首级悬于国都大街之上。可是,这种金色的美好的愿望衬上南宋朝政的灰暗底色,就变成了一场黑色幽默。尧、舜、禹、汤救不了国,万古英灵也护佑不了家,南宋的衰亡将不以人的意志为转移,执着地进行下去,直到灭亡。陈亮在最后发出的呼喊,只能说是一声无济于事的口号。纸上杀敌固然痛快,但是,转身面对残酷的现实,才能体味到这浓黑的悲凉。

所以我更喜欢陈亮的另一首作品:

念奴娇 登多景楼

危楼还望,叹此意、今古几人曾会?鬼设神施,浑认作、天限南疆北界。一水横陈,连岗三面,做出争雄势。六朝何事,只成门户私计?

因笑王谢诸人,登高怀远,也学英雄涕。凭却长江,管不到、河洛腥膻无际。正好长驱,不须反顾,寻取中流誓。小儿破贼,势成宁问强对!

淳熙十五年(1188年)夏,陈亮到建康和镇江考察形势,准备向朝廷陈述北伐策略。镇江北固山甘露寺内,有一座高楼,名曰多景楼。长江从多景楼北面滚滚流过,本是一条内河,现在却成了宋金之界。词人登楼远望,感慨万端,但是,这样的感慨,古往今来,又有几个人能理解呢?镇江一带,地势险要,古人曾依凭这天险,与中原争雄。可是,这地势却被宋廷糊里糊涂地作为与金国的疆界,"此为长江之险已与我共之矣"(《三国志·周瑜传》)。难道真的是执政者昏庸无知吗?词人一句揭开谜底:只成门户私计!原来所谓国家利益,不过是掩盖在豪门大族私利之上的一块遮羞布，所谓国仇家恨，只是那些衮衮诸公在需要的时候拿出来蛊惑人心、让别人为自己卖命的一面旗子！

《世说新语·言语》记载：西晋灭亡之后，渡江的士大夫们经常在天气晴好的时候相邀到新亭宴饮。一天，当中有人说："风景还是和以前一样，可是山河却与以前不一样了。"众人相视流泪。词人在这里借此典故，意在讽刺南宋诸大臣，只会凭空洒泪，但是又有谁能真的奋起领兵，克复神州？在天险的保佑下，宋廷的君臣过着醉生梦死的日子，哪里管得上江北的大片土地，和那土地上辗转呻吟在异族铁蹄下、南望王师又一年的父老乡亲！

同样是朝廷偏安江南，晋朝的祖逖却能渡江北伐，当他的船到江心时，他击楫立誓："祖逖不能清中原而复济者，有如大江！"（《晋书·祖逖传》）同样是北方外敌入侵，宰相谢安派侄儿谢玄等领兵抗敌，前秦皇帝苻坚自以为兵强马壮，声称能投鞭断流，谁知在淝水一战被打得风声鹤唳、草木皆兵。当报告胜利的书信传到时，谢安正在下围棋，客人问何事，谢安漫不经心地回答："小儿辈大破贼。"（《世说新语·雅量》）这样十足的自信，这样潇洒的风度，让词人无限神往。可是，反观南宋君臣，哪一个还有这样的雄心，有这样的气度，还能建立这样的功业？天下大势已成，可是执政者还顾忌敌人过于强大，甚至根本不敢备战，怎能不让人扼腕长叹！

也许，历史和现实只是一张纸的两面，对着灯光，我们可以清晰地看见背面是写的字，还是画的画，或者只是无聊的涂鸦。只是，有时候我们会惊奇地发现，在背面那团黑斑相应的位置，对着我们的正面也有一块很相似的斑点，不是错觉，不是误解，也不是重演，因为历史的重演绝不是一次简单的依样画葫芦，而是有一个专用的名字，叫重蹈覆辙。

何人会　登临意——辛弃疾

宋绍兴三十一年（1161年），金主完颜亮率兵大举南侵。南宋朝廷大震。

为了支持对宋战争，金统治者在占领区强征大量壮丁和马匹，一时民怨沸腾，不少百姓举起义旗，奋起反抗，在山东地区，反抗尤其激烈。其中一支拥有两千余人的队伍，为首的叫辛弃疾。

壮岁旌旗拥万夫

辛弃疾（1140—1207），字幼安，号稼轩，历城（今山东济南）人。辛弃疾出生的时候，北方大片土地已经沦于金人之手十余年了。《宋史·辛弃疾传》有言，辛弃疾少年以学者蔡伯坚为师，与党怀英为同学，当时人称为"辛党"。两人在选择自己前途的时候，借助占卜，党怀英得到"坎"卦，于是决定留下，后在金国为官；辛弃疾占卜得"离"卦，于是决意南归。

完颜亮南侵未果，被部下所杀。此时中原豪杰并起，当时山东最大的一支部队由耿京领导，耿京自称天平军节度使。辛弃疾起兵后不久，就率领人马投奔耿京。耿京对他十分看重，任命他为天平军掌书记。当时一个叫义端的和尚也起兵反金，有千余人马。辛弃疾前往义端军中，劝说他也归附了耿京。可是不久，义端竟然窃取了耿京的大印逃跑了。耿京大怒，要杀辛弃疾，辛弃疾说："给我三天时间，抓不住义端，我再死未晚。"耿京答应了。辛弃疾估计义端肯定是带着大印逃往金营邀功，于是快马拦截，果然捉住了义端。义端求饶说："我知道你的真面目，你是天上的青牛下凡，力能杀人，希望你别杀我。"这些话当然不能打动辛弃疾。辛弃疾斩下义端头颅，夺回了大印归报耿京。耿京十分佩服其豪壮。

辛弃疾很明白，虽然义军现在已拥有数万众，但是若无南宋朝廷支持，最终也无用武之地，因此他一直鼓动耿京归宋。耿京终于听从了辛弃疾的建议。绍兴三十二年（1162年），辛弃疾受耿京委派，南渡长江，奉表归宋。宋高宗在建康接见了辛弃疾，对他们归附南宋的行动十分赞赏，并授辛弃疾为承务郎、天平军掌书记，授耿京为天平军节度使，并让辛弃疾把节度使印带回召耿京归宋。谁知辛弃疾回到江北的时候，义军却发生了大变。部下张安国、邵进趁辛弃疾不在的时候，竟然杀害耿京，投降金军，义军群龙无首，几乎分崩离析。

辛弃疾对手下说：我们是因为主帅耿京才归朝的，没想到发生事变，我们该如何复命？于是辛弃疾约上王世隆和忠义军一些士兵共五十人，径直冲向金军五万人大营。张安国此时正与金将饮酒作乐，根本没料到辛弃疾竟有如此胆略。辛弃疾纵马冲到酒案之前，抓起张安国，放在马背上就冲出大营，来去如风，剽悍善战的金军甚至还没有反应过来，五十名壮士的身影就已经消失了。

抓获了叛徒，辛弃疾又召集旧部，得万余人，渡江南下，将张安国斩于市中。辛弃疾惊人的勇武和豪壮在当时引起了巨大反响，"壮声英概，儒士为之兴起，圣天子一见三叹息"（洪迈《稼轩记》）。

回到南宋之后，辛弃疾仍然被授予天平军掌书记之职，又任江阴签判，这一年辛弃疾二十三岁。

多年以后，辛弃疾才知道，这段岁月是他一生中唯一称得上叱咤风云的日子了，他不无留恋地回忆道："壮岁旌旗拥万夫，锦襜突骑渡江初。"（《鹧鸪天·有客慨然谈功名因追念少年时事戏作》）回到南宋之后，壮士的热血将遭遇官僚的冷漠，英雄的豪壮将不得不面对庸人的猥琐。辛弃疾不得不在庞大臃肿却无所事事的官僚机构面前，眼睁睁地看着自己的豪气逐渐被消磨，自己的梦想逐渐变成泡影。这是辛弃疾的悲哀，更是南宋朝廷的悲哀，但是却成了宋词的幸运。正因为这内心与外界的强烈撞击，才有可能使天才迸发出悲愤沉雄的火花，点亮一个黑暗的时代，以及无数后人黑色的眼睛。

把吴钩看了　栏杆拍遍　无人会　登临意

回到南宋的辛弃疾，一心不忘锐意恢复。宋孝宗即位之后，朝廷有北伐之志，辛弃疾连上《九议》《应问》等奏章，并著《美芹十论》，论南北形势，双方人才，坚信金国必亡。可是，他的观点并不为当政者所喜。不久，南宋又与金国讲和，恢复之梦又变成泡影。

辛弃疾先后被任命为湖北、江西、湖南、福建、浙东等地安抚使。当时各地多受兵灾，井邑残破，辛弃疾上任之后，均徭薄赋，招纳流民，与民休息，每到一处，皆有善政。而他心中，始终没有忘记北伐之梦、恢复之志。

淳熙七年（1180年），辛弃疾时任潭州知州兼湖南安抚使。他上表朝廷，说为了维护地方治安，要求准许建立一支部队，命名为"飞虎军"。事实的真相是，辛弃疾看到当时南宋军队孱弱朽败，"教阅废弛，逃亡者不追，冒名者不举。平居则奸民无所忌惮，缓急则卒伍不堪征行"（《宋史·辛弃疾传》）。为了震慑金兵，他想亲手训练一支能征惯战的队伍，为北伐贡献力量。

不久朝廷回复，委任辛弃疾亲办此事。得到准许之后，辛弃疾马上命令修建营房，购买马匹，招纳士兵。南宋官僚机构的低效率在辛弃疾雷厉风行的作风面前被击得粉碎，一些官员找借口拖延怠工，但是辛弃疾"疾行逾力"。官僚们见怠工的方法不能奏效，于是转而祭起诬陷的法宝，很快就有人给皇帝打小报告，说辛弃疾借口建飞虎军，聚敛无度。皇帝降下金牌，命令辛弃疾马上停止。辛弃疾接到之后，将金牌藏起来，命令部下一月之内必须把营房建成，违者军法处置。谁知部下说，因为造瓦不易，无法按期完成，宁愿接受惩处。辛弃疾问："需要多少瓦？"部下回答："二十万。"辛弃疾说："不用担心。"然后命令手下在官舍、神祠以及民房上，每户取瓦二十片，两天之内，需要的瓦就全部备足，僚属叹服。

　　在辛弃疾的努力下，飞虎军终于建立，军成之后，"雄镇一方，为江上诸军之冠"（《宋史·辛弃疾传》）。

　　对于雄才大略的辛弃疾来说，建立一支只有两千五百人的飞虎军，只不过是牛刀小试。可是，即使是这样的小试，他也再没有机会尝试过。在他担任福州知州兼福建安抚使时，他又建议造万领铠甲，招兵买马，严格训练。可是这次官僚的应对更为直接和恶毒，一个叫王蔺的大臣干脆说辛弃疾用钱如泥沙，杀人如草芥，还说辛弃疾招兵买马，莫非是"且夕望端坐'闽王殿'"（暗示其想拥兵叛乱——笔者注）。这一招可谓恶毒至极，也有效至极，无奈之下，辛弃疾只好辞官还乡。

　　辛弃疾从四十三岁到六十三岁，两次遭到弹劾，十八年在江西家中度过。无法估量辛弃疾的闲居对南宋王朝究竟有多大的损失，但是这个偏安江南的小朝廷失去了一次中兴的机会是毫无疑问的。

　　和中国几乎所有的失意文人一样，在闲居的时候，辛弃疾找到了最后的救主：陶渊明。他说："待学渊明，更手种、门前五柳。"（《洞仙歌》）他还说："穆先生，陶县令，是吾师。"（《最高楼》）但是，陶渊明最吸引辛弃疾的，并非常人见到的五柳居士的恬淡潇洒，而是在这恬淡潇洒背后高昂的头颅，在菊花丛中隐现的傲岸的身影。

　　如果我们剥去陶渊明所谓"隐逸之士"的外衣，还他本来面目，就可发现，这位所谓"浑身静穆"的诗人，何尝"静穆"，原来却是一位"金刚怒目"的铮铮汉子。他的不为五斗米折腰向乡里小儿的反抗精神，"我醉欲眠君且去"的率真态度，"性刚才拙，与物多忤"（《与子俨等疏》）的倔强性格，"怀此贞秀姿，卓为霜下杰"（《和郭主簿》）的高尚情操，都证明他不是一个"浑身静穆"的人。"岂知英雄人，怀志不得伸"（明张志道《题陶渊明归隐图》），这才是陶渊明的真实面目。他是积极进取的，也是壮志未酬的。

——张忠纲《辛弃疾与陶渊明》

　　遁归田园的隐士与壮志难酬的武士在南宋的田间就这样相遇了。不过在辛弃疾身上，金戈铁马的武士与激情澎湃的诗人完美地结合为一人。于是他在归隐时的很多田园诗便少了一些文人的酸腐气，多了很多田园的泥土香味。这些美丽的乐章，即使在数百年之后，仍然让人们嗅到了宋朝稻花的香味，听到了宋朝蛙声的和鸣。

西江月 夜行黄沙道中

明月别枝惊鹊，清风半夜鸣蝉。稻花香里说丰年，听取蛙声一片。

七八个星天外，两三点雨山前。旧时茅店社林边，路转溪桥忽见。

　　很多士大夫对田园的歌咏，只不过出于偶尔一发的雅兴。如同城里人厌倦了高楼大厦，想到农家住住草房小院；厌倦了山珍海味，想换换口味，品尝一下野菜蕨根。而且很多文人的田园诗词，总是极力避免"俗"，即使是谈农夫，似乎农夫们都天生一副仙风道骨，绝非庸常泥腿子可比。可是辛弃疾却不避"俗"，不讳"实"，他的笔下不是经霜的秋菊，也不是傲雪的红梅，竟是普普通通的稻花，而这种带着泥土滋味的香气氤氲在词人周围的时候，他想到的跟一个老农想到的没有区别：丰年。

大俗，才是大雅。此时的词人，远离了杀声震天的沙场，也远离了危机四伏的朝堂，在这最平常却最切实的美中，沉醉于这最质朴也最原始的爱。

清平乐 村居

茅檐低小，溪上青青草。醉里吴音相媚好，白发谁家翁媪。

大儿锄豆溪东，中儿正织鸡笼。最喜小儿无赖，溪头卧剥莲蓬。

若非将自己的身心沉醉于这文人们不屑一顾的乡村，谁能写出这样充满了温情的词句？被人讥为"掉书袋"的辛弃疾没有使用任何典故，没有佶屈聱牙的词句，平白如话，似乎是那个写诗之后都要读给不识字的老婆婆听的白居易。词人笔下的田园，不再是知识分子理想中的乌托邦，也不是仕途失意者最后的养伤地，而是一个切切实实的农村。如季续先生所说："辛弃疾在农村词中，成功地塑造了农民的诗意形象，让农民第一次在词苑中获得了主人翁的地位。"（《辛弃疾农村词的艺术成就》）而温暖明媚的农村经他的笔，被存在了历史永远的记忆中，也因为这位伟大的词人，而再也无法被抹去。

可是，在某个寥廓无边的清秋，落日之下，词人还是会独自登上那座同样孤独的高楼，北望千里江山，断鸿声里，"把吴钩看了，栏杆拍遍，无人会，登临意"。

醉里不知身在梦

破阵子 为陈同甫赋壮词以寄

醉里挑灯看剑，梦回吹角连营。八百里分麾下炙，五十弦翻塞外声，沙场点秋兵。

马作的卢飞快，弓如霹雳弦惊。了却君王天下事，赢得生前身后名。可怜白发生！

在我心目中，辛弃疾不仅是像文学史所说的与苏轼并称，他还与另外一个人是不分伯仲的，因为他们都是文武双全，而且分别在文武两个领域彪炳后世，这个人就是岳飞。虽然现在有学者还认为《满江红》并非岳飞所作，但是我对这种观点是不以为然的，因为没有"三十功名尘与土"的历练，何以写出此等"八千里路云和月"的文章？所以我想岳飞如果专注写词的话，必为一代大家。而辛弃疾为人所知，更多的是因为他的文章，而他的武艺胆略，却经常被人忽略了。

这首词有一个小序：为陈同甫赋壮词以寄。陈同甫就是陈亮（详见前章《弹铗低吟·击筑悲歌》），辛弃疾与陈亮相交甚笃。辛弃疾在《贺新郎》序中曾说过他们的一段交往：一次陈亮来看望辛弃疾，两人同游鹅湖，十余天后，陈亮告别。次日，辛弃疾十分不舍，骑马去追，追到鹭鸶林，雪深路滑，无法前行，只好在方村独饮闷酒，后悔不该让陈亮走。晚上他写了一首《乳燕飞》表达自己的思念。过了五天，陈亮就写信来要辛弃疾写的词。这样的默契，让辛弃疾自己也感叹："心所同然者如此，可发千里一笑。"而之所以有这样的默契，只是因为，在辛弃疾和陈亮心中，都有着一个无法淡忘的梦，一个恢复中原、洗雪国耻的梦。

一个梦要做多久才能醒？夙愿要多久才会放弃？放翁说："事定犹须待阖棺。"可见，也许只有死，才能填满内心永远的梦想与残酷现实之间太大的鸿沟。但是，在溘然长逝之前的漫漫岁月里，诗人却无时无刻不在受着理想与现实冲突带来的煎熬。

这种煎熬在南宋很多词人身上都出现过，包括张孝祥、陆游、刘过、陈亮等。但是，辛弃疾早年实实在在的戎马倥偬和赫赫武功与后来的寂寂无闻却使这种煎熬更具有一种现实的深度。这种深度是一条深深的刻痕，将辛弃疾与赵括、房琯式的纸上谈兵的文人们分隔开；这条刻痕也深深地刻在词人的心上，随着脸上岁月的刻痕，逐渐地加深，无法再抹平。

我有时候想，当辛弃疾"却将万字平戎策，换得东家种树书"的时候，心中是怎样的一种凄凉和怆然；在他酒醉"以手推松曰去"的一刻，脸上除了醉意之外，是否还有几许无奈和沧桑；当词人年事已高，终于"欲说还休，却道天凉好个秋"的时候，心中一定泛起的是比清秋更加凄冷刺骨的寒意吧。

所以，酒真是好东西，在醉意中，我们可以回到过去，或者将过去复制粘贴成未来，我们的思想似乎可以不受任何限制，我们的愿望可以在蒙眬的醉眼中一一得以实现。醉里挑灯看剑，那剑上也许曾经有敌人的鲜血、叛徒的哀号。灯光反射着冷冷的清辉，这清辉穿越时空、剑啸、马嘶，戈矛林立，弓箭在腰，诗人眼前狼藉的杯盘化作整齐的行伍，旌旗蔽日，沙场点兵……

醉眼中的世界，是另外一个世界，一个将过去的辉煌与未来的梦想交织在一起的世界。于是，这个世界涂上了逝去功业的神光，又将这神光涂抹在了未知的未来的大纛上。于是，幻想与梦想交织在一起，昏暗的灯光也变成了战场上照彻黑暗的锋刃的寒光。可是，这个混淆了过去与未来的世界，唯独遗忘了一个最沉重也最无奈的坐标——现在。

记梦的作品很多，但是将彻骨的冰水哗的一声倒向滚烫的柴堆，将熊熊的烈火瞬间变成一堆死灰的，却并不多见。词人以醉起兴，以梦前行，但是在剑的锋刃返照之下，看见的却是自己苍苍的白发！

词人哭了吗？词人醒了吗？？词人愤怒了吗？？？我不知道，也许并没有必要知道，因为他并不想告诉我们，或者，早已经明明白白地告诉了我们。对每个人来说，似乎现实都是那么的残酷，过去都是那么的美好，未来都是那么的不可捉摸。如此，就别再琢磨了吧，就让我们一饮三百杯，"醉里且贪欢笑"，将愁的工夫都托付给杯外那个冷冰冰的世界、惨淡淡的人生吧！

做不了神便成仙　成不了仙便为奴

西江月_{遣兴}

醉里且贪欢笑，要愁那得工夫。近来始觉古人书，信着全无是处。

昨夜松边醉倒，问松"我醉何如"。只疑松动要来扶，以手推松曰："去！"

要找到一个不喝酒的诗人，估计比要找一个不吃奶的婴儿还难。或者说，酒就是诗人的乳汁，只不过，这乳汁维持的不是诗人生理意义上的生命，而是维持了他们艺术层面上的激情，或者说，梦想。

辛弃疾自从南渡之后，就基本与前半生的戎马倥偬告别了。曾经的功业此时已经成为只能在梦里出现的连营和画角，醉里挑灯看剑之后，要面对的更是醒来时现实的无奈和悲哀。诗人忽然发现，以前读过的书，相信过的名词，竟然全部是一场欺骗。是悲，是痛，是倒塌，还是迷茫？也许都是，也许都不是。这时候，诗人只想醉，大醉，最好没有醒来的时候。信念的倒塌，是没人能够扶助的。长久以来，生活在心灵和信念中的上帝已经死去，不会再复活，而此时唯一的救世主，只有酒。

酒与诗人结缘，似乎也不是中国的专利。古希腊人也是很喜欢酒的，在酒的陪伴下，苏格拉底与朋友们一起探索真理的奥秘，柏拉图与学者们激烈争辩，海格力斯痛饮美酒打败了九头蛇，伊阿宋与朋友们举杯之后，踏上寻找金羊毛的旅程……在爱琴海温柔海风的吹拂下，宙斯的子民们用美酒歌咏他们的生活、智慧和爱情；在日神阿波罗理智之光的照耀下，狄俄尼索斯用美酒浇灌他们的健康、生命和自由。于是，在这片神秘的土地上，孕育出了人类最伟大的一种精神——酒神精神。酒神精神一直是西方文化中一个极其核心的部分，而尼采更是将酒神精神作为自己哲学的核心部分，其哲学的主要命题，包括强力意志、超人和重估一切价值，事实上都脱胎于酒神精神：强力意志是酒神精神形而上学的别名，超人的原型是酒神艺术家，而重估一切价值就是用贯穿着酒神精神的审美评价取代基督教的伦理评价。换言之，酒神所代表的审美精神，既是尼采其他一切思想的出发点，又是其归属。

可是，更偏重日神精神的中国却少有这样的酒神精神。紫色的葡萄酒与白色的米酒之间的距离，就像人身上暴露在外的古铜色的皮肤与长袍下面终年不见阳光的苍白的皮肤之间的距离一样大。汉密尔顿在《希腊精神》中，一语道破天机：

> 希腊人生活在主体自由和伦理的中间地带。这就不像东方人那样固执一种不自由的统一，结果产生了宗教和政治的专制，使主体

淹没在一种普遍实体或其中某一方面之下，因而丧失掉他的自我，因为他们作为个人没有任何权利，因而也就没有可靠的依据。

因此，当希腊人用美酒表达自己对生命的赞颂，并孕育出了伟大的酒神精神的时候，中国人只能用酒浇心中之块垒，做神而不得，只有当酒仙。

神是俯瞰世间的，带着透彻的眼光和悲悯的手指观照芸芸众生，透视悲剧又执着悲剧，以入世的姿态正视奥林匹斯山下的一切，享受生命中的大欢喜和大悲哀。神是积极入世的，用自己的神圣和激情来照耀世间，观照生命和灵魂；仙是消极出世的，道不成，乘浮槎于海，有一点吃不到葡萄就不再看葡萄藤的味道。仙所有的，只是举杯消愁的无奈，是醉里贪欢的忘却，不是用昂扬的精神，如汉密尔顿所说的"活力，而不是活着"的姿态切入人世，而是以忘却和逃避的姿态转身而去，不再回头。当不了神，只好成仙，放白鹿于青崖，散发弄扁舟去也。

所以，神是一种坚强的回归，仙则是无奈的逃避。

于是，紫色的液体中，荡漾的总是意志之直觉的酣醉欢悦；而白色的液体中，晃动的却总是梦魇的杯弓蛇影。鲁迅在《魏晋风度及文章与药及酒之关系》中，以阮籍为例说：

> 就是他的饮酒不独由于他的思想，大半倒在环境。其时司马氏已想篡位，而阮籍的名声很大，所以他讲话就极难，只好多饮酒，少讲话，而且即使讲话讲错了，也可以借醉得到人的原谅。

刘伶病酒，经常边走边喝，让一个仆人扛着锄头跟在自己后面，说："死便埋我。"喝酒喝到这地步，别说神，连仙也做不成了。

　　再回到辛弃疾吧。当他把自己毕生的心血《美芹十论》"换作东家种树书"的时候，心中该是怎样的一种悲凉和凄怆？当所有的信念后来被发现只是一场梦，所有的名词实际上只是一场欺骗的时候，诗人甚至不敢说出自己的疑虑，只有在大醉之中含含糊糊地表达出一点自己的悲凉，这与黑格尔描述的"所有的事物都要被怀疑、被验证，思想没有界限"的希腊人相差何止天壤！如果说，李白尚能怀"散发弄扁舟"之志，借逃避来成为仙，随着专制政治的愈加完善和知识分子生活空间的愈加逼仄，辛弃疾那时候的人们，连这点逃避的勇气和能力都已经没有了。于是，酒仙精神在中国也绝种了，剩下的，只有酒奴，或者说，成了丧失独立人格和自我精神的专制的奴隶。

　　说到这里，我想起，苏格拉底死去五十多年后，柏拉图的学生亚里士多德写下了这样的话：

　　　　有一种生活，远非人性的尺度可以衡量：人达到这种生活境界，靠的不是人性，而是他们心中一种神圣的力量。有人说，我们作为人要去思考人的东西，我们不应该相信这些人的劝说，而要依照他们内心中的那种更高尚的东西来要求生活，虽然这种东西很曦微渺茫，但是，其力量和价值远胜其余。

　　这样的生活，真正作为人的生活，离我们的距离，何其遥远！

知音少　弦断有谁听？

　　《词苑丛谈》说："辛稼轩当弱宋末造，负管乐之才，不能尽展其用，一腔忠愤，无处发泄。观其与陈同甫抵掌谈论，是何等人物。故其悲歌慷慨，抑郁无聊之气，一寄之于词。今乃欲与搔头傅粉者比，是岂知稼轩者。"可是，在歌舞沉醉的南宋，士大夫的时尚恰恰却是"搔头傅粉"，辛弃疾英雄式的豪壮和悲凉，在一片莺莺燕燕的呢喃中，显得太刺耳，太不合时宜。

丑奴儿 书博山道中壁

少年不识愁滋味，爱上层楼。爱上层楼，为赋新词强说愁。

而今识尽愁滋味，欲说还休。欲说还休，却道天凉好个秋。

不得不佩服中国官僚机构力量的强大，令英雄敛手，令诗人住口，这两件最难做到的事情，它都做到了，而且是在集英雄和诗人一体的辛弃疾身上。

少年时的愁，无非是青春朦胧的感伤，或者是若有若无的忧郁，甚至只是为了写诗填词而强加于自己的虚假的忧伤。而当词人年华渐老，饱经世事沧桑之后，才知道，这少年的愁与人生真正的愁相比，相去太远！

能够说出的愁，其实已经不是愁了。当词人如少年时一样再次登上高楼的时候，愁绪已经不在眉间心上，而是已经覆盖了整个苍天，整个大地，无处不在。可是，在这愁之上，一双看不见的手却在收紧，钳制着词人的双手和喉咙。"识尽愁滋味"，要多少沧桑与感慨才能凝聚成这一句！而最大的愁并不是愁本身，而是身心被愁缠绕无法自拔，却又无法言说。罢了！罢了！即使倔强如稼轩，也不得不学会官场惯见的圆滑，也不得不学会打点毫无意义的哈哈："多凉爽的秋天啊！"官员们终于放下了心：这个桀骜不驯的武人，这个总让人不放心的文士，终于变得"成熟"了。没人注意到，词人捏紧的双拳、睁圆的双眼，和眼里隐约可见的泪光。

可是，词人还是想开口，还是想如壮年时一样，发出自己压抑已久的呐喊。可是，他发觉，当这呐喊发出时，已不再是呐喊，而是一阵断断续续的呜咽，如泣如诉。

摸鱼儿

淳熙己亥，自湖北漕移湖南，同官王正之置酒小山亭，为赋。

更能消、几番风雨？匆匆春又归去。惜春长怕花开早，何况落红无数。春且住。见说道、天涯芳草无归路。怨春不语。算只有殷勤，画檐蛛网，尽日惹飞絮。

长门事，准拟佳期又误。蛾眉曾有人妒。千金纵买相如赋，脉脉此情谁诉？君莫舞，君不见、玉环飞燕皆尘土！闲愁最苦。休去倚危栏，斜阳正在、烟柳断肠处。

淳熙六年（1179 年），辛弃疾已将近四十岁了，距他独领五十骑勇闯金兵大营，并带领一万余义军南渡已经十七年了。这十七年里，他和南宋帝国所有的官僚一样，不停地由一个地方转到另外一个地方。不管到哪个地方，都与他年轻时的愿望相去甚远，他只是认认真真地做着帝国庞大官僚机构的一颗小小的螺丝钉。这一年，他由湖北路转运副使调任湖南路转运副使，同僚王正之置酒为他送行。正值壮年的词人，此时感到的却是年华已逝、功业未就的无奈和悲凉。

再绚烂美丽的春色，也经不起几次风雨的摧折了，青春又何尝不如是？面对满地落花，流水而去的人生让词人更感到心底升起的悲凉。春天，能留住吗，留下来好吗？苏轼曾乐观地说，天涯何处无芳草？那由地平线而来的芳草，能帮我阻挡春天归去的脚步吗？春天对这请求一如既往地不屑一顾。词人的央求，不过是自作多情而已,如角落里的蛛网,努力粘住飘飞的柳絮,以为这样就可以将春光留住。

写到这里,我看见词人的笔停住了。他在沉吟,他在愤怒,惜春的悲戚落寞已无法容纳这在心中郁积已久的愤怒,花下的酒杯已无法承受这如黄河一样滚滚而来的一江愁水。词人的笔在停顿良久之后,突然无比突兀地写下一行字:"长门事,准拟佳期又误!"

汉武帝的陈皇后一直很受皇帝宠爱,当然也就遭到其他女人的忌妒。后来,她幽居在长门宫,愁闷悲思。为了挽回皇帝对自己的爱,她出千金,请到文名满天下的司马相如,为自己写了一篇《长门赋》,进献给武帝。可是,汉武帝早已忘记年幼的时候喜爱阿娇并做出过金屋藏娇的许诺,陈皇后的无限期许,最后只归为无比惨淡的两个字:又误。司马相如美丽的文字,也无法令武帝回心转意了。原因很简单:蛾眉曾有人妒,如此而已。

可是,真的就而已了吗?词人不甘心,怎么都无法甘心!当满腔的怒火终于借千年前的旧事喷发出来之后,谁还能将它扑灭?这个曾经驰骋疆场的英雄踢翻了前面的酒案,杯盘碎裂,词人圆睁双眼,咬牙切齿地吐出几个字:"君莫舞,君不见、玉环飞燕皆尘土!"这不仅是警告,更是控诉,甚至像诅咒,足以让小人破胆,让奸臣噤口!

可是,眼前,只有这狼藉的杯盘,只有这渐去的春光。这个圆滑无比的官场,没有人站在词人面前,让他痛骂,让他愤恨。词人掀起了一场愤怒的海啸,却不知道将巨浪打向何方,于是巨浪只好折回,重重地打在词人身上,将他颓然打回座位,四顾茫然。闲愁最苦!谁能明白其中况味?谁能了解词人心中的酸楚?夕阳西下,烟柳肠断,怎一个愁字了得!

四十岁的词人,此时已经品尝到了英雄末路的苦涩。也正因为这样的英雄,这样的苦涩，才让我们看到了这首"肝肠似火，色笑如花"（夏承焘先生语）的惊世之作。而这种苦涩，在词人后来的岁月中，将一直伴随着他，直到他离开这混浊黑暗的世间。

何人竟在灯火阑珊处

1207 年秋，辛弃疾病重。

弥留的词人，想起了多年前那个灯火璀璨的元夜。

青玉案 元夕

东风夜放花千树。更吹落，星如雨。宝马雕车香满路。凤箫声动，玉壶光转，一夜鱼龙舞。

蛾儿雪柳黄金缕，笑语盈盈暗香去。众里寻他千百度，蓦然回首，那人却在，灯火阑珊处。

正月十五的那个美丽的夜晚，花市灯火通明，如同白昼。焰火升腾，吹落漫天星雨，美不胜收。观灯的人们驾着高车大马，兴致勃勃。五彩的灯光映照在每个人的脸上，乐音美妙，人们熙来攘往，好一派盛世祥和的景象！

可是，词人却一直在默默地寻觅，寻觅着一个人，或者说，寻觅着一个梦，一个从年少时就开始做着的梦，一个直到他老去甚至弥留都无法忘却的梦。这个梦曾激励着他在异族的铁蹄下愤然拔剑，挺枪跃马，曾带领着他勇闯敌营，视死如归。在以后无数困顿的日子里，这个梦也一直鼓励着他，随时准备听到那声召唤，如廉颇般披甲上马，驰骋沙场。

277

词人曾经可能有很多其他的梦，以他的文韬武略，完全可以出将入相，享有高官厚禄；以他的才华，他完全可以潇洒人生，归隐山林，享受山间野趣，成为让人羡慕的隐者。这些美梦也曾微笑着向他招过手，可是，他都没有理会，只因为他的心中一直执着地追寻着那个梦。在万众欢腾、笑语喧哗的时候，词人仍在苦苦地追寻，苦苦地求索，因为他相信，只要自己没有遗忘那个梦，那么梦就不会背弃自己。他相信，在某个安静的角落，梦就在那里，一直在那里静静地等着自己。

词人找到了，就在那灯火将尽的角落，她静静地伫立在那里，从一开始，就没有改换过地方。只是词人走了太长的路，经历了太多的事，直到今天，这个美丽的元夕，才得以走到她的面前。

一切戛然而止，飞舞的焰火定格了，璀璨的灯火失色了，美妙的音乐静止了，喧嚣的人群退隐了，词人在梦中，与梦相对而立，无语凝眸。过了很久，词人嘴角浮现出一丝微笑，有些苦涩的微笑。

南宋开禧三年（1207 年）九月初十，辛弃疾病重。他躺在病榻上，周围儿孙环伺。儿孙们惊奇地发现，已经昏迷很久的词人，嘴角突然浮现出一丝微笑，虽然有些苦涩，但那的确是微笑。正在他们惊诧莫名的时候，垂死的词人突然高举双手，大呼数次："杀贼！"撒手而去。

七十年后，南宋灭亡。

哀歌也不过是哀歌——姜夔

宋代词人能写词还能自己作曲、创造新词牌的并不多，北宋有周邦彦和柳永，南宋最著名的大概就只有姜夔了。但是姜夔似乎并不因此闻名，人们想到他，往往会想到他的《扬州慢》。在某种程度上，他是南宋被侵略、被蹂躏的见证人，也是南宋走向灭亡的送葬者。

扬州慢

淳熙丙申至日，予过维扬。夜雪初霁，荠麦弥望。入其城，则四顾萧条，寒水自碧。暮色渐起，戍角悲吟。予怀怆然，感慨今昔，因自度此曲，千岩老人以为有黍离之悲也。

淮左名都，竹西佳处，解鞍少驻初程。过春风十里，尽荠麦青青。自胡马窥江去后，废池乔木，犹厌言兵。渐黄昏，清角吹寒，都在空城。

杜郎俊赏，算而今、重到须惊。纵豆蔻词工，青楼梦好，难赋深情。二十四桥仍在，波心荡、冷月无声。念桥边红药，年年知为谁生！

宋孝宗淳熙三年（1176 年）的冬至，一年中最冷的一天，姜夔与扬州相遇。

这一天，也成为姜夔人生中最冷的一天，因为，他再也找不到记忆中的扬州了。

记忆中的扬州，应该是李白在烟花三月送孟浩然去的那个人间天堂，远在长江的那一头，但是其魅力却溯江水而上，让重视友情的孟浩然魂牵梦绕，终于决定离开好友太白，前去领略那无穷的美景了。这不得不让李白感觉有些落寞。

其实就是李白，又何尝能忘却扬州呢？他在长安被玄宗赐金还乡，便迫不及待地一头扎进了扬州，还说自己"自是客星辞帝座，元非太白醉扬州"（《酬崔侍御》）。

就是坎坷蹭蹬、一脸苦相的杜甫，也经不起繁华世界的诱惑。他熟识的胡商离开他去扬州，这弄得诗圣心痒难耐，也禁不住"老夫乘兴欲东游"（《解闷十二首》）了。

记忆中的扬州，应该是跟那无边的月色相连的。"天下三分明月夜，二分无赖是扬州。"（徐凝《忆扬州》）也许，正是这独一无二的月光激发了诗人的灵感，才使一个扬州人张若虚写下了这传诵千古的名句："春江潮水连海平，海上明月共潮生。滟滟随波千万里，何处春江无月明。"（《春江花月夜》）扬州的月色在初唐揭开面纱，融入了盛唐的光芒。而这月色，似乎也在歌唱着扬州："霜落寒空月上楼，月中歌唱满扬州。"（陈羽《广陵秋月对月即事》）

记忆中的扬州，应该是让杜牧流连忘返的那个扬州。《太平广记》说："扬州，胜地也，每重城向夕，倡楼之上，常有绛纱灯万数，辉罗耀烈空中，九里三十步街中，珠翠填咽，邈若仙境。"杜牧就迷失在这仙境里了。他说："二十四桥明月夜，玉人何处教吹箫？"这样的月色，这样的繁华，这样的人间仙境，难怪张祜一声长叹："人生只合扬州死，神智山光好墓田。"（《纵游淮南》）

可是，这样的扬州，只能存在于姜夔的记忆里了。

唐玄宗天宝十五载（756 年）七月，安禄山叛军攻陷长安，杜甫被叛军俘虏，押送长安，此时的长安，已经饱受兵火摧残，凋敝残破。杜甫目睹此景，写下了著名的《春望》：

国破山河在，城春草木深。

感时花溅泪，恨别鸟惊心。

…………

四百多年后，姜夔就在扬州与杜甫相遇了。

宋高宗绍兴三十一年（1161年），金主完颜亮率兵大举南侵，自古繁华的扬州，变成了完颜亮的渡江基地，惨罹战争浩劫。十五年后，二十一岁的姜夔来到扬州的时候，这场浩劫的创痛仍远未平复。扬州的竹西亭，曾是士大夫们聚会歌咏的地方，杜牧曾经留下过"谁知竹西处，歌吹是扬州"的名句，还赞叹道："春风十里扬州路，卷上珠帘总不如。"可是，那繁华的十里长街，现在已经长满荠菜和野麦，荒凉萧瑟，愁绪弥漫。十五年的时间，能平复很多伤痕，可是，却无法使扬州忘却这曾经的噩梦。池塘荒废，古木沉寂，这一如既往的沉默尤其回避那十五年前的硝烟和战火。也许是不愿，也许是不敢，也许是不能。黄昏如约降临，清冷的空气中，戍角悲吟，这凄凉的号角揭示了扬州之痛无法平复的原因：十五年之后，扬州仍然和以前一样，是座随时可能再遭兵火洗劫的危险之城。除了驻扎的军队，这个曾经繁盛一时的都市，已经成为一座孤寂的空城。

曾经无比留恋扬州的杜牧，如果现在故地重游，一定会惊愕莫名的。其实何止是杜牧，所有那些在扬州有过美好回忆的人们，谁不会为这天塌地陷的变故而震惊呢？杜牧的诗句中，不会再有豆蔻梢头的妙语；李白的笔下，也不会再将扬州与烟花三月、草长莺飞联系在一起；杜甫不会再费心去抑制自己东游扬州的欲望，而张祜笔下的人间天堂，已经成为人间地狱。二十四桥仍在，但是物是人非，怎能不激起人无限的伤感！

"十里扬州，三生杜牧，前事休说！"（姜夔《琵琶仙》）那就沉默吧！桥在沉默，桥下的清波也在沉默，清冷的月色也在沉默，桥边的芍药花仍然沉默。这样的沉默，令人想起鲁迅先生所讽刺的如"羲皇时候一般太平"（《阿Q正传》），更让人想起他的另一句名言："不在沉默中爆发，就在沉默中灭亡。"（《记念刘和珍君》）

可是，在屈辱中建立的南宋，似乎从来没有在沉默中爆发的决心和勇气。"公卿有党排宗泽，帷幄无人用岳飞。"（陆游《夜读范至能揽辔录言中原父老见使者多挥涕感其事作绝句》）武人的刚强，已经被专制的齿轮消磨殆尽；文人的豪壮，也已被无数的先例弄得心灰意冷。士兵无法忘记伤痛，百姓无法忘记伤痛，就连无生命的池塘树木都无法忘记伤痛，但是帝王与公卿大臣们的健忘症却比任何时候都严重。虽然据说忘记过去就意味着背叛，可是如果不忘记过去就意味着终生的苦痛，那个对过去念念不忘的辛弃疾就是个最好的例子。因此，不如忘却吧，在忘却中沉默，在沉默中更加忘却，一直走向灭亡。

此时，偶有一点声音，也早已不是怒发冲冠的呐喊，而是喃喃自语的哀歌了。当无法在现实生活中解救急难的时候，文人就很聪明地退而求其次，在文字上表达自己的苦痛。这苦痛似乎关联现实，其实却与现实无涉，既不会上干天听，下面的蠢蠢小民也不会懂得。于是，文字从山河退回了书斋，再次成为小圈子里的玩物，成为彼此欣赏标榜的工具。所以，姜夔不无自得地特地强调，这首词曾得过千岩老人的青眼，赞誉其有"黍离之悲"。（"黍离之悲"详见前章《万里江山知何处》——笔者注）千岩老人名叫萧德藻，姜夔曾向他学诗，后来娶了他的侄女。也许姜夔对老师的评价是颇为得意的，可是在我看来，这句自我感觉太好的补叙却让人大倒胃口，就像是一个正在台上倾情演出的悲剧演员，自己慷慨激昂，也把下面的观众惹得满脸泪水的时候，突然收起表情，严肃地说："专家都说我这段戏是演得最好的。"此时，下面的观众怎能不一片哗然！表演者只会以演技相标榜，不管自己扮演的是忠臣孝子还是逆子贰臣，只要装扮得像，就是最好的演员，已与乡间出殡、丧家雇请的哭丧者几乎没有区别了。

不过，哀歌唱得再好再感动人，也是于事无补的，因为哀歌，无非也就是哀歌而已。

南宋的灭亡——香销词殁

中国历史上很难找到宋代这样奇葩的朝代，两宋的灭亡几乎如出一辙：北宋助金灭辽，之后自己灭于金；而南宋的灭亡则是从助元灭金开始的，之后自己灭于元。这一方面说明，无论北宋、南宋，其军事实力在当时的世界上只能作为卑微的配角；另一方面也说明，苟安的南宋从来没有吸取历史教训，他们不知道自己头顶上一直高悬着一把利剑。

1235 年，一直高悬在南宋朝廷头顶上的达摩克利斯之剑终于落了下来。

家祭如何告乃翁

历史总是惊人的相似。北宋的灭亡是从北宋助金灭辽开始的，而南宋的灭亡则是从南宋助元灭金开始的。

蒙古原本是金朝统治下的一个小部落，头领接受金朝官职。而到 13 世纪，金朝的统治已经日趋腐朽，走向灭亡的深渊，而蒙古的势力却在逐渐强大。

从金朝大安三年（1211 年）至天兴三年（1234 年），蒙古对金展开了强大的进攻。成吉思汗在灭亡西夏之后就想移兵灭金，但是此时他病死了。成吉思汗遗言嘱咐应迅速灭金，并说"宋金世仇，必能许我"，要求后人取得南宋的帮助协力灭金。

金哀宗天兴元年（1232 年），蒙古将领速不台率军三万围攻汴梁，金朝十万援军在郑州全军覆没。汴梁外无援兵，内无粮草，金哀宗率众逃往归德（今河南商丘），后又逃往蔡州（今河南汝南）。

天兴三年（1234 年）二月，蒙古与南宋联军对商丘发动了最后的攻击，金哀宗见大势已去，自杀身亡。

南宋终于借蒙古之手，消灭了宿敌金朝。在战前，蒙古与南宋约定，金亡之后，河南东部的一些地区归南宋所有。但是也许是对金战争的胜利冲昏了南宋君臣的头脑，使他们过高地估计了自己的能力。在元军撤离之后，宋军长驱直入中原，没有经过战斗就收复了汴梁和洛阳。但是，饱经兵火摧残的中原几乎已赤地千里，军队根本无法得到给养。蒙古掘开黄河大堤，合围宋军，宋军大败。南宋与元的战争就这样揭开了帷幕。

战争从 1235 年全面爆发，至 1279 年崖山保卫战南宋彻底灭亡，历时近五十年。很难说清这五十年的苦难究竟有多深重，因为，哀号和泪水是无法用文字记录的，更无法用史官的笔再现。

1271 年，忽必烈称帝，改国号为元。1274 年，元军二十万沿江东下，直逼临安。元军所到之处，宋军或逃或降。1276 年，元军兵临城下，谢太后带小皇帝宋恭帝投降，临安被攻陷。

临安失陷之后，大臣陆秀夫、张世杰等人在福州拥立赵昰为帝，是为端宗。端宗在逃亡途中去世，陆秀夫又拥立七岁的赵昺为帝，这个气数已尽的小朝廷一直在广东一带坚持抗元。1279 年，元军与宋军在崖山决战。宋军大败。陆秀夫见突围无望，背着八岁的赵昺跳海自杀，不少宫人与大臣也随即跳海。据史载，以身殉国者达十余万人。南宋灭亡。

拥有 13 世纪世界上最先进的文明、最领先的科技、最繁盛的社会的南宋，终于在凄风苦雨中，无奈地降下了帷幕。中国终于再一次"统一"了。但是，这样的统一，在当时的人看来，其酸楚与悲凉却是无法言表的。

元朝建立之后，南宋遗民林景熙一次读陆游的诗，当他看到《示儿》中的"但悲不见九州同。王师北定中原日，家祭无忘告乃翁"时，悲愤莫名：现在，九州终于"同"了，可是陆放翁哪里能想到，此"同"并不是彼"同"啊！也许，林景熙这首《书陆放翁诗卷后》是含着眼泪写出来的吧，因为，这最后四句，分明已是字字血，声声泪！

青山一发愁蒙蒙，干戈况满天南东。

来孙却见九州同，家祭如何告乃翁！

留取丹心照汗青

这个多灾多难的古老民族，总有那么些人，在经历了无数的毁灭性的打击之后，仍然能从血泊里跟跟跄跄地站立起来，擦干脸上的血痕，再次前行。这不是因为他遭受的打击不够大，蒙受的灾难不够深，而是因为在他被击倒在地上的时候，他抬起了头，看见了无数的身影在云端高傲地站立，看见了无数的目光，透过阴沉沉的暮霭，凝视着自己。从这些身影和目光中，他得到力量。希腊神话中巨人安泰的母亲是地球之母盖亚，每当巨人被击倒的时候，母亲就会通过地面重新给他注入力量，只要他还站在地面上，这力量就源源不断，永不枯竭。站在这片大陆上的这个巨人也和安泰一样，只要他还在这片土地上，哪怕遍体鳞伤，哪怕九死一生，那些身影都将搀扶起他，那些目光都会拥抱着他，使他再次站立，继续前行，直到他自己也成为云端的一员，用自己的身影和目光，温暖并支持那些后来的人。

文天祥就是这样的人。

在他的《正气歌》里，给我们罗列了那些云端的身影，那些永恒的目光：

···········

在齐太史简，在晋董狐笔。

在秦张良椎，在汉苏武节。

为严将军头，为嵇侍中血。

为张睢阳齿，为颜常山舌。

或为辽东帽，清操厉冰雪。

或为出师表，鬼神泣壮烈。

或为渡江楫，慷慨吞胡羯，

或为击贼笏，逆竖头破裂。

···········

写作这首长诗的时候，文天祥已经被关押在大都（今北京）数年了。

文天祥是祥兴元年（1278 年）被俘的，那时，元军大举进攻，他率部向海丰撤退，途中，遭到元将张弘范攻击，兵败被俘。事实上，这是他第二次深陷敌手了。

宋恭帝德祐元年（1275 年），元军入侵，朝廷号召各地勤王，文天祥捐出家财，招募义勇，开赴京城临安。

1276 年正月，元军兵临城下，谢太后打算与元军讲和，元军统帅伯颜要求须丞相出城商议，丞相陈宜中听闻后竟连夜出逃。无奈之下，谢太后任命文天祥为右丞相兼枢密使，出城与元军议和。

文天祥出城后，抗辞慷慨，不为所屈，结果被敌人扣留。谢太后见大势已去，向元军投降。

元军想要把文天祥押解到北方，在镇江时，文天祥趁押解者不注意，逃出了敌手。在连天战火中辗转两个月，才到达温州。对这地狱般的两个月，文天祥后来在《〈指南录〉后序》中这样回忆：

> 呜呼！予之及于死者不知其几矣！诋大酋当死；骂逆贼当死；与贵酋处二十日，争曲直，屡当死；去京口，挟匕首以备不测，几自到死；经北舰十余里，为巡船所物色，几从鱼腹死；真州逐之城门外，几彷徨死；如扬州，过瓜洲扬子桥，竟使遇哨，无不死；扬州城下，进退不由，殆例送死；坐桂公塘土围中，骑数千过其门，几落贼手死；贾家庄几为巡徼所陵迫死；夜趋高邮，迷失道，几陷死；质明，避哨竹林中，逻者数十骑，几无所逃死；至高邮，制府檄下，几以捕系死；行城子河，出入乱尸中，舟与哨相后先，几邂逅死；至海陵，如高沙，常恐无辜死；道海安、如皋，凡三百里，北与寇往来其间，无日而非可死；至通州，几以不纳死；以小舟涉鲸波出，无可奈何，而死固付之度外矣！呜呼！死生，昼夜事也，死而死矣，而境界危恶，层见错出，非人世所堪。痛定思痛，痛何如哉！

人们常将境遇险恶称为"九死一生"，而在这短短的三百多字中，竟一连出现了二十二个"死"字，这是怎样的一种惊心动魄！对文天祥来说，这时候最容易的事情，就是死了。我想，他肯定想过，如果自己的死能够换得敌寇的覆灭、国家的重振，即使自己死去一万次，即使死后万劫不复，又有什么值得推辞的呢?

可是,在这场旷世的浩劫中已经死去了太多的人,再多生命的消失都无法阻挡这毁灭之轮的前行,何况是一个书生的死。

景炎元年(1276年),文天祥辗转到达福州,被宋端宗赵昰任命为右丞相,并在东南率军坚持抗元,两年后,兵败被俘。

酹江月 和友驿中言别

乾坤能大,算蛟龙、元不是池中物。风雨牢愁无着处,那更寒虫四壁。横槊题诗,登楼作赋,万事空中雪。江流如此,方来还有英杰。

堪笑一叶飘零,重来淮水,正凉风新发。镜里朱颜都变尽,只有丹心难灭。去去龙沙,江山回首,一线青如发。故人应念,杜鹃枝上残月。

文天祥被俘后,被元军押解往大都,一同被押解的,还有文天祥的同乡,曾任崖山行朝礼部侍郎的邓剡。到达金陵后,邓剡因病留在了那里,文天祥继续北上,临别时,两人作词互相激励,文天祥写下了这首《酹江月》。

"酹江月"其实就是"念奴娇",苏轼作《念奴娇·赤壁怀古》中有"人生如梦,一尊还酹江月"之句,因此后人也将此词牌称为"酹江月"。文天祥此词,也是步苏轼之韵。但是苏轼作此词是因为被贬官黄州,虽有悲凉,毕竟只是个人遭际,而文天祥此时已是国破家亡,山河破碎,其悲怆惨痛,绝非苏轼当时可比。

但是,即使身陷囹圄,即使死生未卜,文天祥也用剑而不是用笔,用血而不是用泪来书写。虽然被俘受辱,虽然家国破碎,这个倔强的男人仍然坚信,蛟龙终不会为水池所困，终有一天，能挣脱锁链，扶摇冲天。回想当年的指点江山，慷慨激昂，一切都如云散去，但是只要这江流依然，就必有后来人，如同那些给过自己温暖的身影和目光一样，自己的身影和目光也必将在云端搀扶他们，温暖他们，让他们不惮前行，矢志不渝。

再次来到这自己曾经战斗过的地方，从前的铁血将帅，今已成南冠楚囚，朱颜已改，丹心不变，勘破死生，一切不过付之一笑。三个小皇帝，一个已投降，一个已病死，一个已自杀，无主可忠，江山已沦入异族之手，但是离别的时候，还是让人如此不舍，频频回头。此时的文天祥，已经知道了自己最后的结局，但即使生命即将远去，他也幻想，死后如果有知，自己必是那只啼血的杜鹃，在枝头残月下，为后来的人讲述一个关于故国的故事。

这样的故事，不是每个人都能听懂的。文天祥被俘之后，张弘范曾逼令他招降当时尚在崖山抗元的张世杰等人。文天祥说："我不能保护父母，难道还能教人背叛父母吗？"张弘范不听，一再逼迫文天祥写信，文天祥便把自己的《过零丁洋》抄录给了他：

过零丁洋

辛苦遭逢起一经，干戈寥落四周星。

山河破碎风飘絮，身世浮沉雨打萍。

惶恐滩头说惶恐，零丁洋里叹零丁。

人生自古谁无死，留取丹心照汗青。

曾为南宋叛臣的张弘范看后，无言以对。

元世祖至元十九年（1282年）十二月九日，文天祥被害。就义前，他向南方跪拜，从容引颈，时年四十七岁。死后，人们在他衣服里发现一首诗：

孔曰成仁，孟曰取义，惟其义尽，所以仁至。

读圣贤书，所学何事？而今而后，庶几无愧。

繁华落尽

又是一个元夜。

聪明的女子窃金杯的那个元夜，炫目的花灯折射出的是大宋盛世的繁荣和欢乐；朱淑真等待情人的那个元夜，柳树梢挂着一轮圆圆的思念；辛弃疾寻梦的那个元夜，灯火阑珊处，那双期待的眼睛也折射出希冀与期望。

但是，这些元夜都不是刘辰翁眼前的元夜。

柳梢青 春感

铁马蒙毡，银花洒泪，春入愁城。笛里番腔，街头戏鼓，不是歌声。

那堪独坐青灯，想故国、高台月明。辇下风光，山中岁月，海上心情。

刘辰翁生活于南宋末年，曾担任过临安府教授等官职。因不满贾似道专权，后来坚决不做官。南宋灭亡之后，他更是隐居不仕，埋头著书。可是，青山绿水，素几琴书，也只能暂时解忧罢了，国破山河在，家国沦亡之痛总是在最没防备的时候涌上心头。秋天的深夜，萧瑟的秋风提醒词人，故国已远，"此恨难平！正襟危坐二三更！"（《浪淘沙·秋夜感怀》）推开窗户，"看青山，白骨堆愁"（《唐多令》）。兵火未消，生灵涂炭，触目惊心。关上窗吧！"天下事，不如意十常八九，无奈何。"（《大圣乐》）

可是，挡不住的时间却又送来一个元夜。

刘辰翁说，自己曾经朗诵李清照的《永遇乐》，忍不住泪如雨下，即使多年过去之后，每读此词，仍不能堪。李清照经过十年的战乱流离，国破家亡，痛苦至极，当她晚年的时候，在南宋都城临安过元宵节，想起在北宋都城汴梁过元宵节时的快乐情景，怎么能不触景伤情？可是，比起刘辰翁，李清照也还算幸运了，因为毕竟还有一个偏安江南的小朝廷，而刘辰翁作《柳梢青》的时候，南宋已经彻底覆亡，绝无复兴之望。

这不再是那个"月满蓬壶灿烂灯"的热闹的元夜，蒙古人的"铁马"在街头横行，元夜的焰火似在一洒亡国之泪，街头的音乐夹杂的是蒙古人的曲调，再没有熟悉的景象，再没有动听的歌声。词人不愿走上街头，走进这已经改元的元夜。独坐青灯，想起故国一切的一切。词人甚至不再想走出自己的家门，甘愿老死山中，甘愿如苏武一样放牧海上，把自己最后的岁月作为祭品，奉献给逝去的故国。

在这个元宵节，孤独的不止刘辰翁一个人。时间的循环无法挽回故国的沦亡，凡有人心者怎能不黯然伤魂！蒋捷也哀叹："而今灯漫挂。不是暗尘明月，那时元夜。"在宋词最后的岁月里，那些曾经歌咏过明月清风、游子思妇的文字，就伴随着遗民鬓角的斑斑白发，被滴入了点点浊泪，变得酸楚悲凉。

虞美人 听雨

蒋　捷

少年听雨歌楼上，红烛昏罗帐。壮年听雨客舟中，江阔云低断雁叫西风。

　　而今听雨僧庐下，鬓已星星也。悲欢离合总无情，一任阶前点滴到天明。

　　少年时听的，大概是温庭筠描绘的那场雨吧？梧桐树，三更雨，不道离情正苦。爱情就是少年的天，就是少年的地，山崩海啸只为那眉间唇角的一颦一笑，雨过天晴只因为顾盼中的似怒还嗔。

　　一切，已经风流云散。

　　壮年的那场雨，陆游也一同听过。"夜阑卧听风吹雨，铁马冰河入梦来。"仗剑行走，浪迹天涯，"当年万里觅封侯，匹马戍梁州"。曾经的少年已成为坚强的男人，建功立业是永恒不变的追求，哪怕前路坎坷，哪怕危机四伏。

　　一切，都已不堪回首。

　　如今，一位孤独的白发老人，站在僧庐下，听雨。不再有少年时的期待，不再有壮年时的豪迈，木然的双眼，透过雨幕，凝视着已经易主的江山，凝视着雨幕中折射的数十年的生命和岁月，从嘴角艰难地喃出一句："一切，随它去吧！"然后，弓着腰，拄着杖，颤颤巍巍回头走进门，身后，破败的木门"砰"的一声关上了。

　　一个时代也就此关闭。在元朝的铁蹄下，在刀剑的寒光里永远地关闭了。幕谢得很匆匆，很突然，让人惊诧，一个曾经是世界上最繁华的国度，竟然就这样匆忙地告别了历史舞台。但这却是事实，大幕落下，一切归于沉寂，只是偶尔，还能隐约听见几声哀歌，作为最后的告别。慢慢地，这些哀歌声也消逝了，宋词也走完了最后的历程，被迫画上了句号。

　　繁华落尽。

图书在版编目（CIP）数据

温和地走进宋词的凉夜 / 夏昆著 .—成都：天地出版社，2020.4
ISBN 978-7-5455-5402-1

Ⅰ.①温… Ⅱ.①夏… Ⅲ.①宋词—鉴赏 Ⅳ.①I207.23

中国版本图书馆CIP数据核字（2019）第286269号

WENHE DE ZOUJIN SONGCI DE LIANGYE

温和地走进宋词的凉夜

出 品 人	陈小雨　杨　政
作　　者	夏　昆
责任编辑	王继娟　张诗尧
封面设计	今亮后声 HOPESOUND pankouyugu@163.com
责任印制	董建臣

出版发行　天地出版社
　　　　　（成都市槐树街2号　邮政编码：610014）
　　　　　（北京市方庄芳群园3区3号　邮政编码：100078）
网　　址　http://www.tiandiph.com
电子邮箱　tianditg@163.com
经　　销　新华文轩出版传媒股份有限公司

印　　刷　北京文昌阁彩色印刷有限责任公司
版　　次　2020年4月第1版
印　　次　2020年4月第1次印刷
开　　本　710mm×1000mm 1/16
印　　张　19
字　　数　267千字
定　　价　48.00元
书　　号　ISBN 978-7-5455-5402-1

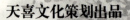

天喜文化策划出品

《温和地走进宋词的凉夜》
有声课程
即将在喜马拉雅上线，敬请期待！

课程介绍

　　畅销书作家、《中国诗词大会》播主、中学语文名师夏昆解读宋词，带领大家赏析唐代、五代、北宋、南宋词作名篇，包括温庭筠、韦庄、李煜、晏殊、范仲淹、欧阳修、王安石、柳永、苏轼、李清照、陆游、辛弃疾、姜夔等二十多位词人的代表作。

　　本课程带领大家一起走进词人真实的个体世界，在宋词的温柔乡中陶醉，开启一次全新的鉴赏宋词之美的体验。

欢迎收听更多精彩有声书

《汴京之围》
一部惊心动魄的帝国衰亡史

《天下刀宗》
一部百万人追更的武侠故事

《光荣时代》
一部罕见的反特刑侦长篇

从声音到文字，分享人类智慧